HOW TO READ NOVELS LIKE A PROFESSOR

A JAUNTY EXPLORATION OF THE WORLD'S FAVORITE LITERARY FORM

美國文學院最受歡迎的
23 堂小說課

潘美岑 — 譯
湯瑪斯・佛斯特　THOMAS C. FOSTER

目錄

作者序

小說，為什麼而讀？

當《頑童歷險記》中的哈克與吉姆乘著竹筏一路航向南方時，我們身在何處？為什麼身為讀者的我們，能夠認同出現在約翰・加登納的小說《葛蘭多》裡的那隻怪物？你是否曾覺得自己就像《窗外有藍天》的女主角露西，或是《尤利西斯》的男主角布魯姆？還是《蘿莉塔》中的變態韓伯特、亨利・費爾丁筆下的湯姆・瓊斯、《BJ單身日記》裡的布莉琪？

「小說」讓我們與各式各樣的人物相遇，發現自己未曾意識到的部分，或是自己不斷壓抑的一面；而我們也透過小說，造訪現實生活中永遠不可能去或根本不想去的地方，不必擔心自己是否能安全返家。同時，「小說」也開創無限的可能性，光是那巧妙的敘事創意，就讓「讀小說」這件事變得趣味無窮，無論你是不加思索，或是精明的讀者，都無法抵抗它的誘惑。

「小說」之所以能夠歷久不衰，是來自於它「合作」的本質：讀者將自己投注在書中角色發生的故事裡，積極主動地創造意義，從而獲得莫大的快樂——這種親密的感覺是從戲劇或電影中無法得到的。打從第一行文字開始，作者與讀者間一來一往的遊戲，會一直持續到小說的最後一個字為止，最後即使將書闔上，書中故事仍舊迴盪在讀者的腦海裡。

這種「一來一往」的過程，並不是虛擬的。從開頭的第一頁，每本小說就不斷乞求讀者閱讀它，同時也告訴讀者它想被「怎麼讀」，提示即將發生的每一場好戲；而身為讀者的我們，得決定是否要跟著作者的計畫走，也就是要不要繼續往下讀。讀者得決定自己是否同意作者認為重要的事，是否要將自己的知識與想像投射在書中的事件和人物上，要不要把情感均勻地灌注在小說的每個面向，而不僅僅只是故事情節而已。

進一步來說，讀者與小說、作者建立了一個「祕密同盟」，共同創造意義，就算作者活在好幾個世紀以前，小說也能在當下這一刻，跟著我們一起呼吸。讀者主動、深入的閱讀是小說延續生命的關鍵，而小說當然也豐富了讀者的生命。

小說不死，它會不斷創新，給讀者無限驚奇

一九六七年，「小說」面臨了一些挑戰，前景堪慮。美國期刊中兩篇極具影響力的論文，使「小說」的未來蒙上一層陰霾。法國評論家兼哲學家羅蘭・巴特發表了一篇名為〈作者已死〉的文章，文中他將建構文本意義的責任，也就是所有詮釋的空間，全都給了讀者，而作者（巴特稱之為「抄寫員」）不過是「導體」，歷史和社會積累的文化透過作者這個「導體」，注入到文本之中。

「作者已死」這個說法，並不是巴特開的玩笑，而是他想否定人們一直以來的認知——文學作品的作者具有幾近神聖的「權威」。在這裡，我們必須注意一點：巴特之所以這麼說，是為了鼓勵讀者帶著「主動性」和「創意」來閱讀，至於實際上該如何做到，之後我們也會討論。

另一位美國小說家約翰・巴斯，也在《大西洋月刊》中發表了〈窮途末路的文學〉，暗示小說這個文類已然奄奄一息。他認為寫作小說的「花招」已經用得差不多了，標題中的「窮途末路」，指的是「小說的可能性」，換句話說，小說必須找到新方法來維持不墜的地位。從歷史來看，一九六七這個年代，出現了許多關於舊方法、舊形式終將被淘汰的論調，其中大多隱含了對於新事物的期盼，而最具代表性的，就是在舊金山海特街與艾許勃利街角發跡的「嬉皮文化」。

只是當時的巴斯並不知道，小說的救星正風塵僕僕地趕來，同年，英國和哥倫比亞的小說家同時為這個文類開創出新的道路。英國小說家約翰・符傲思的《法國中尉的女人》大概是小說史上，第一本以商業小說之姿，徹底改變小說理論風貌的例子。「我活在亞倫・霍格里耶與羅蘭・巴特的年代。」在第十三章的開頭，他明確表明這絕對不是一部以英國維多利亞時期為背景的歷史小說，雖然整本書維妙維肖地營造出維多利亞時代的氛圍。全書一面以維多利亞時期的角色與設定來逗弄讀者，同時又不忘提醒讀者這是一部虛構的、二十世紀的作品，只是故意挪用維多利亞時期的表現手法而已。這種嶄新的文學手法讓銷量急遽攀升，一舉成為該年度美國排名第一的暢銷小說。而另外那部哥倫比亞小說，不用我說你也知道，就是馬奎斯的《百年孤寂》。這部作品的新形式，除了「後設」之外，還有如火山爆發般力道十足的「魔幻寫實主義」。

這兩部作品扭轉了局勢，迫使巴斯於一九七九年，又在同一本期刊上發表〈蓄勢待發的文學〉。文中他承認這十年來發生了出乎他預料的變化，或許小說還是有未來的。他引用了馬奎斯和伊塔羅・卡爾維諾的作品，作為小說形式創新的依據。那麼，他所謂的「變化」究竟為何？是大家都開始模仿這些小說家嗎？當然不是！因為就連小說家自己，都無法仿造他們自己的作品。世界上只會有一本《百年孤寂》，僅此一家，別無分號，即使是馬奎斯本人，也無法寫出第二本。更重要的是：這些小說開創了文學形式嶄新的可能性——這種有趣的創意，完全抓住讀者的目光。

進一步來說，我認為這些質疑小說的文章，讓我們更加了解小說的歷史。小說一步步地走向死亡與奄奄一息的同時，卻也不斷地自我創造、重獲新生。用哲學家赫拉克里特斯的比喻來說：「沒有人會掉入同一條河裡兩次。」小說也是如此，原地踏步就等同於沉滯淤塞。那些我們認為總是維持一貫風格的作家，例如狄更斯、艾略特、海明威等，其實一直都在變化、成長，從這本小說到下一本、再下一本……，優秀的作家會不斷為自己設立新的挑戰。至於那些原地踏步的作家，他們的作品總是無精打采、單調無趣，而且賺不到幾個錢。我舉的例子雖然是作家，但小說形式其實也是如此。

小說的「移動」，未必是前進或後退，因為在文學領域中，「進步」的概念不過是鏡花水月。但是，小說確實在改變，而且也一定得改變，你看小說的英文名稱「novel」不也有「新穎」的意思嗎？所以，小說當然要帶給讀者新奇的東西才行，這樣才能名符其實呀！

所有小說都是文學，所有文學並非都是小說

我有一位學校同事兼好友，發現這本書與我前一本著作（How to Read Literature Like a Professor）書名只差一點點，於是問我：「小說和文學有哪裡不同？」這個問題問得很好，像我們這些專攻文學的人，絕對問不出這樣的問題，但這卻是外行人馬上就會產生的疑問。這讓我立刻想到邏輯學的三段論：「所有的豬都是動物，但並非所有的動物都是豬。」把「豬」換成「小說」，再把「動物」換成「文學」，大概也說得通。所有的小說都是文學嗎？學院內外可能會有不少反駁的聲浪。有不少的文學專業人士，想在自己研究領域四周築起高牆，任由自己決定哪些作者該納入或排除。舉例來說，強納森・法蘭森該不該與賈姫・柯林斯歸在同一類呢？

每部小說的寫作品質好壞，當然有很大的差異，不只是小說，詩、散文、戲劇、電影、歌曲，甚至是打油詩也一樣，一定有優劣之分。然而我想強調的是，它們都屬於「人類心血結晶」的同一個領域，而我們管那個領域叫「文學」。不論如何，文學總是在前，而文類的區分在後。

對我來說，他們都在寫作，而寫作只有兩種類型：「好」與「壞」。好吧！我承認有時候還會有第三種類型——「極糟糕的劣等作品」，不過，就讓我們姑且把它歸在「壞」的那類吧！好，所以我們同意所有的小說都是文學，但反過來說，所有的文學並不都是小說，因為我們還有抒情詩、史詩、詩劇、短篇小說、戲劇，以及大導演伍迪・艾倫和幽默作家大衛・塞達里斯在雜誌《紐約客》上寫的那些東西，都屬於文學的範疇。

所有文學都有一些共通元素，不管是詩、戲劇或是小說，我們都可以看到模式創造、意象營造、譬喻語言、細節雕琢、虛構成分等等，這份清單可以一直列下去。然而，也有一些元素只限於某個特定的文類，而這本書將會仔細探究小說特有的元素。「你不會又要講那些平板角色或立體角色吧？」我知道，章節、觀點、風格、敘事聲音、開頭結尾、角色塑造……，這對你來說已經是老調重彈了，然而我要強調的是，這雖然是同一套概念，但卻可以用與教科書不同的方法處理。這些概念十分重要，它們是「意義」誕生的地方，是化不可能為可能的門戶。當作者選用某個開場白，就表示他放棄了一些選擇，但也同時開啓了其他可能性，作家們展現角色的方式雖然有所限制，卻也因此決定了能被這樣展現的某類角色。總而言之，作者怎麼說故事，與故事的情節同樣重要。

身為讀者的我們，也別忽略一件事——如何回應作者的技巧也很重要。我不會像羅蘭・巴特那樣，把作者給殺了，但是關於「讀者很重要」的說法，我絕對和他站在同一邊。畢竟，我們是作者進入墳墓多年後，還活著並決定讀這本書的人，我們將決定這本書是否仍具意義，要不要同情書中人物與他們所面臨的問題，是不屑一顧還是莞爾一笑。

去讀讀小說的第一段吧！如果你認為這本書不值得花寶貴的時間來閱讀，那麼它在「意義的國度」裡就等於不存在。或許有一天，這本書會在另外一位讀者的手中活過來，但是現在，它和《小氣財神》裡的鬼魂馬里一樣，死得透透徹徹。身為讀者，你曾想過自己有這麼大的權力嗎？然而，我必須提醒你：擁有「權力」，也意味著有相應的「責任」。既然我們這些讀者掌握了小說的「生死大權」，我們就該試著多了解它們一些，不是嗎？

導讀

小說的魅力，其實無處不在

實踐大學應用外語系講座教授　陳超明

You have been in every prospect I have ever seen since – on the river, on the sails of the ships, on the marshes, in the clouds, in the light, in the darkness, in the wind, in the woods, in the sea, in the streets.

（妳存在於我所看到的視野中——在河上、在船帆裡、在溼地裡、在雲端、在黑暗中、在風裡、在樹林裡、在海上、在街道上。）

狄更斯在《遠大前程》這本小說中，以令人驚奇的文字，寫下男主角皮普對愛慕女性艾絲特拉的激烈示愛。這些內心的話語，不但點出這本十九世紀小說驚心動魄的情慾，也寫下百年來感染讀者的深情記錄。這令人動容的語言，激起了讀者深藏內心的情感，也建立了讀者與小說間親密的聯結，這就是小說的魅力！

閱讀一本十九世紀小說往往耗費時日，也得不斷接受作者文字與觀念的挑戰，而讀者願意接受小說家這般的挑戰與折磨，其實正是這種「魅力」的牽引。湯馬斯・佛斯特這本《美國文學院最受歡迎的23堂小說課》就是要協助我們讀者解開這個「魅力」的祕密。

作者一開頭就點出了小說的永恆價值：不斷為讀者創造驚奇，不斷引導讀者發掘小說世界所帶來的可能性與創意！唯有永續的文字，才能帶來永不間斷的驚奇與創意。在這個文字漸漸式微的年代裡，作者仍然堅持小說文字的神奇力量，不僅僅強調文字的魔力，更在接下來的二十幾章中，從閱讀手法、說書人的角色、情節鋪陳到結局的驚喜，不厭其煩地引導我們從小說的結構去咀嚼小說的美味：小說的情節引人入勝；說書人角色變化多端；簡短文字蘊涵深意；人物對話儼然浮現諸多哲理。作者不僅以傳統的閱讀手法來引導我們好好閱讀小說，也提醒我們閱讀小說時常會忽略的幾個地方：例如，第五章要我們去傾聽小說的聲音；第十二章提到小說文句中的生命氣息；第二十一章更點出混亂的美感，這些令人回味的小說美學，似乎突破了傳統小說評論的窠臼，創造出嶄新的閱讀境界。

這本書有不少的章節值得一讀再讀。例如，小說想解決全人類（或每個人）的問題，其實就是先從一個個人，一個地方開始，先把一個確切的東西處理好。從個人出發，從小地方著手，一本好的小說可以帶我們讀到所有人的內心。此外，小說的靈感從哪裡來的？古典詩人與作家常訴諸神的力量，認為透過「繆思女神」的協助，那是才氣的展現；而本書作者則認為所有小說都是過去經驗的累積，以「個人、社會與過去作品的集體經驗」來開發靈感。小說作品都是依循傳統卻又突破傳統的創新產物，游離於過去、現在與未來，企圖拉近人與社會的距離。那小說家的才智如何評斷？好好去閱讀第十七章「靈感，究竟從何而來？」，你會得到滿意的答案。

一本好的「小說導讀」絕對不是學院派的理論與分析批評手冊，它必須帶領讀者展開新的閱讀視野，很高興在這本書裡，能獲得這樣美好的經驗。作者雖出身學院，但放棄學院的厚重文字，以幽默口吻及精鍊文字，深入淺出，娓娓道來小說所創造出來的神奇世界。談到海明威的冰山理論，佛斯特透過角色分析來檢視人物的複雜性，淺顯易懂。此外，不同的章節也從不同的觀點，來勾畫各類型小說的閱讀方式：後設小說的內在邏輯、意識流小說的文字遊戲、奇幻小說的致命吸引力以及歷史小說的使命，讓讀者有如進入小說叢林，處處充滿驚喜與探險的樂趣。

這是一本突破傳統閱讀模式的閱讀指引，也是一本開拓我們視野的小說美學。作者一步一步解開小說奧祕，希望我們愛上小說，也希望我們讀小說，不僅是個只看情節與結局的膚淺讀者，而是有如大學裡的文學教授，品嚐小說的一點一滴。最後，這位小說教授更警告我們，小說的美與魅力無所不在，有如皮普愛上《遠大前程》的艾絲特拉：一但愛上，小說便「存在於我所看到的視野中——在河上、在船帆裡、在溼地裡、在雲端、在黑暗中、在風裡、在樹林裡、在海上、在街道上。」

讀者，你準備好了嗎？誠如作者所言：閱讀她、你就擁有她，永遠也不願跟她分手。狄更斯在《遠大前程》的最後一句話：「我看不見會讓我與她再度分離的陰影。」（I saw no shadow of another parting from her.）說得對極了！

Intro
在很久很久以前

歷史是一條深河，不同風格循環消長，成就出最受歡迎的文類——「小說」

艾瑞絲．梅鐸終其一生只寫了一部小說，但是她寫了二十六遍；安東尼．伯吉斯從不寫重複的書，而他寫了大概一千本書吧！這樣的分類與計算方式正確嗎？公平嗎？答案當然是否定的。

你會聽到評論者這樣說梅鐸的作品：「它們都大同小異。」我也覺得蠻中肯的。一九九三年出版的《綠衣騎士》是她被阿茲海默症侵襲之前的最後一部作品，卻與她一九五四年出版的《網之下》相去不遠，主角都來自同一社會階級、遭遇類似的困境、有著相似的道德考量。這兩本書都展現了她出色的人物刻劃與精彩的情節安排，這也被人公認為她畢生創作的精華之處，而她的書迷每兩、三年就可以期待一本剛出爐，卻又有點熟悉的「新書」。她的小說品質永遠都很穩定，偶爾也會出現像得獎之作《大海，大海》那樣令人驚歎不已的作品。

那伯吉斯呢？他的作品也有一貫之處。不過一九六二年出版的《發條橘子》，卻一點兒也沒有他早期作品的痕跡，嚇了讀者好大一跳。《發條橘子》與他七〇年代寫的「恩得比系列小說」簡直天差地別，而這個系列又與一九七三年出版的實驗性作品《拿破崙交響曲》有形式上的根本差異，也迥異於《一點也不像太陽》、《戴普弗德的死屍》裡逼真的史實感與伊麗莎白時代的語言，更別提那本有著毛姆影子、被許多人認為是他最經典作品的《俗世之力》了。梅鐸的讀者每次翻開一本新小說，都可以充滿自信地期待他們所熟悉的主題；但是打開伯吉斯的小說，卻完全不是這麼一回事，讀者總是非常焦慮：「不曉得他這次又要玩什麼把戲了！」

作者的寫作變化與一致性重要嗎？倒也不盡然。畢竟，每部小說都有他的忠實書迷和新讀者，所以每本書都必須「從頭教起」，讓讀者知道要怎麼讀它。**唯一可以確定的是——每部小說都是嶄新的作品，它在人類歷史上從沒被寫出來過。**然而，它也只是人類漫長的敘事隊伍裡「最新的成員」。從我們的老祖宗開始，各式各樣的故事就一直不斷地被講述著，我們也可以預期故事會一直被說下去，這就是驅動文學歷史的兩股辯證力量——想寫出原創作品的「動機」，與先前作品所建立起的「傳統」互相衝突、傾軋。但神奇的是，沒有任何一方可以完全壓制另一方，而小說就這樣源源不絕地產生，讀者的數目也不斷成長。然而即便如此，我們還是可以看出有些小說比較傳統，有些小說實驗性質濃厚，有些則完全無法歸類。

接下來，讓我們一起回到小說才剛出爐、那「熱騰騰」的時代吧！很久很久以前，世界上一本小說也沒有，那時雖然也有敘事體和篇幅較長的作品，但多半是史詩、宗教或部族的歷史敘事、散文或韻體的騎士故事，以及非虛構的遊記，例如《伊里亞德》、《奧德賽》、《吉爾加美什史詩》、愛爾蘭的《奪牛長征記》、法國詩人克雷蒂安·德·特羅亞與瑪麗·德·法蘭西所寫的中世紀騎士故事等。這類的作品很多，只是它們都不是小說。

接著，小說開始零星出現。加泰隆尼亞作家喬安諾特・馬托雷爾的《騎士蒂朗》，一四九〇年初次在瓦倫西亞出版，這是我們可以辨識的第一部歐洲小說。注意一下這個年代，哥倫布都還沒坐上船呢！不過他即將要啟程了。小說的興起，與現代國家崛起的時間點吻合——探險、地理大發現、發明、發展、壓迫、工業化、剝削、征服以及暴力——這並不是巧合，因為小說這個新文類的出現，需要一些大變動，而我們看到的就是一個全新的時代。

小說的誕生：皇室愛情悲劇與糊塗騎士之歌

不知道哪個才是對的，我們通常認為世上有兩部「第一本」小說，但它們卻相差了七十年之久。一六七八年，某個人，多數人認為是拉斐特夫人，出版了一本影響深遠的小說，它受歡迎的程度遠非《哈利波特》可以比擬，人們在出版社門口排著長長隊伍等待，只為了拿到這本書，有些人甚至為了買到它而等待數月。這本書就是《克萊芙王妃》，它之所以享有盛名，不是因為它是「第一本小說」，而是因為它是第一本採用分析法寫成的小說①，也是一本探討情感和心靈狀態的書，而不單只是傳達情節而已。三百多年後的讀者，可能會覺得這個故事稍嫌厚重，不對他們的胃口，雖然這種厚重絕大部分來自於表面細節，比如小說中人物說話及談論他人的方式，或小說家如何呈現角色等。這本小說裡的成規固然不屬於我們這個年代，但是它本身卻極具原創性，就小說所處的時代而言，它的敘事極端纖細含蓄。而且，如果沒有這本書，許多作家如珍・奧斯汀、亨利・詹姆斯、福樓拜，以及安妮塔・布魯克納等，可能就無法寫出他們的大作了。拉斐特夫人是小說界的巨人之一，不過她在小說歷史上還只是個孩子。

同一世紀的另一端，精確一點來說是一六〇五年，有一本書出現了，它帶來世界性的影響。我曾聽過墨西哥傑出小說家卡洛斯・富安蒂斯在某次會議上說：「所有的拉丁美洲文學皆從《唐吉訶德》而來。」他指的不只是虛構故事或小說，而是「文學」，全部的文學。西班牙語系的人們聲稱自己擁有賽凡提斯與他的經典著作，但他們必須與我們這些「其他人」分享，因為這本小說太龐大了，不可能只屬於某個團體。它傻裡傻氣卻很嚴肅，好笑卻又悲傷，語帶諷刺又極具原創性，而且，它還是第一本小說。好啦，我知道實在有太多「第一本」小說了！但這的確是很大的「第一本」，賽凡提斯向世人展現小說可以「怎麼寫」。他諧擬了早期敘事形式，他筆下的唐吉訶德深深困惑於他閱讀過的騎士故事所組成的精彩世界，以及強加在他身上的無趣世界。賽凡提斯用一個鎖在遙遠過去、與世隔絕的角色來評論自己所處的此時此地。沒錯，他筆下的英雄充滿喜劇元素，然而卻有一股淒涼的況味，當我們看到如此沉迷於幻想的角色，我們不得不注意他。當他為達辛妮亞而戰，或去挑戰風車時，他崇高卻也可悲，他的作為令人振奮，卻也毫無意義。

唐吉訶德完全擄獲了讀者的想像力，他與他的侍從桑丘，已經深深烙印進西方人的想像世界中，於是他們構成了「搭擋」的原型，甚至到三百五十年後，影響力仍舊不減。威廉・漢娜與約瑟夫・巴巴拉甚至根據這個原型，創造了一個卡通帝國：瑜珈熊和布布、快槍俠麥克與巴巴驢、摩登原始人弗林史東與伙伴巴尼，他們都是這個組合——愚笨的貴族與忠心耿耿的侍從。這是《唐吉訶德》遺留給後世的財產，賽凡提斯運用舊素材，卻玩出一個全新的花樣，更重要的是，他告訴其他的作家：「你也可以做到，別在乎傳統慣例，勇敢地發明、虛構吧！」自己身先士卒將虛構發揮到極致，在他之前從來無人這樣做過，而在他之後也沒有人了，所有人都想要向賽凡提斯看齊，但他們的嘗試卻是「唐吉訶德式的徒勞」。

每部小說的創生，都是一場關於「創新」的實驗

在那個時代以及接下來的幾年，每部小說都是實驗性的。假如某個文類的歷史還沒有長到可以建立自己的傳統，那麼就沒有「傳統慣例」可供參考。十七世紀晚期與十八世紀初期，嘗試寫作小說這個新形式的作家都知道，小說（novel）與嶄新（new）是同義詞。

在這裡，我想稍微提一下文學專有名詞的問題。在歐洲非英語區國家裡，我們所說的小說是「roman」，這個字是從「romanz」演變而來，原指在印刷發明之前，那些用韻文寫成的長篇敘事。而「novel」，則是從義大利文的「novella」演變而來，意思是「新而小」，英文把「小」的意思去掉，只保留「新」的部分，一個新詞彙就這樣誕生了，因此長篇的虛構敘事，我們就稱之為

「小說」（novel）。然而「傳奇小說」（romance）這個字仍然被保留下來，用來指稱某個類型的虛構敘事：角色有較多的行動，較依賴不同形式的角色，而非心理學上比較現實的人物，並且角色的行動通常不太可能發生在現實生活裡。所以，哥德式小說、冒險故事、納撒尼爾・霍桑與布萊姆・史托克所寫的小說、西部故事和驚悚小說，也包括那些英雄救美的言情小說，它們都歸在「傳奇小說」一類。這樣的區分大概維持了幾個世紀，但它絕不是精準的科學分類。

《紅字》很明顯地可以歸在「傳奇小說」之下，那麼《白鯨記》呢？《頑童歷險記》、《荒涼山莊》呢？你發現問題了吧！當我們要求外科手術般的準確度時，這些名稱卻像奶油刀一樣，所以最近已經很少人特別去區分這兩者了。你上次聽到別人說史蒂芬・金的傳奇小說是什麼時候呢？當「romance」的另一個意思「羅曼史」被使用後，又很容易與「丑角喜劇」相連，使狀況更為複雜。所以這裡我一律採用「小說」來指稱那些長篇敘事，雖然它並不是那麼精確，但是意思比較清楚，而我們對它廣泛的定義也沒有太多異議。

接著，讓我們再回來談小說的歷史。這些「新小說家」創造新文類的過程並非無中生有，而是建立在當時已有的文學形式上，例如：散文體的傳奇故事、信件、說教文、懺悔錄、旅遊文學、歷史文章、回憶錄等，其中最大宗的莫過於傳記了！山繆・理查森的小說以書信體寫成，他那本超過百萬字的著名《克萊麗莎》，就是由一大捆的信件所組成；丹尼爾・狄福的《魯賓遜漂流記》採用旅遊文學的形式，敘述一個漂流者的歷程，它的原型是真實人物亞歷山大・賽爾科爾克；而《情婦法蘭德絲》則用了懺悔錄的形式，故事參考了真實人物瑪麗・卡勒敦。懺悔錄的傳統慣例是讓犯罪者在救贖的光輝中取暖，然而摩爾的犯罪敘事，遠比她所描述的救贖更有活力且令人信服。

這裡我想要強調的是，在小說剛興起時，所有的產物都令人振奮，因為讀者絕不會說：「那個我們早就看過了，真是老掉牙！」每本小說都是實驗性的，每次突擊都攻占了新的城池。然而，不是所有的實驗都能做出好結果，經過一個世紀，小說家會發現有些敘事結構就是比其他的更好用，比方說，要用書信的形式建構出令人信服、結構完整的直接敘事，實在是件艱難的挑戰，所以理查森的書信體冒險，並未讓類似的作品有如潮水般湧現，這對讀者來說或許也是種幸運吧！那麼，最好用的小說結構是什麼呢？線性敘事、圍繞在角色上的情節、讀者可以投資大量「情感資本」的角色，以及給人情感滿足的清楚結局……，換句話說，這些就是維多利亞時期的小說公式。

維多利亞時代的「連載小說」，如何讓人月月翹首期盼？

而你需要的只是時間。多少時間呢？你覺得兩年如何？這些小說都是以月刊形式呈現，不管是在雜誌裡連載、用獨立專刊的方式，或是在報紙上連載，例如刊載狄更斯作品的《家居建議報》和《寫實報》，那時的《寫實報》大概是我們今天的《今日美國報》、《紐約客》和《時人雜誌》的綜合體吧！湯瑪斯・哈代在一八九〇年代出版《德伯家的苔絲》時，每週的連載除了兩次被名人報導占盡版面之外從未中斷。連載的運作大致是這樣的：每期刊載一定的內容，通常是兩個章節，每章約四千字左右，就這樣持續刊登直至完結篇，最長可達兩年之久。完結篇通常會比平常多出一倍的章節，原因是作者得把許許多多的「線頭」收束起來，所以完結篇可能不那麼有趣；而另外一個原因則為了是獎勵讀者，感謝他們一直以來的耐心與忠誠。

那麼，這種連載小說的樣貌如何？它們其實很像肥皂劇，也因為相同的原因，肥皂劇看起來也很像連載小說，只是劇情的推展更遲緩。以下我列出幾個長期連載會出現的問題：

(1) **維持連續性**

(2) **讓資訊維持在一定的範圍內**

(3) **維持讀者的忠誠度**

在所有形式的連載敘事中，「連續性」一直都是最大的問題，你必須保持前後一致，讓這些人物本週與上週的行為差不多，你也必須不時幫助讀者熟悉那些很久沒登場的人物，或是更新事件的最新發展。所以，新的連載在一開始通常得對之前發生的事情來個「前情提要」——這倒有點像是小學的課程，每學期的前兩個月都在複習上學期教過的數學。

「讓資訊維持在一定範圍內」又是怎麼一回事呢？狄更斯相當擅長處理龐大的資訊，他的大部頭小說常會出現幾百個人物，而且每個人多半都有名字。配角們從這次出場到下次出場，可能已經隔了數月，如何能讓讀者一一記住他們？這是一個大挑戰。如果你是狄更斯，你可以為他們取奇怪的名字，安排怪異的癖好、奇特的長相、愚笨的口頭禪，像是梅格威區、賈格斯、威米克、哈薇珊小姐、喬・加格瑞、喬的太太，這還只是《遠大前程》這部小說裡的幾個人物而已。比如威米克一直擔憂他年邁的父親，稱他為「老P」；哈薇珊小姐總是穿著有五十年歷史的結婚禮服，坐在結婚宴席的廢墟裡。你有辦法忘記這些人物嗎？在《塊肉餘生記》裡，麥考伯太太每次出現幾乎都會說：「我永遠不會離開麥考伯先生。」從來沒人問她、也沒人要她離開她丈夫，那為什麼她會這樣說呢？其實是為了讀者，自從三月以來，我們就沒再見過麥考伯太太，而我們可能會在巴爾庫斯、佩苟提斯這些人物出來之後忘記她，雖然這不太可能發生，因為她實在太令人印象深刻了！

那讀者的忠誠度呢？你必須給他們一個明天、下週、下個月還要回來的理由，為了做到這件事，敘事者必須安排高潮迭起的情節。換句話說，故事必須是推動小說的力量，而非主題、形式、原創性或其他東西。情節最重要的元素，就是在連載的結尾安排一定強度的上揚；也就是說，在連載的結尾處，你必須丟個「大東西」給讀者，告訴他們將會發生什麼事，製造懸疑感。最有名的例子就是影集《朱門恩怨》某季的結尾：「到底是誰殺了J・R？」維多利亞時期也有類似的疑問，最令人津津樂道的就是《老古玩店》，在某次連載的結尾處，它讓年輕的女主角小奈兒重病不已。

一直以來，我們總有讓藝術脫離商業的欲望，我們責難金錢對電影的影響，或是企業認購美術館，但事實上，多數的藝術形式或多或少都與商業相關。與商業無關的，比如抒情詩，作者根本無法用它們來賺錢，但或許這對抒情詩來說反倒比較有利。無論如何，連載形式對維多利亞時期的小說家而言是有利可圖的。首先，許多小說家藉由與雜誌社簽約來賺錢；其次，當小說以書本的形式問世之後，更高的知名度與廣大的讀者群，可以讓書有絕佳的銷路。小說的長度與連載數量是很重要的商業原則，沒什麼知名度的作家所寫的小說，可以獲得五十英鎊，但若是有名的作家，卻可以獲得一萬英鎊之多，這樣的差距是很驚人的。而作家與出版社間的協商也是一門學問，喬治・艾略特是那個時代最有名的作家，她的丈夫喬治・路易斯是她的經紀人，當出版社提出連載十六次的小說《羅慕拉》可以得到一萬英鎊，路易斯卻提議連載十二次，稿酬七千英鎊，然而當最後成品拉長為十四次連載，這多出來的兩章卻讓艾略特一毛錢也拿不到，這也可以說是「交易的藝術」吧！假如小說很成功，甚至可以被出版兩次，第一次以一部三冊的方式出版「三卷本小說」（triple-deckers），僅有粗糙的裝訂；如果還是很受歡迎，就可以用昂貴的皮革裝訂成一大本小說。

「維多利亞小說」式微與「現代主義小說」的興起

維多利亞小說公式真的有效嗎？是的。嚴肅或充滿文學性的小說，從未受到大眾青睞，不管是維多利亞時期之前或之後，然而，這類小說在維多利亞時期卻獲得空前的商業成功。特別引人注目的小說連載時，雜誌訂閱量可以增加好幾萬本，上架一小時內，書報攤的貨就全被掃光，薩克萊、狄更斯、哈代、喬治・梅瑞狄斯都因為連載小說而變得富裕。即使在美國，就算連載方式不一樣，傳統小說形式仍然相當成功，尤其是納撒尼爾・霍桑、馬克・吐溫、威廉・狄恩・豪威爾斯，甚至是赫曼・梅爾維爾，他的《白鯨記》其實也是為那些讀過《歐穆》和《泰皮》之後，期待讀到更多海上冒險故事的讀者所寫的。

這個公式的確非常有效，所以呢？後來發生了什麼事？為什麼現代主義者要拒絕、甚至詆毀這麼美妙的安排？部分原因是經濟狀況改變，那些暢銷的維多利亞時期雜誌，如《黑檀雜誌》、《愛丁堡評論》，不再像過去一樣受到大眾歡迎，少了這兩本雜誌，連載小說的前途堪慮。但除此之外，同樣一本小說，你可以重寫幾次？已故的阿根廷作家波赫士曾說他絕對不會寫小說，因為十九世紀的英國作家已經把小說寫得如此動人，後人根本沒東西可寫了。

當然，經濟變化不是唯一的因素，當時有很多事件同時發生。維多利亞時期的小說與當時的世界十分契合，但是卻與接著到來的新世紀格格不入。想想看，十九世紀末與二十世紀初期，人類的思想發生多大的變化：佛洛伊德、尼采、威廉・詹姆斯、亨利・伯格森、馬克思、愛因斯坦和普朗克研究院等等，都在一九一〇年之前發表了極具發展性的成就。狄更斯和艾略特從沒讀過這些人的著作，他們的小說適合馬車時代的緩慢步調；但這時福特汽車創始者亨利・福特已經開始大量生產T型車，讓我們生活在一小時可以前進三十哩的現實中。所有的事情都以飛快的速度前進，小說也一樣，需要有全新的步調，作家、讀者也開始對傳統小說感到不耐煩，他們開始思考除了鋪陳情節之外，有沒有其他東西是小說可以做到的。於是極端傳統的維多利亞時期小說，被極具實驗性的現代主義小說取代，雖然不是馬上發生，但是速度確實很快。

二十世紀初的前幾年，有幾部相當傳統的小說被出版，像阿諾・班奈特、約翰・高爾斯華綏的作品，他們的名字很快就被年輕作家視為老掉牙的同義詞。很快地，各種實驗開始了，一九二〇年最主要的現代主義大師——喬伊斯、D・H・勞倫斯、維吉尼亞・吳爾芙、約瑟夫・康拉德、福特・麥鐸斯・福特、葛楚德・史坦、湯瑪斯・曼、法蘭茲・卡夫卡以及馬塞爾・普魯斯特——不管他們國家的傳統慣例為何，他們都進行了徹頭徹尾的「顛覆」。為什麼不？當時間（伯格森）、心智（佛洛伊德、榮格）、現實（愛因斯坦、玻爾和海森堡），甚至倫理觀（尼采）都翻天覆地改變了，當人在天空飛、圖片會動，而聲音能穿越空氣旅行，你除了去嘗試點特別的事，還能做什麼呢？

小說確實變了，葛楚德・史坦書寫奇怪、重複，像樓梯一樣的散文，她的文字讓人讀來會以為是來自一個完全不懂英文，或任何語言的人。在《三種人生》和《製造美國人》裡，她讓我們與語言疏離，讓以英文為母語的人對它感到陌生，必須重新思考與英文間的關係。難怪她花了十八年的時間，才找到願意幫她出下一本書的出版社，而下一本書則是一隻厚達九百頁的巨獸。

卡夫卡用幾十個小故事和三本小說，讓我們與生存狀態疏離，不過大多數讀者比較熟悉的還是他的短篇小說《變形記》。這本小說描述一個年輕男子有天起床後，發現自己變成一隻巨大的昆蟲，他用極平常的文字來描寫疏離感，甚至幾乎全是字面的意思，但卻讓整個故事怪異至極，本身就具有疏離的效果。他的長篇小說較少讀者熟悉，不過手法其實是相似的，例如在他死後才出版的《審判》裡，主角喬瑟夫發現自己以一個模糊的罪名被起訴，但他非常確定自己什麼也沒做，犯罪、有關犯罪的各種事實，以及起訴他的法律機關，書中從來沒有清楚的解釋，然而他卻完全屈服於整個法律程序，最終走到審判、定罪以及處刑。《城堡》也展現差不多的荒謬情境，一個名為K

的調查員來到一個小鎮，執行據說是城堡派給他的任務，可是對方卻說不需要他執行任務，他試著接觸被陰影籠罩的城堡管理階級——那個被鎮民認定為絕對權威、根本不敢靠近或質疑的地方；雖然城堡堅持他們沒有錯誤，鎮民也堅信城堡永遠正確，然而那裡充滿永遠不會到來的答案、根據錯誤資訊羅織的罪名，以及官僚系統的謬誤。K因為官僚系統捅出的摟子而被帶到這個小鎮，但是他卻永遠無法解決問題。就像史坦一樣，卡夫卡提供了小說激進的、全新的可能性，只是史坦的「競技場」在語言，而卡夫卡則是在情節與設定，但雙方都把小說帶到一個從未去過的地方。

小說家跳脫「外在敘事」，轉而探求「內心情感」

當我們談到現代主義小說，腦子裡閃過的一定是「意識流」。沒錯，那時代的文學明星，尤其是喬伊斯、吳爾芙和福克納，都書寫可稱為意識流的作品，雖然他們不一定支持這個詞彙，但我們可以確定的是，對意識的探索是他們持續關心的事。就連D・H・勞倫斯這類對吳爾芙或桃樂絲・理查森的作品不耐煩的作家，也花費了許多精力去描繪角色的內心狀態。例如，《戀愛中的女人》表面上充滿了行動和戲劇性事件，但其實整本書的精力，全放在四個主要角色內在更激烈的「內心戲」：「我怎麼看待這個朋友、愛人或敵人？這個人要求我給予他怎麼樣的心理狀態，而我想配合還是拒絕？什麼是自治、聯繫或清醒？我能夠生存嗎？我想這麼做嗎？」這種對於內在的堅持，在很多方面都可算是現代主義小說的特徵。讓我們來看看以下這段描述食物的文字：

當帶著點心渣的一口溫茶碰到我的上顎，一陣顫動頓時傳遍我的全身，我停了下來，想要注意身上那些令我驚奇的變化。一種舒坦的愉悅侵襲我的感官，但它單獨、疏離，我完全不知從何而來。我馬上感覺到人生的變化與衰都無所謂了，災禍也無害，人生短促不過是幻覺罷了——這種感官刺激好比戀愛，賦予我珍貴的本質；又或許這本質不是我身體裡的什麼，而是我本身。我不再感到平庸、猥瑣、凡俗。這股強烈的喜悅是從哪裡湧出來的？我感到它與茶水和點心的滋味有關，但它又遠遠超出那股滋味，它的本質一定與味覺不同。那麼，它從何而來？又意味著什麼？我如何掌握並定義它呢？

這段文字是回應文學史上最有名的一口食物，一塊沾著茶吃的「瑪德蓮蛋糕」引發了七大冊的回憶——馬塞爾・普魯斯特的《追憶似水年華》。好，有個傢伙吃了一口蛋糕，如果是以前，這樣的行動根本不重要，除非它和其他更大的行動相連。在威廉・狄恩・豪威爾斯的作品裡，對於動作的回應只會是再吃下一口，或讓角色丟臉——因為他嘴裡都是食物，還一面講話。但這裡卻不同，完完全全不同，我想普魯斯特從沒讀過豪威爾斯。你能想像嗎？敘事者馬塞爾的確又再吃下一口點心，但卻是在他一番沉思之後。這個行動完全是「內在的」，感官刺激淹沒了他，緊接而來的是無可解釋的情感，然後是一連串有關這個情感的來源與意義的問題。換句話說，他所有的人生都隨著這口濕蛋糕滿溢出來。沒錯，他將試著「掌握並定義它」，但將會花上一百萬字的篇幅。

不是每個現代主義作家都寫這麼長的篇幅，雖然確實有不少卷帙浩繁的小說著作，但其中大多數的小說都努力把重點及敘事放在角色的腦子裡。不同類型的作家如喬伊斯、海明威、迪尤娜・巴恩斯、薇拉・凱瑟以及E・M・佛斯特，都殷勤地去探勘人類意識的深穴。事實上，是什麼讓佛斯特的《印度之旅》比他在二十世紀第一個十年所寫的小說，像是《窗外有藍天》與《霍華頓莊園》更具現代元素呢？重點不在態度或形式，而是強調人類意識的「問題」：「在最私人的層面上，角色如何感知、處理、回應周遭環境帶給他們的刺激呢？」當你無法再進入意識的更深處，會發生什麼事呢？看看喬伊斯的《芬尼根守靈夜》，我曾經讀過它，雖然不是一口氣讀完，但大部分的段落都讓我讀得很開心，不過我不會宣稱我完全讀懂它。這裡我節錄小說中一段難以理解的文字：

長河沉寂地流著，流過夏娃和亞當的教堂，從彎彎的河岸流過，經過大弧形的海灣，反覆流經歷史長河的循環，把我們帶回霍斯堡和郊外。

崔斯垂姆爵士，低音弦琴的演奏者，隨著遠方不停起伏的浪潮，還未從高盧西北方再度抵達這歐洲小島凹凸不平的地峽來發動半島戰爭：那些有絕佳視野的人腳下的石頭在歐康尼河邊還未堆積成羅蘭斯鎮的非吉普賽人，當他們去都柏林，他們總是在乞討：也沒有聲音從燃燒的火中傳出來說你就是彼得，雖然之後約伯用了偽裝讓以薩克失去領導權，那被殺的獵物：還沒有，雖然在凡納西，所有事情都是公平的，雙胞胎姐妹對數字二十九非常憤怒。爸爸兩加侖的麥芽酒腐爛，吉姆和約翰在弧光燈旁釀酒，而彩虹的盡頭是露水和紅色，水面四周瀰漫。

讀到這裡，你難道不會想再繼續看下去嗎？這只是小說開頭的兩段文字，奇怪的是，所有你必須知道關於這本小說的種種都在這裡——雙關語、持續流淌的河水、歐洲北方的神話傳說、從各地借來的字詞、家族密碼和家鄉都柏林、故意誤用的英文拼音和正字法、環狀的意象。書中引用哲學家吉安姆巴蒂斯塔的「歷史長河的循環概念」，讓開啟本書的不完整句子，剛好與本書的最後一句連結起來[1]。但從另一個角度來看，對許多讀者而言，這兩段大概就是他們對於這本文學怪書所想知道的全部了，搞不好讀完這段就是他們的極限了。

《芬尼根守靈夜》提醒我們另一個二十世紀小說的重要里程碑——實驗主義。假如維多利亞時期小說是拒絕創新的代表產物，那麼現代主義與後現代主義就剛好與之相反，它們不斷追求創新。不過，並非所有的實驗主義都像喬伊斯那麼極端，海明威自己也是個實驗主義者，不過他喜歡短小、密封的句子和有限的字彙，嘗試在多短的句子裡可以放入多少豐富的意義。大部分的小說家在他們的創作生涯裡，可能從來沒寫過像《旭日又升》結尾如此簡單卻意義深遠的問句：「這樣想不也很美嗎？」（Isn't it pretty to think so?）這個看似無害的句子裡，其實隱藏了千言萬語。傑克・凱魯亞克則是走相反路線，在他第一本小說中，句子就像是嗑了太多咖啡因，騷動不安又興奮難耐，似乎嘗試想要捕捉這整個令人暈眩、傷心、著迷並即將崩壞的世界。

在幾個山麓丘陵之外的是太平洋，湛藍而廣袤的海洋帶著一座白色高牆，從傳說中的馬鈴薯田，也是舊金山的霧誕生之地，開始往前推進。只消一小時，霧就從金門海峽大量湧入，將這個浪漫的城市籠罩在白霧裡，而某個年輕人握著女友的手，沿著白色人行道緩緩走上坡道，口袋裡還放著一瓶托凱葡萄酒。那裡是舊金山；而美麗的女子站在白色的門廊等待著她們的男伴；還有科伊特塔、內河碼頭、市場街，以及十一座熙攘的山丘。

這是珍・奧斯汀不可能寫出來的句子，凱魯亞克努力想捕捉新穎的、戰後的美國節奏，將畫面沿著高速公路急速推進，處在長途開車的寂寞裡，在爵士酒吧與徹夜開放的咖啡店裡旋轉，亟欲遠離那戰爭的年代，越快越好。聽聽這些聲響！假如海明威證明了「諧仿」（parody）不是難事，而且他晚期的作品也諧仿了早期的作品，那是因為這個敘事聲音是如此特別又具原創性。

實驗主義在各種不同形態裡發生，甚至毀壞小說原有的形貌。法國人所謂的「新小說派」，像亞蘭・霍格里耶、瑪格麗特・莒哈絲、克勞德・西蒙、娜塔莉・薩洛特等，都與我們所認為小說應有的「安排」大相逕庭。新小說派不重視情節、角色、主題、動作以及敘事，而取代它們的通常是物件和感知，或是從各種角度來呈現同一事件，甚至只是一再重複同個角度。例如，雷格里耶的代表作《妒》中那個飽受折磨的主角，他無法克制自己不停地看著他太太與鄰居偷情的證據，以字母「A」稱呼他太太，小心翼翼地避免提到自己也在場，不僅逃避使用第一人稱的「我」，敘事時更時常避免把自己放在某些他很明顯「身在其中」的場合裡。

新小說後來也有一些擁護者，最明顯地大概就是大衛・馬克森，他的作品總是偏離傳統的慣例或期待。《維根斯坦的情婦》是由女性敘事者針對自己經歷的世界，做出的簡短陳述與回應所組成的，她相信自己是這個世紀僅存的最後一名人類。

> 舉例來說，我們可以相當敏銳地察覺到卡珊卓什麼時候生理期。卡珊卓又覺得身體不適了，我們現在可以想像特洛伊羅斯或其他特洛伊人，然後說同樣的話。然後再一次地，海倫也可能也在生理期，即便當她仍然擁有那光芒四射的自尊，身為海倫的。
>
> 我自己的通常只是讓我的臉浮腫。另一方面來說，我們也幾乎可以確定莎孚對這種事不會拐彎抹角。這也充分解釋了為何她有些詩被用來填充木乃伊，這甚至是在化緣修士發現她遺留的詩作之前。

大概沒有人會認為這個故事很傳統吧？馬克森的作品非常前衛，不使用傳統敘事的建構元素，反而比較依賴意識與感知的片刻。當然，這些也是傳統的元素之一，但是它們很少像馬克森那樣被放在突出的位置來討論。

小說長河中，「傳統派」與「實驗派」的消長

每個時代都有它的文學精神特質，有時候還不止一種，而二十世紀的精神特質多半圍繞在幾個

相互關聯的吶喊中，例如「傳統閃邊」、「打倒傳統」、「創造新局」或「如果不試又從何得知」等口號。那種想要實驗與創造新事物的驅動力，在很多不同的形式上實現了，甚至常常拒絕上一波「反叛份子」提出的創新，而那就是實踐現代或後現代的一種版本。

不過，讓我們再度回到維多利亞時期的小說，我再問一次：「所以，發生什麼事了呢？」其實什麼也沒發生，十九世紀的小說從未真正離開我們。那種小說模式：線性敘事、善惡分明的角色以及其他特質，或許失去「文學作家」的青睞，但它們卻停留在大眾小說裡，在類型小說中尤其普遍，不管是文藝愛情、恐怖或驚悚小說。隨便打開一本好萊塢由席尼・薛爾頓或賈姬・柯林斯所寫的故事、茱蒂斯・克蘭茲或梅夫・賓奇所寫的讀物、詹姆斯・A・米契納、約翰・傑克斯或愛德華・路瑟福特所寫的歷史故事，你就會找到《弗洛斯河上的磨坊》或《利己主義者》的後代，雖然那些性愛描述或褻瀆的言語，可能讓你無法馬上分辨出它們的差異，因為那些在房間裡玩的把戲，從未出現在喬治・艾略特或豪威爾斯的作品裡。

二十世紀後期，甚至還出現了偉大的維多利亞式作家，最有名的大概就是那神奇的加拿大人——羅伯森・戴維斯。這個三十歲後期才開始寫小說的作家，到他八十二歲逝世之前，竟然寫了三又三分之二部「三部曲」小說。因為他的直率，把他的小說放到一八七〇或一八八〇年代，似乎有點不太合適，但若從形式和感覺結構來看，他絕對是其中一員。在小說《飲者狂歌》裡，他甚至問了這樣一個問題：「如果一個藝術家生錯時代，他該怎麼做？」而答案——不管是在這本書或其他小說裡——都指向「生產他生來就該從事的藝術」。文學史和文學時尚都是人為的建構物，而維多利亞主義者就該執行維多利亞形式，不管他真正所處的時代為何。

這也帶領我們經過「歷史長河的循環」，回到我們的主題。每個時代都會有「實驗主義者」和「傳統主義者」，打破形式與遵照形式的人。如果你願意，也可以稱他們為「激進分子」與「反動分子」，但他們的美學立場，不見得跟隨政治立場。有些時代可能比較偏向其中一方，但無論如何，總會有作家不願跟隨他們所處時代的步伐，也總會有「反叛分子」以及「反對反叛的人」。

這也是為什麼「所有的文學史都是謊言」，而你手上的這本也不例外，因為它們太過簡化，不能捕捉那龐大而錯綜複雜的整體；因為那是所有男女作家對他們所處時代各自的回應，無論是否與其他作家唱和。像這樣僅僅描述小說的流變，是無法擷取某一年代小說所有的面向與細微差異的，更別說要討論所有年代了，這種令人昏亂的複雜度就是亨利・詹姆斯所謂的「小說家族」（house of fiction）。有人能跟得上它嗎？不，你只能頭暈目眩罷了！

---

①《克萊芙王妃》以對於人物的細膩心理分析著稱。

②《芬尼根守靈夜》的結尾結束在定冠詞 "the" 上：「A way a lone a last a loved a long the」，與小說的開頭「river run, past Eve and Adam」連成一句，構成循環，用以表示生生不息的輪迴。

1 「誰」來教你讀懂小說？

搭訕破冰、公然誘惑，小說的前幾頁到底有什麼用處？

看過逛書店的人嗎？他們從書架上挑一本書，看看封面、讀讀封底，接著翻翻作者序和推薦文……，然後呢？就如你所想的，幾乎沒有人會馬上翻到第二十三章開始仔細閱讀。如果那本書的前幾頁無法引人入勝，它就會立刻被放回書架，因為你無法耐著性子，把整本書讀完。

我們說話需要「開場白」，小說家也一樣。從扉頁開始，小說就不斷對讀者施展魔法，更酷的是，讀者也對他正在閱讀的小說施展魔法。這麼說好了，小說的開場白，可以被當作一紙社會契約、舞會邀請函、遊戲規則表，或是一種極為複雜的「誘惑手法」。聽起來有點極端，對吧？不過這就是小說的「開頭」被賦予的任務。

小說邀請我們投注大量的時間和精力，一步步走進它龐大複雜的佈局裡，但我們卻不知道前面有什麼正在等著我們。「誘惑」就是這麼開始的！它迫不及待地告訴你，當你走進這部小說時，你可以期待些什麼。更重要的是，小說的開頭能吸引讀者參與其中。讀罷小說，我們可能憂鬱傷懷，或是充滿愛意；我們也可能心存感激，或被傷得體無完膚。不論是哪一種，這場閱讀都將成為一個難忘的經驗。

小說的開頭好比是一張「入場券」，邀請讀者入內盡情玩耍。小說的第一頁，與其說是一張「保證書」，更像是「商業本票」，它在對你呼喊：「嘿！我這裡有好貨，你一定會喜歡的！相信我嘛！試一下呀！」由此可見，小說的第一句話有多麼重要。

我們不妨來讀讀下面幾個例子，看看你會不會被它們吸引。

「接下來呢？」——《發條橘子》

「戴洛維夫人說她要自己去買花。」——《戴洛維夫人》

「我沒聽過比這更慘的故事。」——《好軍人》

「許多年之後，當他面對行刑隊，奧雷良諾・布恩地亞上校將會回想起，他父親帶他去尋找冰塊的那個遙遠的下午。」——《百年孤寂》

「這是宇宙不變的定律：有錢的男人一定正缺個老婆。」——《傲慢與偏見》

「那個年代，當大部分的蘇格蘭年輕人正把裙子撩起，在田裡犁田、播種時，芒戈・帕克正把他的光屁股露給路達瑪部落的酋長阿里・依布・法陶地看。」——《水音樂》

讀了這些例子，你能忍住不繼續往下讀嗎？這些開頭激起你的好奇心：戴洛維夫人買什麼花呢？什麼故事這麼悲慘？芒戈・帕克究竟是哪根蔥？他幹嘛光著屁股？

最後一個例子出自鮑爾的第一本書《水音樂》，這本小說就如它的開頭一般狂放不羈，舉凡不道德的事件、豐富的文字意象、令人啞口無言的驚奇，與稀奇古怪的幽默，這本書都應有盡有。鮑爾之後的小說及短篇故事都和這本書一樣，早在開頭前幾頁，文字就張牙舞爪地吸引你的注意。

讀懂小說的方法，就藏在小說的第一頁裡

那麼，小說的第一頁就代表整本書嗎？當然不是。有一次我在課堂上問學生：「哪個搖滾樂團總是寫出讓人一聽就上癮的旋律？」同學舉手回答：「AC／DC。」出乎意料地，回答我的並不是彪形大漢，而是個保守害羞的女孩。我同意她的看法，雖然光那一小段旋律，並不足以讓這群澳洲來的中輟生成為史上最棒的搖滾樂團，但是他們的前奏確實出色！鮑爾小說的開頭也是如此。

以音樂來比喻，如果少了前奏，一首曲子就無從開始，自然也無法吸引聽眾聆賞。小說也是如此，它從第一頁開始，就透露接下來將會出現哪些令你無法移開目光的情節，使你迫不及待地想往下讀。更重要的是，它會教我們「怎麼讀」。

什麼？它怎麼教？是的，你沒聽錯。我甚至可以建立一個公式，姑且稱為「小說起頭法則」

吧！**小說的開頭，就是教你「如何閱讀小說」的第一課。每當翻開一本新小說，我們就得重新學習如何閱讀、如何走進它所構築的世界。當你埋首閱讀，它也正在為你上課，教你如何「讀懂」它。**

你不相信嗎？再好好想想。以羅勃・B・派克的史賓瑟系列推理小說和福克納的《聲音與憤怒》為例，除了字數都很多、書頁間的空白之外，它們還有其他共同點嗎？所有重要的元素——敘事風格、角色的呈現方式、進出角色意識的方式、對話、情節，簡直是南轅北轍。你可以對福克納的作品有意見，但卻不能否認他鋪陳的情節相當引人入勝、對話時有機鋒。

現在，你一定會這樣想：「福克納的作品很難閱讀，可是，隨便一個鄉巴佬都可以讀懂派克的作品耶！」然而，事情絕對不像你想的這麼簡單。派克為主角史賓瑟創造一種特別的態度和氣質，在史賓瑟這位敘事者與周圍其他角色身上都鋪陳出獨特的節奏，讀者們仍需學習，才能漸漸習慣這個故事的氛圍。多數人都喜歡派克勝過福克納，但是這並不代表派克沒有細心地經營他的作品，我們仍需經歷學習的過程，才能讀懂它、欣賞它。

另外一個可以區別小說型態的要點，就在於同作者的兩部小說之間的差距；舉例來說，派克為我們上的課，也適用於另外一本小說，如果你已經讀過《尋找瑞秋》，那麼《卡斯克爾之鷹》也會很容易上手。相反地，福克納從來不寫類似的作品，所以就算已經讀過《聲音與憤怒》，也不能幫助我們讀《八月之光》或《押沙龍，押沙龍！》，他的每一部作品都帶給讀者新的挑戰，而我們也能在每部小說的第一頁看見這些改變。

「小說」這堂課的上課鐘，在你翻開第一頁時就響起了。以馬奎斯《百年孤寂》的開頭為例吧！那句融合上校、行刑隊與冰塊的著名開場白是這樣的：

> 許多年之後，當他面對行刑隊，奧雷良諾・布恩地亞上校將會想起，他父親帶他去尋找冰塊的那個遙遠的下午。

讀者需要知道的事幾乎都融於這句話中，單單一句話就建構了小說中的家族關係（父子）、他們身處的動盪時代（行刑隊），還強調「魔幻」的成分，這個成分的源頭不是冰塊，而是從它所使用的動詞——「尋找」而來，說明冰塊在這孩子心中有多麼神奇！隨著小說情節展開，我們可以知道，這個家族住在赤道附近的哥倫比亞，他們所處的時代還沒有電。從這句話我們還可以聽見敘事者的口吻，他如何呈現資訊、選用字詞等，這類資訊也在接下來的兩段文字中源源不絕地展開。

這個技巧可不是諾貝爾文學獎得主才有的「特技」，無論是羅勃・B・派克的推理小說、安妮塔・雪瑞佛的家庭小說、丹・布朗的驚悚小說、其他膾炙人口的羅曼史小說，或是哈代、霍桑、海明威這些名家的經典作品，它們都在做同樣的事情——給讀者工具，告訴讀者該怎麼讀。不管是什麼類型的小說，最先帶給讀者的都是各式各樣的資訊——角色、事件、地點、時代以及來龍去脈，並更進一步地透露引申的意涵、反諷，甚至作者此刻關注的議題。

這十八種魅惑人心的技巧，就藏在小說第一段中

總而言之，小說的第一頁、第一段，甚至是第一句話，都是教你如何閱讀這本書的工具。你或許會想問：「它們究竟是怎麼做到的？」在這裡，我歸納出以下十八種技巧。當然啦！這十八種技巧作者們不一定全部都會使用。你閱讀時也許會覺得作者根本不費吹灰之力，就傳達了他們想要傳達的資訊，但其實他們背地裡可是費盡一番苦心呢！

你問我十八種會不會太多？其實，我們從小說的第一頁中，甚至還可以找出更多作者的手法，但我認為，與你分享這十八種美妙的技巧就已經足夠了。

一、**風格**

作者使用長句或短句？句型簡潔還是複雜？語調是急促，還是從容不迫？使用多少形容詞與副詞？這就是風格。隨便挑一本海明威的小說，只要讀第一頁，就會對他那簡短、宣告式的句子印象深刻，覺得他大概打從娘胎裡，就被「-ly」結尾的字嚇得魂飛魄散，才會變成一個如此排斥使用副詞的作家。然而，任何一位美國推理小說家——例如約翰・麥當諾、羅斯・麥當諾、雷蒙・錢德勒，或是米奇・史畢林，甚至琳達・巴恩斯，只要閱讀作品的第一頁，就可以發現他們字裡行間中的「海明威風格」，早已透露自己是海明威的粉絲。

二、語調

每部小說都有它獨特的語調。是哀傷欲絕，還是就事論事、不帶感情？甚至是反諷、挖苦？你還記得珍・奧斯汀筆下那個有名的開頭嗎？

這是宇宙不變的定律：有錢的男人一定正缺個老婆。

這可以說是小說史上最經典的語調了！它拉開了「敘事者」與「不變定律」之間的距離，讓珍・奧斯汀藉著反諷的語調暗示兩件事：老婆可以理所當然地花光富老公的錢，以及女人都希望找個「多金單身漢」而非「窮光蛋」。短短一句話，竟然可以做到這麼多事，你能不佩服她嗎？

三、情緒

「情緒」和「語調」有點類似，卻又不太一樣，「語調」指的是敘事者的聲音，「情緒」則是指敘事者描述時所帶的感情。舉例來說，不論我們如何描述《大亨小傳》敘事者的語調，敘事者尼克・卡洛威傳達出的情緒是「悔恨」、「罪惡感」，甚至「憤怒」，這些情緒都隱藏在他看似理性的陳述裡。他雖然以理性的語言，反覆思考父親對他的告誡，以及特權的不平等，但卻不時於字裡行間，流露出非理性的情感，所以讀者不禁會好奇，敘事者沒說出來的究竟是什麼？

四、用字遣詞

小說使用哪類的字詞？是常見還是罕見？易懂或艱澀？它的句型完不完整？如果答案都是後者，那麼作者究竟是不小心的，還是故意的？這些都關係到小說的用字遣詞。安東尼・伯吉斯的《發條橘子》就是只以一個簡單的問句「接下來呢？」作為開頭，卻成功迷惑讀者的小說，也是我認為所有小說中，用字遣詞最「出神入化」的例子。書中的敘事者，是一個沒受過什麼教育的年輕壞蛋艾力克斯，但他卻能說出媲美大文豪莎士比亞的繁複言語，他的辱罵精彩生動，令對手百思不得其解，他的敘述與讚美熱情洋溢，他的咒罵堪稱「了不起的發明」，語言甚至摻雜了虛構的俚語，讓讀者不得不留心聆聽。我們從這部小說的開頭幾段，就可以了解全書的語言特性。雖然《發條橘子》是個比較極端的例子，但我想說的是，每部小說都有它獨特的用字遣詞，每位作者所使用的字都是細心挑選過的，越讀下去，就越能夠明白作者的用意。

五、敘事觀點

這裡的重點，並不在於是「誰」在說這個故事，事實上，我們讀過的多數小說中，讀者都無從得知敘事者的真實身分，然而，這個「誰」與故事、角色之間的關係，讀者卻能一眼就看出來。

首先，這是「他」還是「我」的故事呢？當小說以「我」為主詞來敘事，讀者會期待碰到一個具體的角色，也許是主角或配角，而讀者對這位敘事者，馬上會產生懷疑，我們會在下一個技巧中詳細討論這點。如果小說以「他」當主詞，我們就可以大膽假設，這本小說以「第三人稱」作為敘事觀點。假如小說用「你」來敘事，局勢將整個扭轉，讓讀者恨不得找個地方躲起來。所幸以第二人稱敘事的小說很少；但少歸少還是有的，像是伊塔羅・卡爾維諾的《如果在冬夜，一個旅人》、湯姆・羅賓斯的《穿著青蛙睡衣半夢半醒》，我們可以想見，閱讀它們的經驗一定非常古怪。

敘事觀點就和所有的文學規則一樣，它們都是為了被打破而存在。有時候，某個角色兼敘事者會使用一個不真實的「第三人稱」敘事觀點，有些例子則是以一個置身事外的敘事者「我」來開頭。然而就算小說中有這麼多繁雜的變化，讀者通常還是能在開頭的前幾段就得到暗示。

六、敘事者的存在感

現在，我們可以來討論剛剛跳過的另外一個「誰」。這個敘事聲音是具體的角色嗎？在故事裡還是在故事外？是一個僕人談論他的主人們，還是一個被害者提及他的加害者？關於這點，小說的開頭很快就會給我們暗示。若是「第一人稱」的小說，這個敘事聲音的存在會很明確，像是海明威《旭日又升》中的傑克・巴恩斯以及《戰地春夢》中的費德列克，他們都馬上就對讀者展現自己的存在，從小說的第一句開始，這些角色的個性就刻印在每一個字裡。

換作「第三人稱」的小說，情況又是如何呢？十八世紀的小說敘事者都很有個性，宛如讀者親切的同伴，他們與我們一樣，同為住在這個世界上的男男女女，知道所謂的「人」是怎麼一回事，並興味盎然地觀察身邊鄰居性格上的小缺點。亨利・費爾丁的《湯姆・瓊斯》和珍・奧斯汀的《傲慢與偏見》都是很好的例子。

而下一個世紀，狄更斯的敘事聲音，迂迴地滲入《我們共同的朋友》，在開頭就開門見山地挑明敘事者將會積極參與接下來的故事，當一個熱情的觀察者兼評論者。進入二十世紀以後，採用第三人稱的敘事者通常是冷淡、疏離且冷酷的，像海明威及安妮塔・布魯克納的作品。把接下來這個你可能在學校讀過的例子，與狄更斯的作品比較看看吧！這個敘事聲音比較孤高、疏遠，不太可能像維多利亞時代的作家那樣，情感豐富地介入故事情節之中。

> 他是個年邁的老人，獨自在墨西哥灣流中一條小船上捕魚，至今已去了八十四天，一條魚也沒捕到。

七、敘事態度

敘事者如何看待人物和他們的行動？珍・奧斯汀的敘事者們通常是愉快的、有一點疏遠、帶著些許的高人一等。至於狄更斯的敘事者，第三人稱敘事通常是認真的、參與其中且直接的；如果是第一人稱，則是未經世事、誠摯且溫柔的。而福樓拜《包法利夫人》裡的敘事者，則是出了名的冷酷、疏離，這是作者對於浪漫時代敘事者過度涉入小說的反動。有趣的是，福樓拜拒絕過去的慣例，卻意外地創造出下一世紀最為風行的敘事慣例。

八、時間框架

這些事件發生於何時？與我們同時代，還是很久以前？我們如何得知？小說涵蓋的時間是長還短？如果敘事者也同時是書中人物，故事是發生在他年輕時，還是晚年呢？這些要素就是小說必備的時間框架。再讓我們回到馬奎斯《百年孤寂》的開頭。「多年以後」這四個字真的很神奇，首先，這預示了小說將會涵蓋很長的一段時間，足夠描述一個牽著父親的手的小男孩長大，獲得權力後又再失去的過程。然而，它還展現了另一個神奇之處——「很久很久以前」，這聽起來就像是「童話故事」的開頭。的確，《百年孤寂》講述的是一個奇特時空，早已不復存在、無從追溯。如果有哪個小說家對馬奎斯的「多年以後」不感到嫉妒，我想，他對於「寫作」一定不夠投入。

九、時間管理

這部小說中，時間的流轉是快或慢？講述故事的時間是發生的當下，還是好久以後？尼可拉斯・貝克如寶石般閃爍的小品《夾層樓》，故事「全部」發生在敘事者搭乘電梯從一樓到夾層樓這短暫的時間裡。為了完成這個了不起的特技，作家必須把時間拉長到極致，於是他利用很多回憶和岔題的技巧，而這樣的「敘事策略」也在小說的開頭就必須展現出來。

十、地點

地點就是背景嘛！沒錯，但是地點不只是背景。地點是一種物質性的存在、一個表達想法的形式，也是一種看事情的方式。聽起來很抽象？讓我們回到之前提過的作品《水音樂》，以它為例吧！在那本書的第二段，讀者得知蘇格蘭人芒戈・帕克是一個探險家，在西非尋找尼日河的途中迷失方向。在這裡，「地點」不只是事發現場，也是故事本身。當然，這個地方就是他的所在地，但這還暗示著他是個外來者，是大航海時代的先鋒，也是個粗心大意的人，因為犯下重重錯誤才落魄至此。以這個角度來看，「地點」竟成為小說的「主題」。我們看著芒戈反覆捅妻子，一次又一次把自己逼入災難性的局面，都是因為他不了解當地的自然、文化和地理——換句話說，這些就是「地點」。

十一、重複意象

重複意象是指文學作品中一再重複出現的東西，它可以是意象、行動或文字形式，簡而言之，就是任何一而再、再而三出現的事情，像是《水音樂》裡因為芒戈對歐洲文化的自負，所帶來的一連串災難，像是《百年孤寂》裡反覆出現的奇蹟與上校的死裡逃生，或是《戴洛維夫人》裡的花。

十二、主題

「主題」大概是所有英美文學課的必考題，但它其實是有關「關於」這件事。我這麼說絕對沒有故意混淆你們的意思喲！「故事」是推動小說前進的力量，也是我們關注的焦點，而「主題」則是賦予小說價值的東西。

簡單來說，「主題」就是小說的「旨趣」，有時候它很簡單，例如多數推理小說的主題，都是罪行被揭發、惡人難逃法網，以及社會秩序的恢復。然而，主題還可以是更細微的東西，例如英國偵探小說家阿嘉莎的作品，通常就隱含著次要的主題——貴族階級的墮落。你有沒有注意有多少壞蛋就住在貴族莊園裡？他們有多無能、多腐敗，又多愚蠢？你以為那只是巧合嗎？當然不是！又有時候，主題會和「重複意象」重疊，因為不斷重複的意象是作者用來加強全書主旨的途徑。以《戴洛維夫人》為例，小說的主旨之一「回憶」，在第一頁就已經出現了，當克萊麗莎走在一九二三年的一個美麗的六月天裡，她馬上回憶起自己十八歲時某個極為相似的一天。過去的日子，不斷透過回憶與舊識重現在她面前，這個貫穿全書的主題，早在小說的開頭就透露給讀者了。

十三、反諷（或缺乏反諷）

有些小說從頭到尾都非常嚴肅，這讓我馬上聯想到十九世紀所有的小說，噢！不包括馬克・吐溫，也不包括福樓拜，不過我想你一定知道我指的是哪些小說。其他小說或多或少都帶有反諷口吻，「反諷」可能是以用字遣詞、戲劇化、喜劇性，或出乎預料的發展等手法呈現，而這些技巧通常在小說的開頭就展露無疑。派克的史賓瑟偵探小說系列之一《卡斯克爾之鷹》是這樣開始的：

> 現在已是午夜，而我才剛結束偵查的工作回到家。在這個初夏的暖天，我跟蹤一個盜用公款的罪犯，想觀察他要怎麼花這筆不義之財，結果我費盡力氣，只抓到他在國家銀行對面、丹佛斯廣場的三明治舖吃炸肉排。這案子雖沒什麼代表性，不過在丹佛斯市這地方，你能犯的罪大抵就是如此，讓人提不起勁來。

故事敘事者兼主角史賓瑟對於他私家偵探這份職業，態度十分嚴肅，比如他開槍殺人時，從來不會表現出懷疑或反諷的態度，但每當他「談到」自己的職業時，就「反諷」得不得了。他知道自己所選擇的專業，遊走在道德的邊緣，這樣的自覺滲透到他所使用的句子裡，他甚至想切割「真實的自我」，不和「專業的自我」混淆：

> 我也是一個細心的情人和超棒的廚師，喜歡吃晚餐配紅酒，不單是那個受僱於人的硬漢，只會威脅人和開槍而已。

他也知道丹佛斯市或是任何一個小鎮的夜晚，都可以找到各式各樣的罪犯，所以他那樣說，只是對自己的職業感到沮喪而已。整本偵探小說的精彩之處，就在於敘事者史賓瑟在這兩種角色裡不停轉換，一會兒描述驚險的槍戰，一會兒又用反諷、疏離的口吻來評論自己的這份工作。

十四、韻律

小說裡有兩種韻律：「文字」與「敘事」。「敘事」的韻律需要一些時間才能建立，而「文字」的韻律，讀者很快便能心領神會，更重要的是，它還能提示讀者更大的敘事韻律將如何運作。

韻律與前面提到的「用字遣詞」相關，不同之處在於「用字遣詞」取決於作者選用「哪類」的字詞，而「韻律」則由字詞被放在句子的「何處」來決定。實際上，用字遣詞與韻律是不能分開的，韻律的建立有賴作者選用的字詞，而韻律也能使這些字詞變得更加豐富多彩。

好，讓我們回到韻律。作者是劈頭就給讀者很多資訊，還是語帶保留呢？是開門見山直接表明，還是把資訊隱藏在層層的子句後面？作者讓字詞一個接著一個，令讀者沒機會喘口氣，還是讓字詞緩緩地迂迴前進？以下是芭芭拉・金索夫《毒木聖經》的開頭：

> 想像一座奇特的廢墟，一座世上從未出現過的奇特廢墟。
>
> 首先，想像一片森林，我要你當森林的良心，將眼睛放在樹上，樹筆直而高聳，樹皮光滑卻帶有斑紋，就像那肌肉發達的動物過度生長。這片森林裡的任何一寸空間都充滿生命：精緻的毒蛙，身上佈滿像是戰士出征前在臉上塗的顏料，互相挨著交配，把牠們珍貴的蛙卵隱藏在落葉上；藤蔓緊勒著自己的同類，永不止息地爭奪陽光；猴子的呼吸，蛇腹在樹枝上輕滑而過。

這段文字的韻律如何？它冷靜、經過精密計算、感覺游刃有餘，但每個細節都像在警告著前方暗藏危險。為什麼作者選擇使用森林的「良心」（conscience），而非比較中性的「意識」（awareness）？為什麼用「精緻」（delicate）來形容毒蛙？這完全是名家手筆，刻意藉此營造「寧靜而危險」的氣氛。這也是小說正對讀者表明：「你可以不喜歡我，但是至少你得知道你即將面對的是什麼。」

十五、步調

小說的步伐是快是慢？讓我們來讀讀下面這個例子，亨利・詹姆斯的《仕女圖》：

> 某些情況下，生命中可能會有幾小時，比這個稱之為下午茶的儀式更為可喜。無論你喝不喝茶——當然，有些人從來不喝；不過這個場合總是很愉快的。在我心中，有一個開啟這簡單故事的方式，為這項無害的消遣，提供絕妙的場景，這場小小的盛宴，在一座鄉間老宅邸的草地上舉辦，就在一個我稱之為完美、燦爛的夏日午後。

想當然爾，這個故事並不像百米賽跑，這段文字的每一句話，都表現出「從容不迫」的態度——長而抽象的字詞、「有些人從來不喝」（some people never do）這類的贅語，這些敘述不疾不徐地鋪陳事件的背景。你知道嗎？你必須習慣它，詹姆斯的敘述絕對不狂亂、不急躁，所有他想在敘事中呈現的重點，例如角色心理的剖析與內心上演的戲碼，都需要時間鋪陳，急不來的。

十六、期望

這裡的期望包括作者與讀者的期望。我說「讀者的期望」，你肯定認為我瘋了，但是你的期望就明擺在小說的第一頁呀！雙方的期望是小說互動性最強的空間，就算不在第一頁，也會在其他頁面中出現。作者會率先發表他的期待，這位小說家是像英國小說家喬治・艾略特一樣，期待他的讀者有充分的時間與耐心嗎？還是像美國小說家湯瑪斯・品瓊，期待他的讀者「很酷」，喜歡搞怪與不按牌理出牌的敘事？或是像英國幽默小說家伍德豪斯，盼望一個悠閒、歡快的同伴？

這本小說希望讀者費多少心思閱讀？作者理想中的讀者，又需具備什麼態度？這些都是作者對讀者的要求。不過，有個地方是讀者說了算的，那就是——我們想不想讀這本小說？我們是否同意作者的用字選詞？我們是不是那個「超酷」的讀者？我們期待小說為自己做些什麼？

小說的第一頁，其實就是作者與讀者之間協商、合作的開端。作者為了這個協商過程付出許多，讀者也是如此。讀者的期盼（我想從這本小說得到什麼）與作者的期望（我想從讀者身上得到這些）一樣重要。小說第一頁是兩造心靈交會的時刻，也是讀者決定要不要讀下去的依據。

十七、人物角色

小說中的人物雖然不一定會在第一頁就冒出頭來，但絕大多數的情況都是如此，尤其是主角。主角（protagonist）一詞的字根源自希臘文，意為「第一位行動者」，而這些「行動者」吸引讀者的能力，不管是二十一世紀初的小說，或是西元前五世紀的戲劇，都是一樣的。

如果是「第一人稱」的小說，讀者馬上就會遇到這號人物，像是《頑童歷險記》的主角哈克・芬、《陪審員》的主角麥克・漢默，或是《蘿莉塔》的主角韓伯特。即使我們一開始不知道他的名字，也不曉得他在這部小說中扮演的角色為何，但是他就在那裡。「第三人稱」的小說也是如此，讀者很快就會遇到「他」或「她」，比如「戴洛維夫人」在小說開始的第一個字就出現了。喬伊斯的《尤利西斯》則是這樣開場的：「臃腫的巴克・馬利根緩慢地……」馬利根雖然不是主角，但卻是主角的勁敵。更別說馬奎斯《百年孤寂》的起頭了，奧雷良諾在家族的百年興衰史中，扮演著舉足輕重的角色。說了這麼多，我只希望你記得：想要開始一部小說，「人物」是很好用的。

十八、讀懂小說的「教戰手冊」

前文的十七個元素都是告訴讀者小說希望被「怎麼讀」，當然，這取決於我們是否要隨從作者鋪好的路走。但其實每部小說都希望讀者能以某種特別的方式閱讀，讓我們一起檢視下面的例子：

> 我坐在浴缸裡，為我那喜愛冥想的腳掌塗抹肥皂，一邊唱著歌，如果我沒記錯的話。「花園旁那雙我最愛的蒼白的手……」如果我說當時我想跳起碰碰舞，那便有欺騙我的讀者之嫌。那個夜晚，後來被證明是人獸皆避之唯恐不及、惹人厭的夜晚。我的阿姨達莉雅從她在烏斯特郡賓克利區的鄉村宅邸寫信給我，問我能否幫她一個忙，帶一對姓楚阿特的夫婦去用晚膳。

「達莉雅阿姨」這個名字，可能已透露出她與故事的敘事者是親戚，但是如果你曾讀過伍德豪斯的「伍斯特與基輔斯」系列小說，你馬上就會知道敘事者是誰。就我所知，只有一個敘事者擁有「愛冥想的腳掌」，也只有他會唱那種光看歌名就覺得無聊到極點的歌，還驕傲地不惜岔題告訴讀者。「碰碰舞」已經透露出這個角色的特性，更不用說像是「人獸都避之唯恐不及」這樣的形容詞，角色的個性躍然紙上。對那些不熟悉伍德豪斯的讀者來說，這個段落承諾給讀者乾淨俐落且滑稽的幽默，更重要的是，這是一個「讀者教戰守則」的絕佳範例。

這個段落充滿各樣的資訊，不論角色、敘事態度、風格、用字遣詞，還是句中奇怪的轉折，他對阿姨、階級與社經地位的態度，甚至是音樂品味，都一再顯示作者的巧思。所有讀者需要知道的東西都濃縮在這段文字裡，唯一沒透露的，只剩下敘事者的名字以及重要角色「基輔斯」。但其實讀者也可以稍稍推論出來，像這樣一位了無生氣的敘事者，鐵定需要另一個重要角色來輔助他。

總結來說，讀者學到最重要的事是什麼呢？這本書百分之百不是俄國文學家杜斯妥也夫斯基那掛的，而是可以讓人「鬆口氣」的小說。你看見沒？以上所有東西，都用一段文字就解決了！

值得慶幸的是，前文提到的所有技巧，並不會在每本書的第一段文字就出現——雖然一定會出現不少，即使只有十個，對讀者來說也已經夠受的了！小說開頭僅僅一頁，讀者卻懈怠不得。

然而，第一頁就代表整本小說嗎？當然不是！否則哪還需要其他幾百頁文字呢？要記住的是，**所有的元素都只是整本小說建構意義的「起點」，還有更多深刻的意涵靜待讀者慢慢挖掘。**所以，我們還是得繼續往下讀囉！

2 你心嚮往卻到不了的地方

在倫敦貝克街頭你遇不到福爾摩斯，即使街景多麼相似

開始之前，先來個機智問答：中土世界①、麥康多鎮②、西卵鎮③、約克納帕塔法郡④、聖納西索市⑤、納尼亞⑥，這六個地點有什麼共同之處？

答案揭曉，它們都是你我從沒去過、也絕對無法造訪的地方。它們不是人類居住的地方，不管是愛爾蘭作家喬伊斯筆下的都柏林，詹姆斯・T・法瑞爾的芝加哥、羅迪・道爾的貝瑞鎮，或是墨西哥作家卡洛斯・富安蒂斯筆下的墨西哥市……，不論細節安排得多麼小心翼翼，修飾得再奢華不過，都無法使這些地方變成我們居住的小鎮、城市以及農場。

別誤會，我愛死這些地方了！它們都是小說中很棒的空間，就像真的一樣，有時候甚至比真的還好。然而不管再怎麼美好，它們終歸不是真的。我上課時很堅持這點：我的學生必須理解什麼是小說中「必要的謊言」。

所謂的「小說」，就是虛構人物在虛構的地方學一門虛構的學問，但所有的一切幾可亂真，與

事實並無二致，身為讀者的我們被小說引導著前進，甚至認為這個虛構的地方「很真實」。

現在你應該被這些相互交錯的「真實」與「虛構」，搞得頭昏腦脹吧？在說明以前，讓我先舉個真實的例子。一九五四年的六月十六日，有五個人環遊都柏林，進行一場哀傷之旅，藉此紀念喬伊斯著名的小說《尤利西斯》中「布魯姆日」（Bloomsday）的五十週年。與會者包括喬伊斯的表弟湯姆、詩人派翠克、年輕作家安東尼・可朗寧、約翰・萊恩以及布萊恩・歐諾蘭。他們的主要目的是重塑小說中角色們的遊蕩。遊戲規則是：活動進行的時間裡，每個人扮演書中的一個角色，並在小說描述的特定時間內，抵達現實生活中同樣的地點。

對我來說，這個活動註定以失敗收場，因為它從頭到尾有太多阻礙，而這些策劃人也早該預料到這是個不可能的任務。不過，他們大概沒想到，這個行動後來竟成為備受歡迎的節慶活動。接下來的半個世紀裡，布魯姆日成為一筆「大生意」，每年的這個時候，被這位文學大師迷得神魂顛倒的遊客們，都抱著朝聖的心情，在這些小說景點吃喝玩樂、住旅館、找導遊。

這個活動後來越來越盛大，大到連巴特羅謬・吉爾也把這個場合，變成他推理小說的神祕場景。二〇〇四年六月十六日，都柏林市甚至還舉辦餐會，以一萬份小說中出現的早餐，來慶祝「布魯姆日」的百年紀念。然而，從文學的層次看來，這些慶典其實和先前五人小組重現小說情節的行動一樣，都是徒勞無功的。**我想強調的是，就算喬伊斯給了你地址，你還是不可能重新走過小說人物們所走過的街道，因為那些都不是真的街道，它們只是街道的「再現」而已。**

自我放逐的喬伊斯，以從親戚朋友那裡收集大大小小、與家鄉或是他有興趣的時代相關的各種紀錄聞名，包括老節目單、工商名錄、廣告傳單、剪報、賽馬小報，或任何可以提升寫作真實度的文件。他還因為把他父親及朋友們在酒吧間的對話偷偷記錄下來而聲名狼籍，所以想也知道，他並不討父親與朋友們的歡心。你可以把他想像成一個過於盡本分、甚至有點沉迷的傳記作者，但他與傳記作者不同之處在於，他將這些收集來的材料「內化」了。

假如傳記與歷史是想要創造某個「主體的客觀事實」（the objective reality of its subject），那麼小說的目標，就是創造某個「客體的主觀事實」（the subjective reality of its object）。喬伊斯說過，他想創造的是民族的良心，他以虛構的方式在他幻想的都柏林中，放入他創造的角色，而不是實際記錄人們的活動。他坦率地拒絕傳記、歷史、新聞等紀錄形式，選擇了虛構世界。他並非真的想複製另一個都柏林，而是創造一個角色們都可以居住的都柏林。

他的所作所為，是試圖騙過讀者的眼睛，提供更多的細節，讓讀者看見這個不同的都柏林，甚至讓讀者自己去補足更多的細節。和多數的作家一樣，他對這件事很在行。透過一些像是街名、實際存在的商店、真實地址以及國家圖書館的細節，即使沒有太多具體描述，仍然顯得很有說服力。

我們從角色們的思想中，主觀地經歷小說呈現的真實感，史蒂芬在〈變形〉一章中沿著海灘漫步時，聽見他腳下的石頭喀拉作響；〈風神〉篇章裡，在辦公室中感覺涼風拂過；在〈瑙西卡〉中，當布魯姆正望著年輕的葛提・麥道威爾時，不只看見、也聽見了煙火表演……。然而，嚴格來說，他們都不是整個城市的完整描寫，因為太完整的描寫，反而會干擾我們對於小說的注意力，而你在城市裡散步十分鐘所消化的感官資訊，恐怕比你藉由閱讀七百六十八頁的《尤利西斯》，吸取關於都柏林這座城市的感官資訊還要多。

就如同美國現代詩人瑪麗安・摩爾形容詩句是「一座真的有癩蛤蟆的虛構花園」，小說家也創造具有真實危機、爭議與課題的「虛構城市」與「虛構人物」。

小說世界是「合理的虛假」，不必很真實但必須合情合理

那麼，小說究竟虛構到什麼程度呢？這麼說好了，你想要多虛構，就有多虛構。我舉個最簡單的例子：我們都知道沒有所謂的「中土世界」，就算把整個地球剝去一層皮，你也找不到「夏爾」、「瑞文戴爾」、「艾辛格」或「魔多」這些地方。也許小說的辯護者們會說：「夏爾代表的是英國，而魔多代表德國，整個地理再現二戰期間，其他國家對抗納粹的掙扎。」是的，《魔戒》作者托爾金刻劃出一個暗示性很強的世界，但重點是——這些地方都不是作者所在的世界，也不是其他人的，而是小說中那些角色的世界。

所以「小說」與「現實」一點關係也沒有嗎？沒錯，事實上這也是最關鍵之處。小說裡的設定，必須對故事中的角色負起責任，小說的世界不一定屬於讀者，但一定屬於這些角色們。想像一下哈比人、巫師和精靈充斥在曼哈頓，強獸人與半獸人蜂擁至華爾街，矮人們聚集在摩天大樓的地下室。聽起來挺蠢的，對吧？簡直像是一部會讓你從頭笑到尾的低俗恐怖片。那麼，如果故事發生

在內布拉斯加州的玉米田裡呢？還是不行，佛羅多、甘道夫和咕嚕都需要屬於他們的景色，屬於他們的地理，磅礡的中古世紀故事需要神話般的空間。

同樣的道理，把美國作家亨利・詹姆斯作品中，那些十九世紀上層社會的角色們放入這個神話空間裡，也會顯得十分荒謬。我不認為有人會認同《仕女圖》主角伊莎貝爾出現在艾辛格要塞，或《慾望之翼》主角米麗・系爾出現在魔多這樣的橋段；相反地，薩魯曼出現在艾辛格要塞，或是索倫出現在魔多就再自然不過了。下面就讓我們來讀讀《魔戒》對黑暗大地入口的描述：

> 在高聳峭壁間的窄口，黑魔王索倫建造了一個石頭堡壘，那裡有一道鐵門，鐵門上的碉堡部署著數不完的哨兵。在石堡兩側的山丘上開鑿著數以百計的山窟及蛆洞，埋伏著一群又一群的半獸人，等信號一出現就像黑蟻大軍一般衝向沙場。沒有索倫的召喚，沒有通關密語，是不可能有任何人通過「魔多之齒」——這道鎮守黑暗大地的黑門而不被咬斷的。

這門禁也夠森嚴的了。請注意這段文字中所使用的各種暗示「堅硬」、「黷武」與「毀滅」的符號：牙齒、咬斷、蛆洞、半獸人、黑蟻、碉堡、哨兵、軍隊、黑魔王、黑門。僅此一段文字，就帶出這是個沒有自由、毫無人性的死亡之地。身為古代語言的研究學者，托爾金對於史詩的大架構與細微之處、具磅礡氣勢的事件及英雄人物都十分嫻熟，在《魔戒》三部曲中，他毫不保留地使用所有技巧，包括這段文字營造出的邪惡氣氛，以及幾乎無法攻破的可怕敵人形象。

你應該可以很清楚地看出這種場景很少出現在其他小說裡，可是在《魔戒》中卻有它的特殊功能：佛羅多和山姆必須被即將面臨的可怕任務嚇得半死，讀者也必須對他們的絕望及任務的險惡感同身受。僅僅這一段的驚鴻一瞥，所有人就能感受到托爾金設計這個場景的用意。

小說家用文字開天闢地，讀者則用想像使它生氣蓬勃

所以，不管是哪一種虛構，就算從真實生活中借用，在小說中也會有自己獨特的脈絡。聽起來快有個結論了，對吧？沒錯，這裡我要介紹**「贗造場所法則」：小說作品中的場景絕對不是真的，但它必須表現得像真的一樣。**這個法則意味著什麼？第一，虛構性。任何小說場景的設定，都建構於「想像」之上，看似真實，卻仍與現實有所區別。即使小說家以一個真實的地點作為故事的原型，加以修改、刪減、添加，甚至是竄改，他們絕不會把整個城鎮、街道原封不動地放進去。為什麼？因為龐大的訊息會嚇到讀者，沒有人會想讀它。

有些小說家，尤其是自然主義作家和現實主義作家，常因為自己運用了真實地點的真實細節而自豪，像是福樓拜在《情感教育》中，為了讓讀者體驗到他所知道的巴黎，刻意細膩描述許多真實的景象、聲音和味道。喬伊斯在《尤利西斯》裡模仿這個做法，只是把場景換成都柏林。然而，兩者都不是真正的城市或全部的城市，它們可以是任何東西，但絕對不是巴黎和都柏林。

小說家們對於細節的選擇——添加這些或刪去那些，已經把「真實的城市」變成一個「藝術的概念」。其實這是好事，因為沒有人、即使是《尤利西斯》的忠實讀者，都不希望它的篇幅變得比現在更長。此外，太多未經區別的細節，會模糊焦點。假如費茲傑羅把從西卵鎮到紐約這段路途上所有人事物都放到小說裡，我們就不可能只把焦點放在這三個重點：灰燼堆、威爾森的車庫，以及艾克柏格的眼睛。這三項事物才是小說的關鍵，其他的並不重要。

第二，內在的真實。自中世紀神學家聖湯馬斯·阿奎那思開始，從美學角度來看，幾乎所有人都會認同「整體感」是文學作品讓人滿足的必要條件之一，而一部分的整體感，是來自讓角色存在於「適當的地方」，並在那裡展開行動。

一般而言，寓言般的角色與經驗，適合搭配寓言般的地景。在C·S·路易斯的小說《納尼亞傳奇》裡，當孩子們通過衣櫥到達納尼亞大陸時，其實他們已經把「世俗世界」拋在腦後，步向「奇幻世界」之中。女巫？會說話的獅子？人頭馬？這些生物當然只能出現在衣櫥的另一邊。然而，對十九世紀美國作家薇拉·凱瑟的小說而言，世俗的美國草原景色卻是與她塑造的小說角色十分相稱的環境，她在故事中述說的「自然」，不需要一個日常的地方，而是一種非常特定的「自然」。例如，在《迷途的女人》裡，她需要那些曾經是邊境的農場與小鎮，讓她簡短卻有效地講述穿越西部的故事，而當她的《大主教之死》把故事場景搬到新墨西哥時，敘事方式也要因此轉換。不管是C·S·路易斯還是凱瑟的作品，**場景之所以有作用，是因為它們提供小說內部的一致性，一種小說本質的真實整體感。**

某個程度來說，其實是讀者建構了小說的真實感。讀者參與這些小說世界的誕生，補足了敘述的縫隙，捕捉細節，使幻想世界得以成真。前面已經提過，「閱讀」是作者與讀者雙方想像的交互運動，這個概念在場景上尤其重要，因為小說家不可能為他們想像的世界提供所有細節，而讀者也不會希望作者這麼做，所以讀者有義務、也有意願去接受這樣的現實。

當然，每個人都有他的極限，我們也不可能無條件地接受粗製濫造的想像世界，或是因錯誤和懶惰而造成的邏輯不一致。但只要給我們一個我們能夠理解其法則、精心製作的虛構世界，即使這些法則不同於現實世界，讀者仍會欣然接受。畢竟這些虛構的世界，可以帶領我們抽離世俗的世界，幾小時後又將我們送回，這不就是我們閱讀小說的目的嗎？

---

① Middle Earth，托爾金的小說中人類所居住的世界。
② Macondo，出自《百年孤寂》。
③ West Egg，出自《大亨小傳》。
④ Yoknapatawpha County，福克納的小說多以其為背景。
⑤ San Narcisso，湯瑪斯．品瓊的作品《拍賣第四十九批》的背景。
⑥ C．S．路易斯小說《納尼亞傳奇》中的納尼亞王國。

3 誰在主導全局？

決定小說後續發展的第一步：找到「好的說書人」

你聽過這個說法吧？世界上有兩樣東西，誰都躲不掉——死亡與稅金。而對小說家而言，除了死亡與稅金，「小說開場」與「敘事者」，也是他們無法逃避的。這兩樣東西折磨他們，讓他們生不如死，然而小說家的生涯中，又不能缺少這兩樣東西。

對小說家而言，最難的課題大概就是決定由「誰」來說故事。主角還是配角，誰比較合適？敘事者對角色與事件的態度又是如何？他在事發時就一面講故事，還是事隔許久之後？是否要用一個「置身事外」的聲音作為敘事者？要鎖定一個角色，還是用「全知觀點」來說？該毫無保留地說，還是東躲西藏？敘事者覺得此事饒富趣味，還是困惑不已？他是深陷其中，還是感到無聊透頂？

有人說過：「改變敘事觀點就像改變信仰，若不是一個全心全意相信全能神存在的時代，就不可能用『全知觀點』來講故事。」雖然不能證明這個類比的真偽，但下面這件事卻千真萬確：**一旦確定敘事觀點，整本小說的路線就大致底定，而讀者與角色的關係也都建立在這個關鍵的決定上。**

我們無法想像一本不是由尼克・卡洛威講述的《大亨小傳》，不是由伊什馬利講的《白鯨記》，不是佛羅多述說的《魔戒》。因為讀者將與這個聲音共度短則三萬字，長則二十萬餘字的時光，甚至與他同床共眠，難怪小說家如此重視敘事者與觀點的選擇。雖然這是非常重要的決定，但可供選擇的可能性卻不多。下面這個清單，大概就已囊括了大部分的類別。

一、第三人稱全知觀點（Third person omniscient）

十九世紀前後，這個類似上帝的敘事角度廣受歡迎，它可以隨心所欲地出現在任何地方，所以總是知道每個人在做什麼、想什麼。維多利亞時期的全知觀點敘事者充滿個性，雖然它置身事外，從不介入。如果它使用第一人稱的「我」來說故事，表示它正直接與讀者對話，不代表任何角色。

二、第三人稱受限觀點（Third person limited）

類似全知觀點，這個敘事者身處書中故事與行動之外，通常只是一個聲音，沒有任何具體形象。這裡所謂的「受限觀點」是指它只限定某個角色，跟著他到各個地方去，記錄這個角色的所見所聞與思想。這種敘事方法只站在主角這邊，所以對於故事中其他行動，只能提供片面的想法。

三、第三人稱客觀觀點（Third person objective）

「客觀觀點」說起來並非成功的敘事手法，因為敘事者完全以「外在角度」看待所有事物，它不會進入角色的內心世界，只會給予讀者一些提示。這很像我們日常生活中無法得知別人想法的狀態，所以不是很吸引讀者。

四、意識流（Stream of consciousness）

意識流幾乎稱不上傳統認為的敘事者，它比較像一個「萃取者」，進入角色的腦袋裡，提煉出他們的內心世界，並以他們自己的語言來述說。關於這點，我接下來會再另闢章節說明。

五、第二人稱（Second person）

這是極罕見的敘事方式，在一般閱讀經驗中，遇到第二人稱小說的機會，用一隻手就數得完！

六、主角第一人稱（First person central）

主角自己敘事，對人生與事件提出解釋，像是《頑童歷險記》的哈克・芬、《塊肉餘生記》的大衛・柯波菲爾。這種敘事方式在成長小說①中最為常見，冷硬派偵探小說也偏愛這個手法。

七、配角第一人稱（First person secondary）

這個大概不需要我多做解釋，敘事者是主角的夥伴、哥兒們、男（女）配角，總之就是主角中彈時，站在他旁邊的那個人就對了。作者可以利用這個角色對主角做極細膩地描寫，難怪這個敘事手法，最受到小說家的歡迎。

以上就是常見的敘事觀點，看起來沒那麼複雜嘛！當然，小說家實際運用時，還會併用其他形式，例如報告、具結書、書信、聲明書、生日卡片等等，不過還是可以大致歸類到上述清單裡。

從另一個角度來看，這個簡短的清單恰好能突顯敘事觀點的選擇為何如此重要：在有限的選擇裡，作者該怎麼做才能讓小說脫穎而出？選用主角第一人稱敘事能不能讓自己的成長小說和別人寫的有所不同？如果不以這個觀點來說故事，這個故事能成功被閱讀、理解嗎？

「神的觀點」適合講長篇故事；推理小說要主角親上火線才夠刺激

無論如何，所有被寫出來的小說，都幫忙定義了小說這個領域，雖然這些定義有時也同時是限制，正如同小說家很難寫出一本以一個充滿懊悔的騙子作為第一人稱配角來敘事的作品，卻不參考費茲傑羅的《大亨小傳》。

不過我認為，這並不是最主要的問題。小說家鐵定知道自己的作品在小說領域中將如何被定位，但敘事觀點的選擇比這個定位還更基本、更關鍵，因為這個選擇，將決定所有的事情。從讀者了解主角的程度、讀者能不能相信眼前的故事，到小說的長度等，全都與敘事觀點息息相關。

想想看哪些是你讀過篇幅最長的小說？《浮華世界》、《米德爾馬契》、《荒涼山莊》、《湯姆．瓊斯》，還是《虛妄的篝火》？這些長達八百頁的小說有什麼共通點？答案是「全知觀點」。

第三人稱全知觀點的敘事法最適合長篇小說。這麼說好了，這種觀點讓小說不得不拉長，為什麼呢？因為無處可躲。假如小說家很誠實，假如他創造的是一個敘事者無所不知的宇宙，那麼敘事者就必須對讀者展現他所知的一切。不可能有人鬼鬼祟祟地隱身於黑暗中，敘事者卻不知道他在哪裡、在做什麼、為何這麼做。敘事者必須完全展現所知，才能顯現出他的全知，不能因為方便鋪陳情節，就讓敘事者說：「噢！我不知道這件事。」因為這麼做會打破遊戲規則。

這也是為什麼偵探小說很少用全知觀點來敘事，這種小說需要很多祕密，而那些可以自由進出角色腦子的敘事者，無法對讀者保密。對偵探小說而言，「第三人稱受限觀點」或「第三人稱客觀觀點」就很適合。前者讓讀者只能知道偵探的想法，後者則使讀者無法進入任何人的內心。

第一人稱也很好，英式偵探小說喜歡用「配角第一人稱」，美式則偏愛「主角第一人稱」，為什麼呢？從小說講述的故事就可以看見端倪。英式偵探小說喜歡推理，全靠偵探的才智解決案件，假如故事由他本人來說，讀者就會失去驚喜的感覺，所以故事通常會讓一個沒那麼聰明的人來說。例如，福爾摩斯有他的華生，赫丘勒•白羅則有赫斯汀上校或是其他角色，這些敘事者不笨，他們只是普通聰明，不像福爾摩斯與白羅一樣，聰明到不像人類。

美國偵探小說則喜歡「硬漢風格」，這些偵探並非絕頂聰明，但他們剛強、固執、臭屁，所以由他們來說自己的故事。偵探這一行，就是得把嘴閉緊、保守祕密的行業，但這些偵探兼敘事者，卻個個口若懸河，一面開玩笑，一面冒著生命危險工作。第一人稱的敘事方式，可以幫忙塑造他們的個性，尤其當他們說一些自嘲的俏皮話時，就具有反諷的效果。

此外，這種敘事法在小說中的另一個用處，就是刻意讓主角犯錯。美國硬漢偵探小說的標準情節之一，就是三不五時讓壞人占上風，讓我們的英雄被抓住、誤導，要不然就是毒打、中槍，或掉入敵人的陷阱。如果這種情節發生在第三人稱敘事裡，好比像山姆・史派德在《馬爾他之鷹》裡被下藥，就會令讀者失望，畢竟在整本小說中，他看起來是那樣的無堅不摧。反過來說，蘇・葛拉芙頓筆下的女偵探金絲・梅芳特別撥時間告訴讀者她有多專業，也同時透露她性格上的缺點，所以當她不小心失手時，讀者也不會太驚訝。

主角所知有限是「好事」，同時也是「壞事」？

「第一人稱敘事」還有什麼好處？它創造一種「即時性」，雖然是一種假象。接下來，讓我們暫且偏離主題，先來談談「幻象與真實」。

一切都不是真的，對吧？世界上根本沒有一個叫作湯姆・索爾的男孩，也沒有他心儀的女孩貝琪・柴契爾，也沒有叫哈克的同伴，這些角色都建構在文字上，讓你的腦子相信他們真的存在，即使只有一下子。你的腦子也必須同時運作，不只是相信他們的存在，還要主動把各種元素拼湊起來，加入更多想像，使一個比書中更完整的肖像得以成形。

說了這麼多，最重要的是「敘事者」這個對讀者說話的生物並不比小說裡其他人物更真實。這或許有違你的認知，但卻千真萬確。讓我稱它為**「看誰在說話法則」：小說中的敘事者是「想像」與「語言」的建構物，與書中人物一樣都是假的，全知觀點敘事的「全知」並非來自於神，而是一**

個像神的虛擬建構物；第一或第三人稱的敘事者，並非作者本人，而是虛構的實體，作者藉由他來傳達自己的聲音。所以當我們談及什麼技巧會帶來何種效果時，我們說的其實都是「幻象」。

現在讓我們談談第一人稱敘事的問題，下列這些是第一人稱敘事觀點讓作者感到棘手的缺點：

(1) 敘事者無法得知其他角色在想什麼
(2) 如果不是情節安排，敘事者無法隨心所欲地出現在事件發生的地方
(3) 敘事者時常誤解其他角色
(4) 敘事者也時常被別人誤解
(5) 敘事者只能得知一小部分的「客觀事實」
(6) 敘事者在敘事過程中，可能隱藏了某些事

既然作者明白這些限制，為什麼還選擇這麼不可靠的敘事觀點？讓我們再來看看下列優點：

(1) 敘事者無法得知其他角色在想什麼
(2) 如果不是情節安排，敘事者無法隨心所欲地出現在事件發生的地方
(3) 敘事者時常誤解其他角色
(4) 敘事者也時常被別人誤解

(5) 敘事者只能得知一小部分的「客觀事實」

(6) 敘事者在敘事過程中，可能隱藏了某些事

你發現不對勁了嗎？是的，缺點同時也是優點，端看故事需求與作者的目的。那麼，第一人稱的效果和功能有哪些？第一，立即性。如果你想讓讀者對角色感到親近，「讓主角自己開口說故事」這個方法最有效。這個方式在成長小說中最常見，因為作者希望我們認同皮普、大衛或是哈克。流浪漢小說②也需要這種讀者認同，主角可能是惡棍或是浪子，透過一次又一次的冒險，尋找自己在世界上的定位，他從不顧忌世俗的道德觀念，但也不會冒失到丟了小命。想讓讀者認同，進而同情這個流浪漢，唯一的辦法就是讓他自己來敘事、為自己辯護，例如索爾・貝婁的《阿奇正傳》，或是傑克・凱魯亞克的《旅途上》。我們喜愛阿奇，因為他如此迷人、機智又直接；我們欣賞帕羅戴斯，因為他時而沉思，時而愁悶，時而開朗。我們喜歡他們，因為他們直接對我們說話。

我們不妨把這個「認同＝同情」的公式再往前推一步，然後以「第一人稱敘事」來寫些窮凶惡極的角色。實際上就有不少小說用「怪物」來當主角，雖然他們多半是象徵意義上的，但偶爾也會是隻貨真價實的怪物。不論是哪一種，在一般的書中，他們通常只是反派。

想想下面這個例子：現實生活中，你會想和《發條橘子》的艾力克斯當朋友嗎？許多人夜不成眠的原因，就是想到家裡附近可能有像艾力克斯一樣——反道德、殺人成性、從暴力美學取樂，並隨時等待機會執行這些壞事的人。然而，當他以自己的聲音來說故事時，艾力克斯卻迷人得不得

了，他聰明、機智、口才便給、富同情心。你如何得知他「反道德」、「殺人成性」卻又「富同情心」呢？當然是從小說裡的字字句句。艾力克斯這個角色的創造者安東尼・伯吉斯，織了一張文字的網，誘使我們被艾力克斯性格中迷人的部分吸引，同時避免我們直視他那些可憎的行為。

而「織一張文字的網」也同樣適用於約翰・加登納的作品《葛蘭多》，只是加登納的任務，似乎比伯吉斯還要困難許多。相較之下，艾力克斯這個年輕的壞蛋還算是較慢發展出來的角色，而葛蘭多卻已經被罵了不下千年。小說家並未嘗試挽回這隻怪物的名譽，或把牠變成一隻讓人想擁入懷中的可愛動物，牠仍是一隻怪物，仍然吃人、施暴、嗜血如命。加登納想做的是更微妙、更具挑戰性的事情——仍然保留葛蘭多怪物的身份，但卻讓牠值得同情。首先，作者使葛蘭多與我們有很多相似的地方：機智、觀察力敏銳、對語言有興趣，想了解語言如何有利或不利於自己，對人類社會有著高度興趣，卻不失批判性，再加上被孤立、受委屈，以及些許自卑。如此一來，讀者就能了解表沃夫為什麼要打敗葛蘭多，同時也會對葛蘭多聲音的消失感到惋惜。

我和你、你和他、他和她，說故事的究竟是誰？

由此看來，敘事觀點雖然只有七種變化，但卻不會限制故事被講述的方式。小說家可以混用、調整、變化，甚至「濫用」這些選擇。

奧罕・帕慕克在他那了不起的經典作品《雪》裡，首先使用萬花筒式的觀點，讓小說一開始讀來像是全知觀點，然後漸漸變成第三人稱受限觀點，最後再來一個完全不在故事之內的第一人稱敘事者，讓局面變得更複雜。第一人稱敘事者奧罕聲稱他根據書中主角所遺留下來的手稿，拜訪已故主角生前的朋友和熟人，拼湊出現在這個故事。讀到最後，讀者會發現一開始的全知和客觀觀點都只是假象，奧罕作為主角的朋友，講述主角返回土耳其這趟旅程中發生的種種事件時，時而感動，時而困惑，並感到一股強大的使命感而把故事寫出來。

在這裡，類別的問題就出來了：它們通常只是很粗糙的策略，而《雪》展現了極為細膩的敘事處理，它算不算是「配角第一人稱」呢？好像也可以，因為一開始全知觀點的敘事者，忽然變成一個有名有姓的角色，還與故事中其他人物互動。但是他也同時是隻「變色龍」，不停模仿各式各樣的第三人稱敘事觀點，所以上述的敘事觀點分類，並不能完全分析帕慕克絕頂的小說技巧。

如果說《雪》是一部棘手的第一人稱小說，你不妨讀讀約翰・符傲思的《法國中尉的女人》。小說中的第三人稱敘事者，竟然還參與故事，而且還不止一次！這部小說採用維多利亞時期的小說技巧，不僅濫用全知觀點，還進一步建立讀者與敘事者之間的親密感。小說中，一個很像作者的人出現了兩次，一次是在火車客艙裡觀察主角，一次是在結尾，他把手錶往前撥十五分鐘，於是創造出這本小說著名的「雙結局」。此外，符傲思常常用「我」來讓敘事者發言，但這位敘事者從未與其他角色互動，他搭乘火車與走出但丁宅邸的片段都有舞台效果的味道，暗示他的登場只是「象徵性」的，而非「真的」出現在那裡。

那麼，這到底算是第一還是第三人稱呢？我認為是第三人稱，因為敘事者並非小說中的任何一個角色，但是就如同奧罕的《雪》，符傲思那細膩迂迴的觀點運用，不是任何定義能說明清楚的。說了這麼多，你也許會懷疑：「既然如此，何必注意敘事觀點？如果定義無法應用於所有小說，那麼它是第一或第三人稱有那麼重要嗎？」我認為敘事觀點可以很重要，也可以說一點都不重要。

它不重要，因為即使不注意誰在說故事，你還是可以開開心心地讀完大多數的小說，知道每本小說的要旨；它很重要，因為說故事的是「誰」，會影響讀者對敘事者的信任感。大致上來說，第三人稱敘事通常被認為比較可信，而用「我」來敘事的則沒那麼值得信任。人都會說謊、記錯，以及混消。歷史上有名的一次作家爭吵裡，瑪麗•麥卡羅就曾經這樣形容她已斷交的朋友茉莉安•何爾曼：「她所說的每個字都是謊言，包括『和』（and）以及『這』（the）。」如果真實世界的人們對於真實的掌握都已經如此薄弱，我們怎能期待虛構故事中的角色比真實世界更誠實呢？

此外，了解敘事觀點的種類還有其他好處：我們與故事之間的關係如何？我們與故事保持多遠的距離？我們陷入多深？我們如何被敘事操縱，不得不從某一特定角度看待書中的事件？這些疑問往往在作者選擇敘事者時就被決定了。下一次，不妨讓我們多注意那個難以捉摸的傢伙吧！

---

① 源於德國，內容主要描述孩童長大成人的成長過程，是近代西洋文學相當常見的小說型態。
② 十六世紀中葉流行於西班牙的小說型態，內容主要描述下層人物的生活。

4 別相信任何人

不要相信眼前，尤其是小說中第一個開口說話的人

問題來了：你怎麼判斷律師是不是在說謊？

各位先不要急著搶答。我們人生中總會遇到各式不同的謊言：斷章取義、徹底謬誤、自欺欺人、片面之詞、政治家漂亮的場面話、記者會，甚至是法庭上你來我往的辯論。

從定義來說，小說其實也是一種謊言。古今中外許多小說家都認同並貫徹馬克・吐溫的想法——「小說家就是專門出賣謊言的職業」。然而就算我們知道小說並不真實，那又如何？似真非真、似假非假的事件發生在小說這個沒有明確真假之別的虛構世界裡，這種「虛擬的真實」還是有很多種層次的。

這裡有句話你一聽就知道是個瞞天大謊：「這個故事與我無關。」還真是此地無銀三百兩！這個故事如果跟你無關，你又何必這麼說？我們千萬不能相信說這話的人，你知道他是誰吧？沒錯！就是《大亨小傳》的尼克・卡洛威。他還說：「我的心理一點也不重要。」這傢伙就是在逃避責

任，能跑多遠就跑多遠。幸運的是，他說這句話時我們已經知道他在說謊，而且我們早就知道了！

早就知道，是有多早呢？從小說開頭的第一個字，我們就知道了。什麼字會自己告訴你，敘事者並不可靠？當你看到「我」這個字的出現，就不要再相信敘事者了。是的，如果是小說的第一個字，那他一開始就玩完了。

等一下！你是說他是壞人，故意說謊欺騙我們？也許是這樣，但他也可能被騙了，或是太單純、搞錯狀況、情報不足或內疚，所以無法獲知所有事實，也可能單純只是他不想說實話。但無論如何，不管是「他」或「她」，你都不能信任。為什麼？套句約翰・藍儂說的話：「除了我和我的猴子以外，每個人都有些事不可告人。」「第一人稱敘事」到底有多不可靠？讓我細數給你聽。

無知的孩童最不可信，為什麼小說家偏愛用他？

身兼角色的敘事者時常搞不清楚狀況，或沒有能力處理他們所看到的事，孩童敘事者就經常如此，像是馬克・吐溫筆下的哈克・芬、《遠大前程》的皮普、《塊肉餘生記》的大衛，甚至是《麥田捕手》的霍爾頓，他們為什麼能告訴我們許多超出他們所能理解的事情？因為他們根本就不懂。

哈克說薛普森斯及葛蘭傑佛茲兩家人是好人，說他們出身望族、行為高尚，那是因為這兩家人是這麼形容自己的，實際上他們根本不是什麼中世紀貴族之後，他們只是沒品、粗野的殺人犯。讀者可以清楚看到他們的真面目，故事的主人公哈克卻看不到，這就是馬克・吐溫的刻意安排。

哈克在這裡可說是馬克・吐溫筆下的「憨第德」①，睜著汪汪大眼，天真無邪地活在那些想盡辦法要弄髒他、拖他下水的世俗世界。但我們不想眼睜睜地看他就這麼被毀滅，假如他年紀再大一點，譬如十六、七歲，他也許會變得憤世嫉俗，然後會被迫評價這些人的行為：「接下來我會遇到一連串的江湖騙子、吹牛皮的、人面獸心的傢伙、小偷以及騙子。」但說真的，這樣的哈克就一點也不有趣了，反而令人厭倦。

讀者閱讀這本書的樂趣，其實來自於一般人眼中的江湖騙子在哈克眼中並非如此。他的純真讓他能站在孩童和青少年的邊界上，忽略那些邪惡，而身為讀者的我們也可以暫時把最擅長的道德批判擱在一旁。哈克的純真也是小說成功的關鍵，所以當他決定撕碎那張透露奴隸吉姆行蹤的便條紙時，他必須感到心痛，而他也確實心痛不已：

> 我想了一下子，屏住呼吸，然後對我自己說：
>
> 「好吧！那我寧願下地獄。」然後把它撕碎。
>
> 那是很糟糕的想法、很糟糕的話，但說了就是說了，我絕不會後悔。

這大概是美國文學史上最具道德感的一刻。這一幕之所以成功，是因為哈克真心相信自己會下地獄，他不但違反了法律，辜負了那些他認識的、友好且正直的人，還違背了這些人強加在他身上的「神」，那個支持奴隸制度的「神」。如果想讓這個場景富有意義，哈克必須看不清事實，假如他有一丁點地認為這片正義之海其實只是臭氣熏天的道德泥沼，那麼讓他做出決定的道德力度就不見了。當然，如果我們看不出他所以為的「毀滅」，其實就是他的「救贖」，那麼該哭的就是我們，但幸運地我們看得到，而哈克卻沒辦法看到，所以每件事都顯得很酷。

哈克是個未成年敘事者的代表人物，很多時候這些敘事者的任務就是提供「火星觀點」。英國詩人雷恩有首詩叫〈火星人寄明信片回家〉，敘述一個外星訪客試圖描述我們日常生活中的各種事物，例如電話、汽車、書、浴室，這些他因為沒有任何可以參考的框架，而完全無法理解的事物。當然啦，沒有幾本小說能容納火星人，所以小說家必須提供離地球近一點、但又不太一樣的脫俗觀點。你是否想過，其實小孩子還蠻像外星人的？孩童敘事者無法完全理解他們所遭遇的事物，但也因此，他們擁有一般敘事者所欠缺的慧詰與誠實。

即使敘事者已經脫離孩童期，小說家仍然可以透過回憶，透過年輕的眼睛達到相同的效果。例如狄更斯在《遠大前程》裡，就透過皮普來批判維多利亞時期英國上流社會的想法。這裡運用的是俄羅斯評論家維克多・史洛夫斯基所提出的「疏離」（defamiliarization，又稱為陌生化），史洛夫斯基認為將熟悉的事物變得陌生、奇特，這種文學魔法可以讓我們重新檢驗自以為知悉的常理。

孩童皮普被教導重視財富，嚮往安逸的生活、自滿以及階級意識，但身為讀者的我們可以看出這一切不僅毫無價值，甚至可以說是邪惡的。皮普殘酷地拒絕他最忠誠的支持者——姐夫喬・卡葛瑞，只因他鄉巴佬的作法讓這位剛步入上流社會的年輕紳士丟臉；他接受哈薇珊小姐的命令，是因為看不清她的價值觀就像她的結婚大餐一樣早已腐爛；他愛上傲慢又殘暴、以虐待來證明自身優越感的艾絲特拉……。當然，以一個小孩的角色是無法看穿這些的，然而正因為他無法理解圍繞在他周圍的這些錯事，反而能提供敘事張力，帶給讀者更多閱讀的滿足感。小說並不真的是一個小孩在說話，但作者的敘事策略仍選擇讓較成熟的皮普隱藏他所知道的事，讓我們只能看著小皮普用有限的能力面對這個世界。

第一人稱敘事者，才是真正被「蒙在鼓裡」的人

以上這些例子是年輕角色敘事者的用途，不適用在成人身上。那麼成人的狀況又是如何呢？就算有一輩子的時間，拿來細數選用「第一人稱」的理由恐怕還是不夠用。雖然每本小說都有各自的理由，但大致上仍可分成以下幾類：

一、故事是關於那些沒辦法了解周遭的角色們

對主角來說，每個人背後都有一些看不透的面向。雖然我們都有盲點，也有認識不全或自我認知錯誤的時候，但這些主角在小說中可說是無知到了出類拔萃的地步。

二、故事是關於那些藏有祕密的角色

這樣的例子並不少見，畢竟每個人都有不能說的祕密。

三、故事是關於許多人對同一件事迥異、甚至衝突的解讀

四、故事是關於許多正在把事情全貌拼湊出來的人

如果你能讓自己深陷其中，這個類型會比較有趣。

五、多重事實或事實未定的故事

六、故事是關於惡毒到極點的人或是奇特的野獸

這個類別值得另闢一章來說明，但在此章的範疇下仍值得一提，可以看見各種不同的可能性。

這些類別的共通點在哪？在各種類型中，小說中的角色兼敘事者都是在某個顯著的「障礙」之下說故事的——他（她）被事實隔離在外。如果你要雞蛋裡挑骨頭，事實的確都有不同的面向，但在這些小說裡，事實常和敘事者玩捉迷藏，而他（她）們毫無例外地總是輸家。

要我舉例說明嗎？假設你太太過世了，你最好的朋友也過世了，他們其中一個是這世界上你最景仰的人。再誇張一點好了，假設他們瞞著你外遇了長達十一年，這勾當不只在你眼皮底下發生，你甚至還不自覺地幫了他們一把。這十一年中，你什麼不對勁也沒察覺，連好友的太太都知道，只有你被蒙在鼓裡。因為各種理由，他們聯手瞞天過海，雖然想過對你透露實情，但你卻勸阻了他們。聰明的你，知道現在只剩一個人可以說這故事，而且能公正的評判，對吧？這人當然不會是另外那個寡婦，他是二十世紀的英國作家福特。這是福特在提筆寫他的大作《好軍人》時，就早已作的決定。

又或者你將一生獻給一個不值得伺候的主人，犧牲了快樂、愛情和夢想，到最後你發現自己的犧牲完全沒有意義，你根本無法數算自己放棄了多少東西，不敢大方承認是自己讓生命中的真愛溜走，你太執著成為一個完美的管家，卻忘了自己也是個有感情的人類。當所有原本可以擁有的東西都漸漸離你遠去，你才發現自己的主人竟是個納粹支持者，而且你還是無法譴責或是疏離他，因為他是你一切認同感的來源……。也許你想做的就是把這個可悲的故事說出來，不是嗎？石黑一雄在寫《長日將盡》時，他就是這麼想的。以上兩部小說成功的關鍵在於「自我發現」，如果從他人觀點來看這個過程，故事中值得閱讀的細節就會變得索然無味。

又或許這個第一人稱敘事者知道事實的真相，卻寧願我們都被蒙在鼓裡。英國偵探小說家阿嘉莎常用赫斯汀上校或其他不重要的角色，作為忽略細節或是抓住錯誤情報的敘事者，藉此誤導讀者，突顯主角的聰明。在她一本著名的小說中，敘事者就剛好忽略掉一個小小的事實——他自己就是殺人犯。**一般而言，第一人稱敘事最適合用來提供「只有部分事實的真實」，以及「完完全全的真實」**。

當然，有時真實不但難以捕捉，還會令人痛苦萬分。達利是勞倫斯．杜雷爾的小說《亞歷山卓四部曲》中的主要敘事者，他的生命中有許多事情有待釐清，他形容自己是個破碎的人，每件自以為能掌握的事全從手中不經意地溜走。愛人梅莉莎死於肺癆及他的情感漠視；地下情婦賈絲婷離奇失蹤，留下的謎團多過於答案；連視若知己的亞歷山卓——一個墮落、下流又享有特權的傢伙——也跟著她一起跑了，四周只剩下疏離與敵意，最後只得和不是自己親生的小孩一起躲到小島上，希望藉此對抗雜亂的事件與情緒。

如果不能在道德上理出條理來，起碼在美感上也要有個形式。透過四部曲的其中三部（達利沒有出現在第三部《蒙托力弗》裡，在四部曲中，只有這一部以第三人稱敘事，其餘皆是第一人稱），述說他所知道的事，也發現許多他不知道的事，明白他過去所知道的其實都是虛假。所以當他回想過去的種種，發現他犯下的錯誤，理解自己過去所受的欺騙，試圖以一個生存所需、比較實在的「道德基礎」繼續活下去時，作者怎麼可能不讓達利親口講這個故事？唯有達利是最佳人選，只有他能說這個故事，畢竟作品成功的關鍵在於達利個性裡的虛榮、欲望及對事物的無法理解。

你看過那種試衣間的鏡子嗎？就是利用三面放在特殊角度的鏡子，讓顧客可以看到整套服裝從前到後的整體效果。將這些鏡子重新擺放，讓它們互相折射映照出無數人像，這種手法的箇中好手莫過於露易絲．厄德里克了！她藉著書寫印地安保護區的生活情形，建立起文壇地位，從第一部小說《愛藥》開始，就不斷利用互相衝突的人格和記憶迸出火花，她的小說通常由獨立的幾則短篇故事來構成整體論述，而那些短篇故事讓她可以在同一部小說裡不斷改變敘事觀點。

例如在《愛藥》裡，一開始運用第三人稱敘事，之後又加入第一人稱敘事。不用說，這些不同的敘事很少同意彼此的動機、體會，甚至他們糾結人生中的種種事件，嫉妒、厭惡、自欺、誤報、迷信、被激發出的洞見，以及偶爾出現的超自然力量充斥著整本小說。

這部小說要處理的認同問題是多層次的，遠遠超越主角的身世之謎，從這樣的敘事策略來看，有多面向的主體性問題並不足驚訝。每個敘事者都掙扎於自我，以及置身部落結構中的自我認同問題：他們的目的是什麼、需要什麼或想要什麼。而理所當然地，他們敘述的故事也各有偏頗，充滿自私、短視、嫉妒、慷慨、貪婪、聰穎、困惑、憤怒、驚奇等各樣的情緒和元素。

小說中的敘事者越是「不客觀」，越是迷人？

聽起來或許奇怪，但有時候，第一人稱是處理「瘋子敘事者」的唯一辦法。有時敘事者就是弄不清楚事情到底是怎麼一回事，而且還不曉得自己其實也是一知半解！有時我們就是無法理解現實，納博科夫的《幽冥的火》就是相當好的例子。

整部小說中，我們不確定哪些是事實，只知道事實一定不是敘事者金波特所主張的那樣，小說中唯一可以確定的「事實」是那多達九百九十九行、與書名同名的詩，以及詩的作者謝德是被謀殺的。金波特自願成為這首詩的編輯及評論者，以前言、評註和索引構成這部小說的內容。一切看來似乎很合理，除了這些評注的內容和詩、詩人本身一點關係也沒有。金波特相信自己是北歐一個小國「冷珀」的國王，目前正被刺客追殺中。雖然謝德的詩壓根沒提到這些事，但所有評論和註解幾乎都和這些事硬生生扯上關係。例如，金波特相信殺害謝德的兇手葛雷就是刺客葛拉德斯，在暗殺自己時失手殺了謝德。然而葛雷是從精神病院逃出來的，他被法官高史密斯認為該關進醫院，金波特也向這位法官租房子，而這位法官長得酷似詩人謝德。但這些細節完全不能動搖金波特的想法，他將這些細節都記錄在他瘋狂的行徑裡……。

讀到這裡，你的腦子一定混亂不已吧？小說沒把這些謎團完全解開，所以雖然看似不可能，但金波特所言或許是正確的；也可能是金波特完全瘋了，憑空捏造故事；或是謝德難相處的同事有雙重人格；或是謝德創造出文學手段，捏造自己的死亡，並且用圍繞著詩作的敘事來掩蓋事實。這本書出版以來，上述的最後一個理論最廣為讀者和評論家們所接受。這裡第一人稱敘事的重點在於自由漂移的「我」完全排除了客觀性和真實性，即便金波特正確陳述事實，他堅持以自己為世界中心的態度仍舊顯示了某程度的精神錯亂。

有時你還是能辨別事實，或許吧！無論如何最後總是能看穿一切。在弗蘭・歐布萊恩的《第三個警察》裡，壞人遭遇了厄運，但自己卻不知道。書中沒有名字的敘事者是瘋狂科學家迪賽爾比的信徒，他參與了謀殺和搶劫。在他按照同夥指示分贓款的途中，事情突然變得詭異，他發現自己身在超現實的平行宇宙裡，那個世界看起來像愛爾蘭，但卻有獨自的一套邏輯和自然法則。他遇到的警察紛紛發表關於生存、物理、腳踏車的狂想理論，而這些對他的問題毫無幫助，事實上，他與這個熟悉又陌生土地上的人完全雞同鴨講。只有在小說快結束的時候，他去找他的老同夥——過得相當舒適的約翰・帝夫尼時，事實才浮現出來。帝夫尼對敘事者大叫著：「你不是死了嗎？」因為那個放贓款的箱子裝有炸藥，語畢帝夫尼就心臟病發暴斃，跟著敘事者一起走過——雖然沒有燃燒的硫磺，但很明顯的——地獄。因為敘事者對發生過的事沒有記憶，他注定要一次又一次重複這些經歷。當然，因為邏輯和神學的緣故，敘事者沒辦法認知自己身在何處，連自己的名字都記不得，他要如何能理解這個新的居所呢？

假如你想要處理現實、真實、認知和錯覺之間的不可捉摸，就選定一個角色，透過他的嘴巴來說你的故事吧！聽起來這世上每本小說都是這樣，是嗎？倒不至於。然而，這些小說足夠讓你對身兼角色的敘事者，以及他們帶來的麻煩有個大概的了解，而這些小說的共同點在哪？無論是哪一本，客觀觀點都會損害它們與生俱來的「戲劇性」。

噢！對了，回到一開始的律師問題：他開始講話了嗎？

---

①《憨第德》（Candide）是伏爾泰所著的一部法國諷刺小說。這部中篇小說的主角是一個叫憨第德的青年，敘述其由一個安逸、被保護的生活到理想破滅，見證世間痛苦的過程。

5 聽見小說裡的「聲音」

故事的聲音是高亢或沉穩，娓娓道來還是聲嘶力竭？

敘事者很像貓，他們可能會談論別人，但基本上整個世界還是繞著他們轉的，就算那些用「全知觀點」寫成的小說，敘事者也不免因為在小說中成功地佯裝不帶情感的觀察者，而有點沾沾自喜地以自我為中心。這麼說好了，「敘事觀點」是看哪隻貓在說故事，以及牠是站在石頭上，還是在石頭下觀看這個世界；而「敘事聲音」則是看這隻貓的品種是什麼。

敘事聲音與用字遣詞息息相關，書裡的措辭和「標準英語」有多少不同？是否語意還沒完結，句子就匆匆結束？這些都是決定小說是否值得一讀的重要環節。在這裡，我想先提出幾個重要的觀察，雖然它們可能都很明顯。

第一，小說裡的敘事可以有一個以上的聲音。你可能早就注意到了，對吧？那為什麼小說選集或小說入門讀本都沒有提到這點？它們總是籠統地用「敘事觀點」帶過，彷彿所有作品都只有一個敘事聲音。我們知道這是不對的，因為一本小說裡可以有很多敘事者。例如，艾蜜莉・勃朗特的

《咆哮山莊》，表面上是由洛克伍先生來敘事，他是在事件發生之後才來到莊園的，接著又由納莉・迪恩接棒，她是在山莊歷經一連串動盪事件之後唯一留下來的目擊者，所以能轉述其他角色對她說的話。

這並不是一個新概念，畢竟勃朗特是十九世紀的作家了。作家常在敘事的過程中，才發現需要一些額外協助來補足文意，早在小說這個文類誕生不久後，就有多個敘事者的情形發生，當他們把故事說給主敘事者聽時，我們就可以在「引號」裡發現他們的蹤影。

讀到這裡，你發現問題了吧？沒錯，就是「容易搞混」。這也就帶出我的第二個觀察：假如你想在小說裡採用多重敘事者的手法，就必須把他們一一整理清楚。聽起來好像很容易？你不妨自己試試，就會發現要「聽起來」像別人有多麼困難，常常試了老半天，聽起來還是一個樣，而且聲音越多，越需要清楚的區隔。

小說家是出色的配音員，用「敘事聲音」對讀者說話

聲音區隔運用得相當出色的例子是芭芭拉・金索夫的《毒木聖經》，一共有五個重要的敘事者——普萊斯四姐妹以及他們的母親歐麗安娜。小說以歐麗安娜不安、悲切的聲音劃分主要章節架構，其餘的部分再由四姐妹輪流細述。

熟透的水果、刺鼻的汗味、尿液、鮮花、深色香料、還有我從未見過的事物——我沒辦法說明它的形構，或解釋為什麼在我毫無防備、匆匆經過某個街角時，它忽然出現，使我不得不面對它。它找到了我，在這個島上，在我們這個小鎮，在這個時髦男孩於樓梯井抽著煙的後巷，在一天的渣滓還未被淨空的時刻。

即使在這麼短的段落裡，我們仍可以感受到歐麗安娜的敘述是在評論某件不在現場的事，某件過去沒有被整頓好的東西，不但危險、陌生、不懷好意，而且仍舊在追捕、糾纏著她。這整段敘述大量出現這樣的訊號：「刺鼻」、「尿液」、「深色」、「從未見過的事物」、「後巷」、「未被淨空的渣滓」，當她本人「毫無防備地」在「小鎮」裡「匆匆」移動著，這個巨大的東西追捕到她、在她不注意時偷偷潛入。我們可以知道，這些字詞的確進入目擊者的心中了。我們要怎麼去解釋作者製造的心理狀態，以及那些指出「危險」的字詞究竟意味著什麼，這些都留待讀者自行定奪，但這些字詞的數量之多，實在讓人無法忽略。

四姐妹在隨著父母瘋狂的福音傳教行動抵達剛果之前，都生長在相同的背景——一九五九年的喬治亞州，但她們的年齡和對未來想像的差距卻是如此不同。四姊妹中還有一對雙胞胎，雖然智力不相上下，但因為阿妲身上的創傷，讓她們說起話來完全沒有共通點。阿妲一出生就半身不遂，其中一隻腿完全無法動彈，因此沉默寡言，但她的殘疾卻讓她得以與沉迷宗教的父親保持距離，不像麗雅一樣，完完全全地認同父親。從一些有趣的語言表現，就可以看出姊妹倆的差別。

阿妲是個傑出的思想家，對文字的迴文遊戲特別有一手。

> 道知不們我。
>
> 那些我們所不知道的事物，包括個人無法理解的，或是整個家庭合起來都無從得知的，可以裝滿兩簍個別的籃子，每個籃子的底部都有著一個大洞。

一開頭的「Wonk ton o dew」是「We do not know」的文字反轉，阿妲的註冊商標。她的文字讓人驚訝，有點像英文又不完全是，毫不理會原本的拼音法則，隨意中斷單字，隨心所欲地在這裡空格，在那裡又合起來。例如，她對威廉・卡洛斯詩作〈紅色手推車〉的迴文改編：「旁有雞隻、白色的、站立在雨中，跟著發亮的手推車，紅色如此突出！負重之多，又如何？」不客氣地把冠詞省略掉，插入原文並沒有的「站立」等詞彙，她改編的版本自有奇特的邏輯，獨立於原始詩作。又譬如她們的村子裡，從土壤到灰塵到處都有紅色元素，四姐妹幾乎在不同時間都提過這件事，但阿妲的敘事語彙和麗雅方方正正、保守拘泥的文體完全不同，她並不是故意搗亂，而是打定主意不被規則馴化。對她來說，這個世界毫無秩序可言，也沒有父親所相信的神在擘畫一切，而她對這個世界的回應就是創造獨一無二的語言。然而，這個表面看似混亂不已的敘事，極為反諷地卻是一項高度秩序及智慧的產物，看起來跳躍的邏輯和聯結，正好顯示了她在語彙安排上的種種巧思。

至於四姊妹中的瑞秋，年方十五，她的敘事可說是青少年俚語和誤用文字的入門手冊。

我大聲尖叫，不停踹家具直到整隻桌腳都掉下來，我怒到極點，可能連埃及都聽得到我的聲音。你說呀，除此之外，像我這樣的女孩還能幹嘛？為什麼我就得死待在這裡？為什麼其他人都可以回家跳舞、喝可樂？這真是不折不扣的正義掛毯。

瑞秋的敘事帶有很強的喜劇成分，她是四姐妹中最膚淺的，而且會犯像是「正義掛毯」這種語言錯誤。（她想表現的原意為對正義的「嘲弄」（travesty），卻誤用了「掛毯」（tapestry）這個字。）但是，她的背後有我們需要去理解的東西，她的聲音正給我們最好的提示。風格強烈的青少年俚語，提醒我們留意她被迫放棄的一切——她沒辦法像其他孩子去讀一般高中。我們從她身上，可以注意到父親宗教狂熱背後的殘酷與無情，他只在乎自己的志向和興趣，絲毫不管他人的渴望和計劃。

四姊妹中最小的茹絲梅年僅五歲，她只能用已知的事物來理解新事物，但她卻很享受自己在字彙上的不足：

就算以後我長大了，媽媽還是會留著我的舊鞋子，她會把鞋子變成咖啡色的亮亮金屬，然後把它們和我的嬰兒照，一起放在喬治亞的桌上。她對其他人也是這樣，就算是阿妲和她那條沒用的腿，她的腿朝一邊卷起來，所以鞋子磨得很好笑，即使是那隻一邊磨得很兇的鞋，媽媽還是會收著，所以她也會收著我的。

孩童有限的智力讓茹絲梅的聲音有股天真的魅力，因為不知道「銅」這個字，她盡其所能地用「咖啡色的亮亮金屬」來形容母親鍍好的嬰兒鞋。但茹絲梅不只是一般人刻板印象中的孩童，她的語言中充分表現出這點，她有一種姐姐們都不得不注意的直率和老大派頭。茹絲梅率先打破藩籬，安排各式遊戲和當地的孩童玩耍，而她也經常說出令其他人坐立難安的事實——因為她總是不經意地提到父親加諸在她們身上的暴力。她敘事中傳達出的直率和一心一意，不只在事件中展現，也在她近乎殘酷的誠實中。也可以說她變成一名「間諜」，因為年齡尚幼使她可以隱形起來，就如同那致命的青竹絲，可以滑過樹枝卻不被看到。她也表示，當父母親正在討論其他姊妹不准偷聽的話題時，她總能避開雙親的視線，彷彿不存在一般。

這五個不同的聲音分享各自的經驗與特質，即便說話者逐漸長大，她們的聲音仍被清楚地區分。雖然作者沒有直接表明，但我認為她想告訴讀者：人們總是主觀經驗這個世界，即使在同個屋簷下經歷同樣的事，每個人還是擁有各自的回應和記憶，他們仍舊是他們自己，有著各自的看法。

小說中敘事聲音的交錯精彩絕倫，沒有一個敘事者能主導全局，即使很多事情似乎都沒個交代，仍有許多觀點沒被涵蓋，但重要的是，沒有任何一個觀點是至高無上的。這樣的設計其來有自，如果採用全知觀點，敘事者會知道太多，讀者對於普萊斯家族女性各自承受的苦難就不會如此感同身受了，此外也會破壞整個小說的規模——因為即使我們看到的小說場景如此廣袤，規模如此巨大，它仍是一個很深刻的關於人性、極為私密的故事，而人生中所有的悲劇莫不如此。

敘事聲音是虛擬的發言人，代替小說家說故事

我們會注意到的敘事聲音通常來自角色，特別是嗓門大、特別喧鬧的那種，例如《阿奇正傳》中的阿奇或是《雨王韓德森》中的韓德森，我們記得阿奇的喧鬧、凱魯亞克筆下帕羅代斯的熱情與憂傷，海明威筆下傑克・巴恩斯刻意的守口如瓶與反諷語氣。

所有的小說，無論敘事觀點是第幾人稱，都有敘事聲音的存在，全知觀點或許是很像神的觀點，但並不表示那就是神的聲音，讓我們來看看下面這個例子：

> 女人，讓我們以此來向她們致敬。一般而言，她們總是比男人更能狂暴而無私地付出愛情，只關心她們所愛的人的利益；因此，華特斯太太一知道她的戀人遇到危險，就馬上放棄對其他事物的關心，只在意她的戀人是否無恙；而這樣的情況，若讓紳士們遇上了也是不遑多讓，但這也立刻變成雙方爭論的焦點。

好，讓我們來討論一下吧！這個聲音的背後是怎樣的人？有點老派，是吧？現在還有誰會說：「這樣的情況，若讓紳士們遇上了也是不遑多讓。」聽起來不像我們這個時代的人寫的。好，還有其他的嗎？這個敘事者似乎興味盎然，那句「讓我們以此來向她們致敬」感覺上像是男性口吻，所以我假定這是個男性的聲音，帶著些許反諷與滑稽。那麼最後一句話的反轉，就讓人忍俊不禁。基

本上，這個敘事者想說的是：我活在這個世界上，看過了不少事情，這是一件讓男女爭論不休的傻事。而他進一步暗示：即使這是件蠢事，它也不是愚蠢至極的那種，同樣身為這個世界上的男人和女人，讓我們寬容看待它吧！

這個聲音放在一個逗趣、道德上有些放縱的故事，例如《湯姆・瓊斯》，感覺起來剛剛好。事實上，這就是《湯姆・瓊斯》敘事的聲音，作者亨利・費爾丁選擇用這樣的聲音來講述他的經典作品。這個敘事者和他本人有點相似，機智風趣、愛插話，卻仍不忘關心公眾利益。除了小說家、劇作家與諷刺作家的身份，費爾丁還從事法律工作，甚至當到地方法官。位居高位讓他便於觀察人們的愚行，小說的聲音準確捕捉這樣較高地位的視野，還帶有些許以觀看他人愚行作為消遣的味道。

重要的是，這個聲音相當適合一個喧嘩、充滿意外的鬧劇。要特別注意的是，我們必須清楚分割這兩個實體——作者以及他所創造的敘事聲音。作者是那個每天早上起床後，在自己的燕麥片裡加糖的人，而另一個人則是虛擬的建構。為了讓我們釐清兩者，韋恩・布詩在《小說的修辭學》裡創造了這樣的詞語——「被指稱的作者」（implied author），這是真實作者創造的產物，用來擔任開展小說的「幕後監督」。我們在分析時，常說「費爾丁」說了這個、那個，但更準確的說法是「費爾丁所指稱的作者」說了這些事情，而這個被指稱的作者要說的話就像貓頭鷹一樣，發出中低頻的聲音。

然而，這個中低頻不是所有聲音正確的音色，假設你想要寫一個極為簡單的寓言故事，一個有道德涵義卻又同時帶著童話氣氛的故事，費爾丁筆下這個世俗的、興味盎然的人格特性不會是你的第一選擇，保羅・科爾賀的《牧羊少年奇幻之旅》則提供了另一個相當不同的聲音。

> 在那個小城廣場的沙地上，男孩讀了他父母親的名字，還有他上過的神學院的名字，他唸出商人女兒的名字，雖然他完全不認識她，他還唸出那些他從未對別人說過的事。

這個段落是經過翻譯的，並非葡萄牙文原文，即便如此，我們仍可以稍稍窺見這個寫作風格的精華之處。他的語言極為平實，用詞也相當簡單，並沒有用形容詞、副詞或是譬喻來修飾，地方和人物也都沒有特定的名字。在道德勸說意味濃厚的小說裡，我們時常能看到這類平實的寫作風格，例如：《伊索寓言》、《拉封丹寓言》、《小王子》，或是達可托羅的《爵士年華》。

> 一九〇二年，父親在紐約的新羅謝爾區闊景大道的山丘頂端蓋了一棟房子，三層樓，棕色的屋瓦上開了屋頂窗，它有八角窗，還有個裝著紗窗的陽台，窗上掛著條紋涼篷。我們在六月裡晴朗的某一天，搬進了這個牢固的牧師住宅，接下來幾年就在這裡過著溫暖而美好的日子。父親的收入很大一部分來自製作旗幟和製旗布料，以及其他與愛國主義有關的裝備，煙火也包括在內。

以上這段文字雖然不及《牧羊少年奇幻之旅》那般收斂，但那棟房子真的是再普通不過了，除了顏色和「裝著紗窗的陽台」外，沒有其他更詳實的描述。這幢房子有幾扇屋頂窗和八角窗，我們無從得知，它是一棟「牢固的牧師住宅」，但其實這個詞語幾乎什麼也沒說，不是嗎？作者不希望我們迷失在表面的細節裡，所以他盡可能不分散我們的注意力。他當然能寫出比這個更複雜的形容，運用更深奧的字彙，但他並不這麼做，所以我們必須思考在簡約的用字遣詞背後，他的動機到底是什麼。這種簡潔的風格最適合用於寓言，因為寓言的目的是講述故事，而不讓其他東西妨礙讀者接收訊息，它的簡單當然是種策略，其實並不比其他故事來得更天然或未經雕琢。

作家都是有點狡猾的，尤其是當他們看起來好像什麼策略也沒用的時候。在這裡，我提供一個思考作者運用敘事聲音的方法——**「聆聽作品聲音法則」：小說中的敘事聲音是作者創造出的敘事裝置，永遠如此，絕無例外。就算是根據真實故事改編而來，小說的所有面向仍是虛構的。**

書中主角可能長得像，連行動也像作者，但是他絕不是作者的兄弟；敘事聲音可能聽起來像作者或作者的某個朋友，然而，它終究只是作者創造出來、最適合講這個故事的聲音罷了！有時作者不用多費心思，他所虛構的故事就藉由可用的聲音，如行雲流水般洩出，但這樣美妙的巧合，並未改變敘事聲音是「作者的創作」這件事，它只能說明這本書的創作，對該作者而言相當輕而易舉。

聲音即意義，「敘事者說的話」可以改變整個故事

你一定會注意到，許多作家在不同作品中的敘事聲音，聽起來都很相似，例如：亨利・詹姆斯在《仕女圖》裡的敘事聲音，聽起來和《慾望之翼》十分雷同；D・H・勞倫斯的敘事聲音在不同

的作品裡也相去不遠，或許在他後期創作的小說裡，聲音聽起來更具威脅性。

另一方面，就算小說間具備高度的相似性，作者仍然展示了可觀的變化幅度，例如：《八月之光》與《押沙龍、押沙龍！》的敘事聲音都明顯出自福克納之手，但是它們讀來仍有相當高的區別性；前者較為開放，不像後者那樣晦澀難懂，後者的敘事聲音則散落於連珠砲似的冗語之間。

> 這人很明顯地在等待最好的時機，來炫耀及用力扔擲他膚黑如炭的同伴那猩猩一般的身體，故意在所有人以及那些可能會報復的人面前這樣做：蒸汽船上或是城市裡低級酒館中，那些認為他是白人，並且相信當他越是否認，他就一定更是白人的碼頭工人跟甲板水手；相信當他說他是黑人，他就更是白人，相信他這樣說是為了保護他的膚色，或者更糟——因為他是性變態；不論哪一種結局都一樣：這人的身體跟四肢就像女孩子家第一次揮拳那樣輕盈、嬌貴，經常手無寸鐵也沒留心敵人有幾個，他們同樣憤怒，也沒辦法勸解，對於疼痛與懲罰無動於衷，沒詛咒也沒氣喘吁吁，只是笑。

這個敘事聲音不是來自第三人稱敘事者，而是羅莎・寇菲爾德——後來成為主要敘事者的角色。不介入故事的敘事者依舊健談，而她也會將「不斷增加的、了無生意的薄暮」和「對原始慣性溯及以往地克服」這樣的詞語，嵌進混亂的子句和片語裡，雖然她的語調較不帶感情。羅莎除了帶有那時代不加思索的種族歧視，像是「猩猩一般的身體」這樣的敘述之外，最大的特點是在談及多年前發生的事時，語氣彷彿它們才剛發生，那種逼真讓敘事口吻帶著一點歇斯底里。她用的動詞——「炫耀」（flaunt）、「用力扔擲」（fling）、「報復」（retaliate）、「詛咒」（cursing）、「氣喘吁吁」（panting）、「笑」（laughing）——全都充滿了主動性和敏銳；她用的名詞不但長，還時常帶有拉丁文的字根，例如，「無法勸解」（implacabilty）、「無動於衷」（imperviousness），以及強烈及清楚的「碼頭工人」、「甲板水手」、「低級酒館」等詞。

注意到停頓了嗎？這裡的停頓真是用得出神入化！海明威很少使用冒號和分號，但福克納則照單全收。此外，你應該也注意到句子結構的特殊性，如果把這個句子拿去給大一的作文老師看，你的卷子應該會被寫上：「句子不完整，來找我談談！」福克納所寫的破碎子句，大概是全世界最長的吧！他的句子常常缺少主要動詞，或是選擇用分詞來代替主要動詞。

當然，另外一種情況也會發生。有些作家在這本書跟下本書之間的敘事聲音，聽起來完全是另一個人，或甚至在同一本書裡也可以聽到不同聲音。例如：珍・史麥莉在《丘陵裡的十天》中創造了好幾個敘事者，堪稱現代版《十日談》。書中除了第三人稱敘事者外，小說中十個角色分別在十天裡講述不同的故事，可說是名符其實的敘事狂歡。在這樣的結構裡，讓每個角色充滿個人特色是必要任務。她筆下的角色，年齡、性別、種族、國家、地區各有不同，所以他們的語言從字彙、句子結構到韻律、語調都有明顯差異，每個人都有自己獨特的聲音。

艾德娜・歐布萊恩敏銳的作品《在森林裡》，也採用了類似的手法。這是個和三個恐怖殺人犯有關的故事，作者讓各種角色輪流接力主要敘事的角色，包括受害者和殺人犯，他們都來自迥異的社會背景和心理素質。事實上，從歐布萊恩寫作生涯的初期開始，她就精於尋找特定的角色來推展故事情節，而這本最新的小說大概是她探尋悲劇的共通本質，以及運用不同敘事聲音的巔峰之作。

上述兩位女作家大概比《咆哮山莊》做得更極端一些，在敘事聲音的數量上勝過《咆哮山莊》許多，但是她們的動機都是一樣的——為了找尋最好的說故事方法，以及最好的敘事聲音。

我們為什麼要關心這些呢？這個問題的回答見仁見智。你覺得誰跟你一起渡過接下來的六萬字、八萬字，甚至是二十萬字，重不重要呢？有時在書店，你打開一本小說，讀了一頁，然後當下馬上決定：「這個敘事聲音不是我想聽的。」他們可能太咬文嚼字、太低俗、拍馬屁，都有可能，反正你就是沒辦法跟著這個敘事聲音走五百頁；或者相反地，你完全被第一頁的敘事聲音誘惑，非買這本小說不可。這些狀況曾經在你身上發生過嗎？我有，而且兩種都有。

不過，這裡我提出一個更重要的理由：**聲音即是意義，「敘事者所說的話」與「他怎麼說」會完全改變一個故事**。你能想像一本不是由哈克述說的《頑童歷險記》嗎？這等於在問你：能想像這本書沒有哈克這個角色嗎？或是《傲慢與偏見》能不能缺少那個精明、淘氣、興味盎然的敘事聲音？珍・奧斯汀可以選擇一個一本正經的聲音來說這個故事，但如此一來，我不認為我們現在仍會提到這個故事。作家們說的故事固然重要，但同樣重要的是，他們選擇什麼方法說這個故事，而那也是我們關心敘事聲音最重要的理由。

6 動人的故事「純屬虛構」

上帝按自己的形象造人，小說家用文字造男造女

讓我們一起想像以下這個畫面。

現在是一八四一年，《韓夫利老爺之鐘》周刊上刊登了狄更斯的《老古玩店》新一期的連載，接著，沒錯！你聽見的那個聲音就是哭聲。大街小巷、大廳、廚房、屋簷下、女僕的房間裡，或主人的起居室裡，甚至在紐約港碼頭。那些等不及郵船卸貨，將刊載《老古玩店》結局的雜誌運到書報攤的讀者們焦急地跑到碼頭邊，問船上水手這個重要的問題：「小奈兒還活著嗎？」之後的答案讓許多人淚流滿面，在這個文學史上堪稱最賺人熱淚的情節裡，可憐的小奈兒在等待連載的一週內，徘徊在這個世界跟那個世界中，最終還是嚥下了最後一口氣。

這個有名的故事即使經過漫長時間的洗禮，仍毫不褪色。身為主角的小奈兒姑娘被惡人陷害（狄更斯從不吝惜描寫壞人的惡行惡狀），祖父就這麼失去了摯愛的孫女，數以萬計的讀者為這個早逝的年輕生命哀悼不已……，這些你都很能理解吧？除了一件事——這個情節從未發生過。從來

沒有小奈兒這號人物，老古玩店也從來沒有存在過，沒有祖父、惡棍，當然也沒有那賺人熱淚的死亡。其實，我們都知道，每個小說的開頭都附有這樣一段話：「以下故事純屬虛構。」讀者們對此一定心知肚明，就算我們往往讀著讀著就刻意忽略這個事實。

那麼，為什麼我們要哭呢？我實在很不喜歡提這件事，但真的沒有哈克，沒有比爾博・巴金斯，當然也沒有郝思嘉。小說中最真實的人物其實都只是語言的建構，房子也是由我們讀到的字句堆砌而成。既然如此，我們幹嘛為他們的勝利歡呼，為他們的逆境垂淚？因為文字對我們的生命極其重要，這個由文字蓋起來的「房子」有了它特有的生命；因為我們作為一個專注、擅於創造、容易被騙的「讀者」，把創造力運用在上面，賦予這些字句生命。當然，也有一些問題我們必須承擔。因為我們透過閱讀協助創造每個角色，所以每個人所想像出來的角色，樣貌形態都各不相同。

至於如何解釋這個特殊的概念，十九世紀初期的浪漫詩人柯立芝給了我們一個很有幫助的說法——「讀者在閱讀文本時，會暫時懸置懷疑的念頭。」這個說法可以解釋讀者和觀眾如何啟動腦中的機制，讓虛構故事激發想像力。閱讀小說或觀賞戲劇時，如果我們不斷堅持已知的事實，認為眼前這場戲全是假的，那麼我們永遠沒辦法看完任何作品，我們會在舞台劇第一幕結束就離開，再也不會回來看第二幕；我們會放下這本「不真實的小說」，轉而閱讀歷史或農產品價格報告。然而事實上，我們並不會這樣做，而是接受小說原本的樣子，專注在那些小說世界中可能「很真實」的事情，雖然真實世界中並不見得如此。

那麼，難道我們就得對小說內容照單全收，忍受所有情節，連一句抱怨也不能說嗎？當然不是。小說也許會違反真實世界運行的法則，但它必須遵守它自身的規則。例如，我們正在讀亨利・詹姆斯的小說，哈比人忽然出現在劇情裡，我們就絕對不會同意，因為小說中的「心理現實主義」，絕不可能允許奇幻生物出現，就算他們個頭矮小。說到這裡，一定會有讀者覺得《仕女圖》中要是有一兩個哈比人出現，可以讓整本小說更好吧！但他們的出現肯定會和小說原先的設定格格不入，相反地，哈比人出現在托爾金的小說裡，我們就一點也不覺得驚訝。「內在一致性」是讀者對文學作品最基本的要求，我們一開始接觸到什麼規則，就會期望整本小說都繼續遵循這個規則。

我們在進入「小說」這扇大門前，會先把「懷疑的念頭」寄放在櫃檯。簡單來說，**小說家和讀者間存在著一紙社會契約——讀者同意接受小說的設定，願意相信登場的人物以及事件，雖然明知道它們都不是真的，但我們甚至同意把它們當作真實事件看待，並作出回應；而小說家則同意活在他們為這個特殊故事所建立的規則裡。**

你不寫作，卻透過「閱讀」參與了小說的人物塑造

為什麼這個契約很重要？為什麼讀者必須遵守作者的期望？簡單來說，因為小說家的工作尚未完成。我並不是指小說家故意偷懶，而是他遵守他所設立的規則，規定角色不能塑造得「太完整」。當然，小說中的某些角色會比其他角色更加完整，但所有小說中的角色一定都欠缺某些東西。不信

的話隨便挑一本你喜歡的小說，不一定得是經典文學。好，現在問問你自己，你對於書中角色「真正」知道些什麼──長相、生活經驗、政治態度等等，你會發現你知道的比想像中的少了很多。

讓我們看看那本你不得不讀的小說好了！告訴我關於喬登・貝克小姐所有你知道的事，你記得她吧？那個《大亨小傳》裡的高爾夫球名人，對尼克・卡洛威有些浪漫憧憬的角色。首先，讓我們閉上眼睛，想像她的模樣。假如你讀過小說，大概會對喬登・貝克有個印象，她長得不像洛伊斯・奇雷斯吧！那個在改編電影裡扮演過喬登・貝克的女演員。尋歡作樂、不忠貞、迷人……，除了這些簡單的描繪外，我們還知道些什麼？你不得不承認你所知有限。

她很迷人沒錯，但作者費茲傑羅沒有花很多時間描述細節：她的髮色是有如秋天落葉的金黃，她的舉止敏捷、靜不下來，她的姿態讓人覺得有些戲劇性，因為她總是「瀟灑地」微抬下巴……，雖然小說中有些特定的描述，但無論人物外觀或心理，都談不上是完整的人物塑造。

說到這裡你可能會問：「好吧，我懂了。但是為什麼作者要透露這麼少的細節呢？」答案很簡單：因為我們並不需要它們。喬登是由部分的情節策略、部分的舞台道具，和部分的主題串聯所構成的，她的存在幫助故事情節順利推進，透過她個人的不忠，所有的荒誕和墮落就變得更加具體，除此之外，我們對這個角色並不關心，也不想知道更多。

在這裡我想提出**「角色保存法則」：小說家不該讓無用的角色塑造來打擾他們的讀者**。好的小說家只會告訴讀者他必須知道的事情，像這種較不重要的角色，只需有限的角色塑造即可，因為：第一，他們上台演出的時間很短；第二，他們只具備某些特定功能。

「次要角色是吧！因為次要所以才這麼簡略，那主角呢？」好，讓我們來談談黛西、尼克、蓋茲比吧！這裡可以用英國作家E．M．佛斯特的「平板和立體角色理論」來輔助說明：次要角色傾向於平板——也就是二度空間，從紙板切下的平面輪廓，而非完全發展完整的人物。而主角相較起來就有血有肉，比較類似三度空間的立體角色。

這麼解釋其實只對了一半，相較於次要角色，主角的確被發展地比較全面，但仍不是完整、充滿具體細節的。這又是為什麼呢？因為角色的構成不像卡車，有底盤、引擎、變速器、座椅、車身、外殼、窗戶等各種構造，他們是被「描繪」出來的，所以只能是「概略」。而且敘事者通常不會用大量的細節來敘述或是分析角色，因為這是小說，不是散文或傳記。再者，角色必須是被「呈現」的，用來呈現他們的方式是「行動」和「言語」，他們做了什麼、說了什麼，才是小說家要考慮的問題。

分析角色舉動和言語則完全是另一群人——也就是我們讀者的任務。我們該做哪種分析？生物學？化學？好像都不大對。心理學？有不少人嘗試，結果好壞參半。答案是「以上皆非」，對於角色我們該用的分析方法應該是「語言學」，我們應該專注在文字上，因為那是書上僅有的東西。

看看你生活中遇見的每個人，他們有血有肉，是書中角色永遠無法企及的。文學作品裡最好、最生動、塑造得最完整的角色，說穿了完全無異於小說中只出現在一個場景、一句話裡的一個名字，因為他們都是由字句構成，不多也不少。不論你認為你有多了解《遠大前程》的皮普、《魔戒》的佛羅多，或是《哈利波特》的鄧不利多，實際上除了書頁間的字句外，你無法碰觸、嗅聞或看見他們。小說中的角色無論多生動，他們不折不扣地就只是語言。

讀到這裡，你可能忍不住向我抱怨：「都是你害的，現在我的想像都幻滅了！」親愛的，不是我。作家執行這件事已經行之有年，況且，這些事你早就知道了，不是嗎？你讀過很多角色，卻從來沒遇過他們，對吧？你能把他們畫出來嗎？我不認為你可以。沒關係，這不是你的錯，因為你的資訊不足。在這裡，讓我們來讀讀用字句描繪出來的某個主角的畫面：

> 他不到六呎，差了一吋、或是兩吋，體格壯碩，他朝你直直走來，肩膀稍稍往下俯曲、頭向前傾，加上從下往上緊盯著你的眼神，讓你覺得他像一隻往你俯衝的蠻牛。他的聲音低沉、宏亮，他的態度展現著頑固的堅持己見，雖然不帶侵略性，這對他似乎是一種必要的防備，而且很明顯的，他審視別人跟審視自己的態度別無二致。他十分整潔，從帽到鞋都穿著一塵不染的白，他是在東邊港口從事船舶物品買賣的辦事員，人緣相當好。

這段文字有兩個令人驚奇之處：第一，這是小說的第一段，通常我們不會在小說的前幾句，就讀到關於主角如此豐富的細節。第二，它是如此直截了當地呈現角色的外觀，就像被描述的人物一般，這段話衝著你直來，毫無保留的。但是你知道嗎？整本小說大概只有這一段在描寫他。當然，你可以在其他段落讀到「他長得不錯」、「眼睛很蒼白」，或是「臉頰泛紅」等描述，但是一部九萬字的小說，關於主角的描述，加總起來竟然只有幾百個字——一個總是穿著白色外衣的壯漢。

這是康拉德的小說《吉姆爺》中主角吉姆的長相。從這裡，我們可以發現用語言建構出的角色，和實際影像化後的角色有何差異。這個段落所呈現出來的形象可說一點也不像演員彼得・奧圖，奧圖的形象和「體格壯碩的蠻牛」一點都沾不上邊，但是他就是《吉姆爺》改編電影裡的主角。奧圖長得不像康拉德構想中的形象並不打緊，重要的是他能夠捕捉角色的精髓——他的態度、姿態、動機和需求，這麼看來奧圖似乎是不二人選。你不太可能找到一個外型和書裡描述完全雷同的演員，然而奧圖演技出色，他演得就像他就是吉姆，而觀眾也相信他。奧圖的任務或許並不困難，因為小說中的吉姆是出了名的不善解釋自己，因此落下許多空白留待讀者詮釋，從敘事機制來說，這也就是另一個角色馬婁戲份頗為吃重的原因。

同一本小說，你讀到的「狄更斯」一定和我不同

以文字建構角色有許多的慣例，然而出乎意料地，敘述得越少，通常越是出色。初出茅廬的小說家常會犯這樣的錯：提供過多的細節、長篇的描述，不厭其煩地敘述角色的歷史、解釋動機和欲望。但這裡海明威的「冰山理論」就很能派上用場，這個幹練的小說家把大多數有關角色和情境的知識，都藏在表面之下，海面上下1：4的冰山比例，對小說來說，露出的部分都還嫌多呢！

這公式之所以能運作成功，是因為角色塑造這份工作是「外包」的，外包給你，也給我。作家給我們剛好的資訊去形構人物的樣貌，接著，我們會參考在真實世界中遇見的人物，從資訊倉庫中提取需要的資訊來充實細節。作家給我們的資訊絕對不能太多，不然我們會被細節淹沒。當然也有例外，假如一個角色的外觀對整本小說來說舉足輕重，或者詳盡的視覺細節正是另一角色對這個角色深深入迷的證據，那麼作者就必須提供很多細節。除此之外，外貌通常並不是那麼重要，角色的行動、言語和作為才是關鍵。

然而，就算是行動，讀者也必須提出自己的詮釋，因為小說家雖提供了大量材料，但細節卻有限，也很少論及行動背後的根本原因。事實上，最常見的狀況是，故事所提供的辯解會刻意去誤導讀者，因為它們通常來自「第一人稱敘事者」，而我們從前幾章的討論中知道，他們並不可靠。

既然提到了海明威的冰山理論，就讓我們來分析一下他筆下的角色。在《旭日又升》裡，敘事者傑克唯一詳盡描述的角色是科恩，但目的是展現傑克對科恩的厭惡，而非科恩這個角色的重要性。關於科恩的樣貌，他幾乎什麼也沒說，至於女主角布萊特呢？除了有一頭短捲髮外，其餘的資訊都沒有透露。角色們的動機也是如此，為什麼布萊特要選擇科恩，或是後來的羅梅歐呢？除了當作她性格上慣於欺騙的證據外，我們可以信任她對自己風流韻事的不斷辯解嗎？我有我的想法，而且可以保證，和你的一定不一樣。

這就是書中角色和讀者共同運作的方式，你以為我們有著一樣的布萊特、亞哈或皮普嗎？我並不認為。**在閱讀新小說時，我們每個人都投注許多自身的人生經歷、觀點，或過去讀過的文學作**

品，所以我們讀到的東西大不相同。你的《遠大前程》一定和我的不同，倒不是因為我比較特別，而是你和我知道太多不同的東西，擁有這麼多不同的想法和信仰，讓我們不可能看到相同的皮普或其他角色。同樣的字句、不變的書頁，不同的就只有我們。

有時候，經過時光的洗禮，甚至還會冒出「另一個我」的見解。我發現今天所讀的《遠大前程》中的皮普，不是昨天的皮普，隨著這些年的改變，我注意到自己對角色的想法不同了。例如，比起過去的我，現在的我看待年輕時做的蠢事，變得比較寬容。或許那些蠢事多不勝數，對過去的我特別具有威脅性吧！雖然現在的我還是做了一大堆傻事，但青春已逝，年輕時的蠢事就變得獨具魅力。人生就是如此。親愛的讀者，書中人物之所以是活的，是因為我們也活著呀！

7 「反派角色」占盡風頭

我們不會愛上冷血的變態殺人魔，除非在小說裡

大多數的讀者基本上都是奉公守法的吧？以我來說好了，我並不想變成俄國小說家納博科夫筆下那個猥褻年輕女孩的韓伯特，也不想變成約翰・加登納筆下的怪物葛蘭多，雖然牠蠻迷人的，更不想變成安東尼・伯吉斯的小說中所寫的，那個身邊總有黨羽跟著的年輕壞蛋艾力克斯。

我們就算對規則不滿，還是會乖乖遵守，但在小說中卻能逾越這些規定，或者至少可以近距離觀看別人犯罪。雖然我們也能在電影中觀看他人，但電影的本質就是一種窺淫的媒介，只能被動地觀察，小說卻可以讓我們採取較主動的地位，用自己的方式去認同某些角色。假如你願意，大可以體驗維多利亞時期的倫敦，當一個扒手犯下極端暴力時的狂歡心態；或是在文明社會，甚至是在霍格華茲裡，享受打破所有規則的興奮感；身歷其境感受奈德・凱利①犯罪時的憤慨和怒氣，卻也同時安穩地隱身在書房的真皮搖椅裡。

很久很久以前，有一個好人和一個壞人，故事主要關於那個好人，壞人只是被放置在故事裡。

注意！是「有條件的釋放」，因為作者必須讓事件發生在英雄身上，而有些事卻無法讓它們自己發生。唐吉訶德或許有妄想症，但他的心是善良的。那湯姆・瓊斯呢？他的道德觀是有點散漫，但的確是個好人。《塊肉餘生記》的大衛、《孤雛淚》的奧利佛呢？他們還是孩子耶！能做錯什麼事？以大多數的文學作品來說，主角可能有點頑皮，或不小心被壞人誤導，比如哈克・芬雖然不是聖人，哈代筆下的主角很明顯地還在塑形中，但他們本質都是善良的。

法根、比爾・賽克斯、悠利亞・希普，這些人才是詭計多端的反派！有趣的是，狄更斯筆下的男主角都有點不食人間煙火，而女主角總是被理想化，像從紙板上切下來的平板角色，但那些壞蛋真的是棒透了！所以，真正讓狄更斯想像力馳騁的，其實是邪惡勢力。

二十世紀起，我們開始遇到真正邪惡的主角，像是羅伯特・穆索所著的小說《無品之人》中的穆斯布魯格。他的名聲顯赫，因為他被匈牙利籍的馬克思主義評論家喬治・盧卡奇評為「具殺人傾向、心智障礙的性變態」。漸漸地，這些邪惡角色占據傳統英雄人物的位置，卻幾乎不具備任何英雄的特質，甚至和英雄完全相反，因而被稱為「反英雄」（antihero）。

這個詞就像很多文學術語一樣，模糊到幾乎毫無用處，但我們也沒有其他的詞可以替用。評論家伊哈伯・哈桑早期寫過《極端無辜》這本書探討這個概念，當時他提出「叛逆的受害者」（rebel-victim）這個詞語，但這個詞明顯缺乏「反英雄」所捕捉到的「敘事中心性」。不論我們管他叫什麼，這個新的發展顯示了一個轉向：壞蛋貓哈利把太空飛鼠硬擠出螢幕外，然後把自己變成故事的主角。**以往主角總是善良的明星，而壞蛋則被限制在故事的邊緣，現代作品則恰好相反，故**

事中不但沒什麼好人，主角更可能只有一兩個惹人喜歡的特質，性格卻帶著嚴重的瑕疵。

有很多「反英雄」只是一時誤入歧途，像是《兔子，快跑》的安格斯特拉姆、索爾・貝婁作品中的阿奇或韓德森，他們雖然搞砸了一些事，但不是什麼了不得的壞事，也不是為非作歹之人。在彼得・凱瑞的《凱利幫真史》中，奈德・凱利與他的黨羽是一群亡命之徒，然而他們仍能獲取我們的同情心，不過這也表示主角開始走向極端，窮凶極惡的壞蛋開始霸占鎂光燈。

戀童癖、殺人魔，這些壞蛋為什麼令你著迷？

假如你正要提筆寫小說，你希望你的主角可以有哪些特質？有答案了嗎？現在，請再想像一下那些你壓根不會考慮的特質：他說謊、冷酷無情，只想跟未成年少女上床；他殘酷、狼心狗肺，性騷擾青少女卻覺得無所謂；他和一個他不愛的女人結婚，只為了接近她的女兒，然後為了邪惡的理由，讓這個可憐的女人死去，接著又謀殺另一個人。

如果你還有點常識，你會把這個人丟得越遠越好，因為你知道你不可能寫出以這個人物為主角的小說。但納博科夫卻可以，而且他真的寫出來了。《蘿莉塔》可能激怒很多人，但是它的確「惡名昭彰」得很成功，只有天才能夠寫出這樣一本書，又可以巧妙地「逃脫」。

對於他要出版這樣一本書，納博科夫的朋友都認為他瘋了，因為怕吃上官司，根本沒有人願意出版。後來，巴黎的奧林匹亞出版社發行這本書，作家兼評論家葛拉罕・格林稱《蘿莉塔》為「一九五四年最棒的小說之一」，而英國卻把它列為禁書，法國也接著禁止這本書的流通，卻反而讓此書更加聲名遠播。所以四年後，美國終於出版了這本書，獲得空前的成功。

《蘿莉塔》雖然擁有廣大讀者，但其中大多數人都誤讀了它，而且很明顯的，誤讀的人當中有不少是情色文學作家。一九六〇年代報紙上充滿了《少女蘿莉塔們》這類的電影廣告，甚至在合法的領域中，「蘿莉塔」變成一個代碼，專指某種不良的性癖好，或是特殊的色情書刊。這個現象顯示一件事：不是只有那些淫穢作品的窺淫者不了解什麼叫做「反諷」。

「反諷」是納博科夫用來駕馭這個邪惡主題的武器，作者鄙視他創造出來的人物，卻從來沒有透露這一點。他不說「這是個壞蛋」或是「危險動作，請勿模仿」，他讓主角韓伯特狂熱地敘述自己有多麼渴望得到那個極具性魅力的少女，描述她的外表有多麼惹人憐愛，身體各部分的比例有多完美，自己是如何為她著魔，但作者卻連眉頭也沒皺一下，也沒在暗處偷笑。也就是說，讓主角自己用自己的語言來吊死自己，最後他也果真因為自己的文字逼死了自己。

韓伯特是個重度成癮者，但可不是針對年輕女孩喲！雖然醜陋、嚇人、令人反胃，但那真的是個完全不能否認的癮頭，讓他上癮的其實是「語言」。韓伯特極度沉迷於文字，他喜歡每一個雙關語，愛極了帶有猥褻意味的雙關語、回文、翻轉語言規則、假造的名稱。這些元素在納博科夫的其他小說中也可以看到，但這裡作者做了特別的處理，將他慣用的技巧交給他的敘事者。

蘿莉塔，我的生命之光，我腰部的慾火，我的原罪，我的靈魂。蘿——莉——塔——，我的舌尖在嘴裡作三音節的旅行，一開始輕觸上顎，最後一個音節抵達牙齒。蘿。莉。塔。早晨她是蘿，簡單的蘿，穿著一隻襪子，站起來四呎十吋高；她穿寬鬆長褲的時候是蘿拉，她在學校是陶莉，文件上的正式簽名是多蘿蕾絲。但在我的懷裡，她永遠是蘿莉塔。

我們第一次與韓伯特見面時，他就已經如此誇張，可以想見他接下來一定更百無禁忌。他對蘿莉塔名字中的兩個音節，如此狂熱地玩著文字遊戲，猥褻地敘述她的名字是如何在嘴裡成型，採用各種方法來強調她的未成年和矮小，不斷展現自己具強迫症的人格。當他顯露令人作噁的行徑時，總是很巧妙地含糊其辭，例如他說他用蘿莉塔的一隻白短襪，欺騙蘿莉塔的母親，說她身體不適得躺在床上；或是他用美女與野獸的詞彙，形容他磨蹭少女來自慰，最後達到「人類或野獸史上最長的高潮之最後一次顫動」。他之所以用這麼誇張的方式來表達，是因為文字對他的誘惑太大了，他似乎認為美妙的敘事，可以將自己的行為正當化；他動人的文字能夠美化他有如糞堆的道德觀。

韓伯特的創造者當然知道這種想法是錯的，但卻不點破，讓韓伯特自己一直說下去。這些敘述都顯示敘事者是一個天理不容的壞蛋，卻也同時透露出他的聰明、迷人，具有超凡的洞察力與過人的語言天分。這很不協調，對吧？我們怎會為蛇蠍一般的人物所著迷？但他真的就是這樣，我們經由他的語言把他拼湊出來。不論如何，他的確是個有趣的同伴，而那就是我的重點：他必須是個極為特殊的人。**「壞角色法則」是這樣寫的：我們願意跟隨反派主角的「輝煌功績」，但他們必須給**

我們一些「好處」作為交換。以韓伯特的例子來說，他魅力十足，帶給我們許多閱讀樂趣。

艾力克斯是如此，怪物葛蘭多也是如此，他們風趣、機智、口才便給，而且很能討我們的歡心。而伯吉斯則把伊莉莎白時代的元素，徹底地注入艾力克斯這個角色之中，他玩的語言遊戲，簡直可媲美莎士比亞筆下的主角——繁複、有條理、機智、一針見血又極具侵略性。

葛蘭多的迷人之處，在於牠對古今事物了然於心，知道當代人完全不可能知道的事，也對許多重要的哲學學派多有涉獵，對一個會把人頭一口咬下的怪物來說，這些是極為優雅的特質。同時，葛蘭多也是一個受到誤解的被害者，牠無法選擇自己的母親，對人類一看見牠的外表就失去理智的恐懼心態，也是一點辦法也沒有。這個敘事策略的優點，是充分表現出葛蘭多的真誠，然而我們也需要暫時忽略其他事實。例如，牠經常掠奪家畜，牠力大無窮，往牛背上一劈就可以瞬間殺死一頭牛，還有牠駭人聽聞的餐桌禮儀，狂飲生血，弄得到處都髒兮兮的。不論我們能否因為這些行為將牠列為謀殺者，牠身為受害者的事實並不會就此改變。

謀殺者經常是閱讀的好夥伴。約翰・班維爾的《證詞》一書，為他贏得許多讚揚及獎項，這本書以殺人犯弗雷迪的自我告白來回顧他的人生，不太像是犯罪小說，反而比較像古典意義上的「懺悔錄」，敘事者弗雷迪寫下他的故事並非為了脫罪，而是控訴他的人生。重點並不在於他犯下強盜案的同時，還兇殘地殺害一個女僕，而是他認為身處在同一個社會現實裡，他沒有辦法想像那名女僕是「值得活下去的」。這聽起來有點牽強，但他的理由還是能引起我們的共鳴：假如一個人完全否定他人的自主權，或根本不同意人與生俱來的價值，任何程度的暴力都是有可能發生的。

小說這個「適當的距離」，讓讀者可以忍受壞人近在眼前

總之，艾力克斯、韓伯特和弗雷迪，這些邪惡角色之所以能夠擁有廣大讀者，是因為他們能以不凡的語言能力，直剖事物核心。所以，讓壞蛋自己拿著麥克風是一種方式，他可以用自己的語言說進讀者的心坎裡，用他的語言魅力贏得我們的喜愛。但如果他沒有這種語言魅力，又該怎麼辦？或者說他沒有任何讓人喜愛、同情的地方，又會是什麼狀況？

打個比方，如果他是艾德娜・歐布萊恩筆下的麥可・歐坎呢？她的小說《在森林裡》帶領讀者往一個全新、卻如坐針氈的方向前進。小說是根據一個真實人物布蘭登・歐唐諾改編而來，他在一九九四年綁架並殺害一位年輕母親與她的兒子，以及一位教士。

麥可・歐坎雖然是境遇與生物學上的受害者，但也是令人害怕的人物，一個「嚇孩子者」（Kindershrek），讓小孩驚恐不已的人物。他終其一生都在忍受喪母之痛與羞辱，他母親在他年紀很小時就去世，但是他始終沒辦法接受這個事實，認為是「他們」活埋了他的母親，讓她窒息而死。麥可・歐坎生命中遇到的男人，不是令他失望就是狠狠虐待他，他在少年罪犯臨時拘留所裡受到的待遇，早已超越一般犯罪的程度，而且從很小的時候開始，他就一直是鄰近地區犯罪事件的代罪羔羊。歐坎的遭遇如此不幸，他卻沒有任何讓自己獲得救贖的特質。他毫無懊悔之意，只有怒氣與憎恨；他施行的暴力沒有展現任何思考，有的只是醜陋、毫無理性又駭人聽聞；他沒有迷人之處，語言能力有限，一點也不像韓伯特、艾力克斯或葛蘭多。從人類的角度來看，他是個可怕的樣

本；而從小說家的觀點看來，他是個值得探究的問題，在過去任何一個時代，他是故事中絕對不會出現的反派角色。

在哥德式小說裡，我們也許可以看到類似的角色，但他們不需要讀者智力或情感上的認同，安・萊德克利夫的《尤多夫之謎》以及馬修・路易斯的《修道士》都出現很多壞人，尤其是後者，書中充滿墮落的神職人員及有「蓋世太保風範」的審問者。然而，這些反派角色都很平面，他們的恐怖來自他們的行為，而不是因為他們很逼真。文學浪漫主義給我們拜倫式的主角和《咆哮山莊》裡的希茲克利夫，但作者艾蜜莉・勃朗特並非惡意折磨她的主角，她的目標是激起讀者的同情心而非反感。然而，我認為歐布萊恩追求的目標與過去的作家不同，相當大膽。

她究竟在追求什麼呢？從歐坎令人厭惡的行為來看，一定不是同情心，即使在他的童年時期，讀者看到他年紀輕輕就遭遇這麼多不幸，忍不住想要同情他。歐坎是一個難相處、沒反應又有點怪異的小孩，他對事物的回應，完全不是正常人會有的反應，當他逐漸長大，他與世界的關係就越來越緊張，行為也越來越詭異，讀者也覺得和他越來越疏遠。

假如讀者完全無法產生情感上的回應，或一丁點兒的同情心，那歐布萊恩為什麼要說一個如此糟糕的故事？小說中長篇幅的控訴，其實已經讓人投注情感上的認同，要不然讀者怎麼會對《老古玩店》中小奈兒的死而哭泣，還寫信給《浮華世界》的作者薩克萊，建議他連載中的小說裡誰應該跟誰結婚。而這也是我們對《大亨小傳》中，蓋茲比和希斯克里夫的情感如此複雜的原因。

長篇幅的控訴其實不單只是控訴。小說具備多種功能，其中一個就是分析或思考，它可以是同

情或害怕的載具，也可以提供理性的見解。就《在森林裡》這部小說而言，讀者被要求對一個不理性的人做理性的分析，站在深淵的邊緣，窺視這個洞到底有多深。歐布萊恩從來沒有為歐坎的行為找藉口，或是讓我們把注意力放在別的事情上，她提醒我們，其實他沒有那麼特別，也有很多早年受苦，長大後卻沒有做出殘忍行為的孩子。相反地，她把同情給了歐坎的受害者，愛莉・萊恩與她的孩子，以及對歐坎感到同情的教士約翰，他們之所以變成受害者，其實只是因為他們與歐坎的記憶及幻覺有重疊之處。若我們試著去思考這件不理性的事情，這是一個可能的詮釋。

我們也可以從另一個面向，來看一個遠比小說古老的來源。在傳統基督教裡，麥可（Michael）也同時是天使米迦勒，撒旦與其部眾的主要敵人。根據聖經《啓示錄》，在那場戰役中米迦勒曾打敗撒旦，把牠們逐出天堂。聽起來很諷刺，是吧？本是嚴懲邪惡的角色，竟然把祂的名字讓給一個怪物？而那個怪物甚至也和歷史上第一位謀殺者該隱[2]，有著同音異義的名字，當然，坎（Kane）不是該隱（Cain），但是對小說而言已經夠相近了。

上帝有時會化成燃燒的灌木發出信息，摩西就是這樣聽見神的指示的，或許麥可也可視為因為聽到聲音而行動的角色。書名中的「森林」提醒我們，打從聖經以來，曠野就一直代表充滿誘惑與危險的地方，是邪惡運作的場所，而小說中所有骯髒的事情也是在克魯許森林中進行，這裡是謀殺案發生的地方。

我的推論很瘋狂嗎？或許吧！但我的推論是有根據的。歐布萊恩寫這部小說，目的在於研究關於「邪惡」的問題，為什麼這麼可怕的事情會在我們的世界裡發生？為何人會偏離正軌到這種地步？她的回答當然和天使或魔鬼沒什麼關係，雖然她引用了猶太教和基督教共有的意象，但她對邪惡的想法卻是很世俗的。一個人之所以會做出這麼恐怖的事情，可能是其他人對他做過可怕至極的事，而深深影響他的成長，或是像鎮上的人們光是冷眼旁觀，根本沒想過要怎麼阻止他。作者似乎暗示著，我們日常生活中其實充斥這樣的人。這樣一來，誰還需要超自然的解釋呢？

我們難道這麼容易上當，如此輕易地就被作者的奇思怪想擺佈嗎？當然不是，我們不會接受所有可怕的角色。我認為這些邪惡反派當主角的現象，顯現的是作者與讀者無窮的好奇心與理智的探究廣度。我們能夠理解讓我們反感的事物，能了解可怕的人如何存在於我們的世界，如何犯下駭人聽聞的罪惡，而不為他們所牽累或玷污。我們回應、我們感覺、我們或許為他們哀悼，但是我們並不會變成我們所讀到的角色。不論情況有多麼糟糕，永遠都會有個「距離」讓這些罪惡變得可以忍受，而那個距離就是小說的、同時也是我們的——救贖。

---

① Ned Kelly（1854-1880）愛爾蘭裔澳洲移民，因遭受不公平對待挺身抵抗，成為亡命之徒，夥同黨羽犯下不少罪行，是澳洲的傳奇人物。曾被寫入犯罪小說中，現今澳洲犯罪小說最大獎，甚至稱為「奈德．凱利獎」（The Ned Kelly Awards）。

② 舊約聖經人物。聖經《創世記》記載，人類始祖亞當生了該隱與亞伯，該隱因為自己獻給上帝的祭物不蒙悅納，在嫉恨之下殺了弟弟亞伯。

8 小說中的「呼吸記號」

小說能不能沒有「章節」，說故事一氣呵成？

你挑了一本小說，翻到第一頁，然後你的心一沉。為什麼呢？因為沒有數字、沒有標題，也就是說，沒有章節之分。你面對即將來臨的「荒涼人生」，卻連一點喘息的時間也沒有，你將步履艱難地穿越那路迢迢、未經修剪的「敘事荒野」。

有沒有章節重要嗎？當然重要！如果沒有章節區分，你什麼時候才能闔上書、關燈睡覺？何時可以犒賞自己一片餅乾和一杯熱巧克力？你什麼時候會覺得自己完成了一個里程碑呢？然而，「章節區分」以及區分它們的「文本」，不只是閱讀行為中的「休息站」而已，如果作者運用得宜，它會告訴我們有件極為重要的事件發生了，也許是某段時間間隔、某些聯合起來的行為，或是一個敘事單位已經過去了；但如果作者運用不當，它可能就只是表示：三千九百八十七個字又過去了。

在理想上，章節的存在是為了劃分一個有意義的敘事區塊。有時作者會安排巧妙的名稱來說明這個章節的內容，也可能會設計個開頭、中間和結尾。現代小說中，有時各章獨立的故事看起來就像一個完整故事的各個部分，有時則彼此關聯性不強，但不管它們的形式或外在特徵如何，所有的章節都是為了讀者及創造意義而安排的。

很久很久以前，章節的「名聲」不太好，那是在現代主義盛行的時候，現代主義作家——喬伊斯、吳爾芙、福克納，以及他們的同伴，鄙視所有使用章節的書，不過他們其實是在表達對維多利亞時期風格的不滿。維多利亞時期認為，章節的運用是讓「線性敘事」臻於完美的重要元素之一，所以十九世紀的英國小說，從頭到尾必須具備嚴格規範的流暢性。小說的推進，就像時鐘的運轉，因為它們在報章雜誌上連載，所以必須是線性的，故事的面貌得隨著時間的推移擴張。我們會在稍後的章節裡，討論當時的小說是如何做到線性敘事的，以及為何要使用這種形式。

從情節來看，維多利亞時期的小說型態，就像一連串誇張的笑臉符號全部綁在一塊，每一次的連載都從先前遺留的懸疑處起頭，敘事強度再慢慢鬆下來，處理完這兩、三章發生的事情後，接著在結尾處又安排另一個敘事的高潮，所以章節安排對連載的架構來說，絕對是不可或缺的。小說家不可能一直維持上個月連載結束時的敘事強度，他必須緩緩地帶讀者從高潮處下來，到達一個能夠掌握的高度，也就是大部分的小說章節開始的地方。通常，連載中間的章節結尾會稍稍往上揚，然後在連載結束的那個章節再製造一個懸疑。

你去瀏覽任何維多利亞時期的小說，就可以看出每次連載在哪裡結束，哪裡就是大事件發生的時候：綁架、神祕的出現或消失、發現屍體，或一封信透露繼承遺產、喪失遺產、親生父親是誰，以上三點的任意組合。假如小說的出刊很規律，上述的重要時刻就會發生在「偶數章節」的尾聲，因為大多數的小說每回會連載兩個章節，當然不是所有小說都是如此，但你一定能分辨出來。出版社很擅長這樣的編排，因為他們必須如此，而且這種安排很符合經濟需求，也是敘事藝術的表現。

章節能建立「小架構」，支撐全書的「大架構」

傳統小說的章節區分有很多種樣式，例如是否有章節名稱，是否採用羅馬數字、阿拉伯數字，或其他分隔符號等，然而它們都有最基本且相同的功能：把龐大的敘事分解成有意義的單位。維多利亞時期前寫成的《傲慢與偏見》，其中的第LVIII章裡，作者奧斯汀讓女主角伊莉莎白跟男主角達西獨自去散步，這是他們第一次有機會討論彼此，他們藉此解釋自己的動機，請求及接受對方的諒解，並且表露彼此的愛意。這一章從他們的散步開始，最後也以他們的散步作結，他們在門廳告別之後，所有的誤會都解開了，接下來就自然而然地走上結婚這一步。這真是簡約敘事的極致！所有在這一章想要解決的事都寫進去了，沒有任何不相干的情節敢來打擾。

至於狄更斯則喜歡給他的章節加上「標題」，讓你從一開始就有東西可以思考，例如〈大法官庭〉這個標題，遠比羅馬字「I」或是「第一章」更能表達許多事情。這是狄更斯小說《荒涼山莊》第一章的標題，可說是小說史上寫得最好的第一章之一。

倫敦。米迦勒節開庭期剛過，大法官坐在林肯法學協會大廳裡。無情的十一月天，街上遍地泥濘，彷彿潮水才剛從地表退去，這時若遇到一條四十英尺長的班龍，像一隻龐大的蜥蜴似的搖搖擺擺地爬上荷爾迸山，也不足為奇。煤煙從煙囪頂上飄落，彷彿一陣黑色毛毛雨，其中夾雜著煤屑，像飄著大雪似的，你可能會想像，這一切是不是為太陽的死哀悼著。狗沾上泥漿，完全看不出形貌，馬也好不到哪裡去，連眼罩都沾上泥巴，行人的脾氣暴躁互相感染著，手裡握的傘擠來擠去，一走到街角就站不穩，從破曉開始（假如這樣的天也算破曉的話），已有成千上萬的行人在那裡滑倒、跌跤，給一層層的泥漿添上新的沉澱物，爛泥牢牢地黏在行人道上，越積越厚。

讀罷這段開頭，你能不繼續往下讀、看看發生什麼事嗎？答案是你沒辦法不讀，這也是為什麼狄更斯在他的年代是超級暢銷作家。什麼樣的故事會接在這個開場白後面？這是個不幸、悲慘程度有如神話的地方。接著是倫敦的霧，下一段狄更斯這樣描寫：

漫天蓋地的霧。霧籠罩在河的上游，飄過小島和草原；籠罩在河的下游，在一排排的船隻之間，在這個偉大（及骯髒）城市水邊的污穢之間滾動，自己也染髒了。霧籠罩在艾塞克斯郡的濕地上，在肯德郡的高地上。霧緩緩爬進煤船的廚房裡，躺在船的桅杆上，徘徊在巨舫的繩索之間；霧低垂在駁船及小船的甲板邊緣。霧鑽進格林威治區那些靠養老金

> 過活的老人們的眼睛和喉嚨裡，他們在收容室的火爐邊呼呼喘著氣；霧飄進在船艙裡怒氣沖沖的船長的煙管和煙斗裡；霧殘酷地折磨著他在甲板上瑟縮著的小學徒的手指和腳趾。偶然從橋上經過的人們，從欄杆上窺視底下飄滿霧的天空，霧也從四面八方圍繞著他們，讓他們彷彿乘著氣球，在茫茫雲霧之間飄蕩。

就像狄更斯呈現的，我們看見一個重複出現的元素、盤旋不去的影像——「霧」，不斷提醒我們故事裡的主要問題。在這章結束前，這個意象接著變成主題，隨著故事推展，霧不只為了營造氣氛而出現，它暗示整個大法官庭，律師、辦事員，甚至大法官，包括這個地方的空氣、兩造的正反辯論，以及那些像鬼魂、惡夢般，懸宕好幾代仍無法解決的案件，無不籠罩在這片濃重的迷霧裡。

神奇的是，這些事情在小說開始前五頁就都發生了，還沒介紹這部小說的主要登場人物有誰，狄更斯就已經把問題、地點、特殊案件、氣氛、主題，以及一個十分強烈的意象都交代了，他做得如此完美，讓我們好像不需要接下來的六百六十頁。總之，這五頁讓讀者已經準備好等作者為我們介紹本書的主角，而且我們也很快就遇到他們了。

這就是章節的功能：建立「小架構」來支撐書裡的「大架構」。一個傳統的章節應該要有「開頭」、「中間」與「結尾」這三個部分，它能為讀者提供這些東西：大敘事中的小故事、發展出主題或見解的場景、為了鋪陳事件或機遇所需的情節轉向。

你覺得這些故事都太老掉牙，想來點新的？當然有！類型小說裡也可以看到遵循慣例的章節安排，像是《卡斯克爾之鷹》第五十三章就提供了小說尾聲的章節面貌。主角史賓瑟好不容易找到了敵人的巢穴，他與壞人對峙、把對方殺掉，與另外一個角色解決了私人恩怨，然後從警衛和武裝人員環伺的地方巧妙地逃脫。這一切是多麼地乾淨俐落啊！除了地上的血跡之外。它雖然不是純文學寫作，但卻是很有效率的安排，總而言之，每一個章節都有些任務必須完成——開頭、中間、小敘事、情節轉折，以及強而有力的結尾。

故事若不「直線發展」，章節還具備意義嗎？

然而，就在維多利亞女王駕崩後沒幾年，事情就天翻地覆地改變了。包括線性敘事、曲折的情節結構、誇張的配角、不對外流露的道德觀以及章節，現代作家都一併捨棄了。在許多偉大的現代作品裡，就算有章節的出現，它的結構也是模模糊糊的。

喬伊斯的《青年藝術家的畫像》有五個用數字標示出的章節，但完全不是傳統章節的概念，或許可以算是人物與敘事的「發展階段」吧！他的《尤利西斯》共有十八個段落，均未下標題，也沒用數字標明。這多少與他所依據的寫作範本《奧德賽》的形式相近，那些段落與其說是章節，不如說是改變敘事機制的場合。吳爾芙的《戴洛維夫人》沒有章節；《燈塔行》則是採用鬆散的、用數字標明的段落，代表意識的焦點而非敘事結構；《海浪》裡的章節名稱隨著六個不同的敘事者而來。上述這些都不能算是情節分明的小說，吳爾芙的作品尤其如此，它們朝各個方向自由發散，就是不走直線、不順著時間的先後順序來。

吳爾芙是E・M・佛斯特的朋友，但倆人的感性完全用在不同的地方。佛斯特的《窗外有藍天》章節安排仍遵循維多利亞時代的慣例，以線性的方式敘事，幾乎每章都是大敘事架構下的小故事，而且他還為它們下了引人注目的標題，例如〈在聖塔克羅斯沒有旅行指南〉或〈為何巴特萊女士的鍋爐如此煩人〉。這部小說在一九〇八年出版，只比吳爾芙早了幾年。吳爾芙少女時代寫的小說，仍使用很多佛斯特書中會有的形式慣例，但是到她寫《燈塔行》的時候，就大量呈現「個人意識」——她稱之為「生存的時刻」（moments of being），當作小說結構的準則。她的敘事與事件較無關聯，而是關於我們如何主觀地經驗並處理這些事件，所以她每章的文字裡，通常都呈現單一意識中的種種片刻。

《燈塔行》這部小說有三大段落：〈窗戶〉、〈時間流逝〉以及〈燈塔〉，第一段落與第三段落大抵呈現發生在一天當中的事，中間那個部分則橫跨十年之久。比如〈窗戶〉段落裡的第九章，我們跟著威廉・班克斯的意識，但就在威廉正沉思著蘭姆西先生的話時，敘事忽然就交給另一位客人莉莉，她正想著威廉、蘭姆西太太，與她試著想繪出的畫，於是他們「共享」了這個敘事來完成此刻的經驗。若按照過去的常規來看，沒有任何事件發生，就是兩個人如何看待身邊的事件而已；然而又的確有事發生了。同一天晚上，當蘭姆西太太想著，莉莉和威廉應該要結婚，這個想法對她而言彷彿晴天霹靂。就某個層次來說，是她判斷錯誤，因為莉莉和威廉絕對不是可以共度一生的伴侶，但他們的確曾經達到心靈的契合，即使只有短暫的片刻。這部小說第一與第三部分，大多是以這樣的方式呈現，一個或多人的「意識」聚在一起，共同分享這一刻的微小事件。

所以，這些算是章節嗎？就像文學的其他面向，你會看到正反兩面的辯論。傳統主義者認為這些不是章節，因為它們根本沒完成章節的任務，缺乏方向與章節的形態。然而，對它們所處的小說本身而言，它們的確具備該有的形式和敘事方向，也就是小說整體敘事方向的「較小版本」。它們當然不是狄更斯式的章節，或亨利・詹姆斯、亨利・費爾丁、珍・奧斯汀、艾略特這些作家採用的章節形態，但是的確是我們讀者希望在小說裡看到的章節面貌。事實上，我認為它們符合了**「章節的法則」：章節是書的一部分，只要在它所屬的小說裡具備意義，遵循自己的規則即可。**

章節的存在，讓「誰」受益良多？

最後只有身為讀者的你我，可以決定在小說情境下，章節的區分是否有道理。它們可以直截了當，或纖細敏感；邏輯理性，或是神祕莫測；明晰透徹，或是晦澀難懂。可以像是海倫・費爾汀所寫的《BJ單身日記》一樣，章節就是一天所寫的日記；或像詹姆斯・A・米契納幾部小說的開頭，採用地質學的紀錄。其實這些都不重要，重要的是它採用的方式是否符合那部小說的需求。

幾十年前，當我讀到這個章節標題，便開始認真思考「章節」這件事：〈噢，媽呀，這個不會真的是結局吧？〉（Oh, Mama, Can This Really Be the End?）讀到這個標題時，兩件重要的事正在發生。首先，就和許多同世代的人一樣，我可以輕而易舉地接著完成這個對句：「又一次困在我的車子裡，只有曼菲斯藍調陪著我。」（to be stuck inside of Mobile with the Memphis Blues again.）這是鮑伯・狄倫的歌曲，毫無疑問地，因為沒有另一個人可以、或願意寫下這樣的歌詞。接著，我發現第二件事，是這個章節名稱出現的情境，與鮑伯・狄倫、曼菲斯、車子，甚至美國一點關係都沒有。這個作家就是T・C・鮑爾，而這本小說就是《水音樂》。這本書詭計多端地混合多種文類，將背景設定在十八世紀末、十九世紀初期，主要描述關於非洲尼日河最初的發現與探索。小說在兩個彼此抗衡的故事線中跳躍，一個關於「探險」，另一個則關於「橫禍」，一面講述歷史上真有其人的探險家芒戈・帕克，他是尼日河的發現者；另外一邊則有點像流浪漢小說，跟著完全虛構的角色奈德・萊斯，一個一事無成的人，整本書就看他好不容易從這個災難逃出來，豈料又遇到下一個橫禍，但不知怎麼地，他就是有辦法生存下來。

作為一本當代的小說，讀者當然知道哪一個角色在結局會成功完成任務。然而，作者刻意安排出身高貴與微賤的兩個主角，以及他們相對的遭遇來批評傳統小說。而那個引用了鮑伯・狄倫歌詞的章節，出現在一個很短的章節裡，用意是提醒讀者，他們是否曾經懷疑這是一本「後現代小說」。貫穿全書的時代錯誤、厚臉皮的態度、擬仿的元素不斷宣示作者的世界觀，同時也提醒讀者「這不是一本正經的小說」，作者甚至攻擊「正經」這件事。這個有著冗長的章節名稱，篇幅卻極短的一章，想傳達的訊息是很豐富的。

當你看到鮑爾筆下的這種章節，你必定會思考章節的作用為何。我思考後發現，其實它們可以是「任何形貌」，可以是本身就已經很完整的敘事，也可以是各自獨立的故事，但在整本小說的情境裡，具有聯結性並產生意義；它們也可以集中在單一事件上，或是呈現事情的因果關聯；它們也可以是對於事件的主觀回應或印象。總而言之，小說家希望它們是什麼樣子，它們就可以是那樣。

章節為誰帶來好處呢？所有情節吃重的故事都必須倚賴章節，除了前面提過的維多利亞時代作家之外，偵探小說、歷史故事、愛情小說、西部故事，甚至驚悚小說都是。章節所提供的「小結尾」，可以提升緊張、懸疑與真相披露的程度。對於那些較不在意情節的小說家而言，章節也是必須的，印象主義小說的作者可以透過小篇幅的章節組織，繼而象徵整部小說的大架構。

更重要的是，章節對讀者才是最不可或缺的。嘿，你別小看那些看起來微不足道的事，這些暫停將提供機會，讓我們進一步思考剛才所讀的內容，暫時把自己抽離出來，去想想所有事是怎麼兜在一起的。章節告訴我們重點，或者說對這本小說而言，什麼才是最重要的。小說如何被建構？它是強調揭露真相，還是隱藏資訊？它注重外在事件，還是內在印象？它是緊湊、前後連貫，還是散漫、不嚴密的？章節教導我們如何讀這本小說，而我們也可以從章節那裡得到所有需要的幫助。

9 專注「微小之處」

「無所不在」，其實只是一個「特定的地方」

這麼說好了，假設你想出了一個關於全人類境遇的偉大洞見，可能是對和平的企盼、對幸福的追求，或是人不過是需要一碗番茄湯……，總之就是一個了不起的想法。你想將你的發現傳達給全世界，但是新聞媒體不願意幫你做特別報導，於是你決定寫一本小說，告訴每個人這個世界共通的真理。等等！這是不可能的，小說世界裡可沒有郵遞區號，可以讓你準確地投遞訊息，**所以如果你想寫世界上的「每個地方」，你就只能專注於「一個地方」**。

中古世紀有一些關於人類境遇的小說，名為《每個人》或《全人類》，書中的主角就和書名一樣，是我們所有人的代表——枯燥乏味、難以辨別又極為平凡，這就是為什麼史特拉福每年都舉辦「莎士比亞藝術節①」，而非「中古世紀道德劇藝術節」的原因——平凡人物太沒有特色了，唯獨一本以平凡人物為主角，至今仍具影響力的道德小說除外。

本仁・約翰的《天路歷程》，這個書名讓你絕對不會錯過它想要教化人心的目的，它細述名叫

「基督徒」的男子行走天路的經歷。一路上，他受到「傳道人」和「恩助」的幫助，同時也被「智慧人」、「固執」、「善變」及「假冒為善」所阻礙。所以，你知道這本書的要旨了吧！從讀者的觀點來看，它的問題在於它是一本寓言小說，所以這些名字代表的不是人物和地點，而是「典型」，但他們也不是有趣的那種典型，「名字」本身比他們所連結的人事物有趣得多了，像是浮華鎮、憂鬱潭、懷疑寨、絕望寨主等等。以寓言來說，它可能達到作者所期望的效果，但就小說而言，它可是一點邊都沒摸著。這些角色缺乏深度與複雜性，所以只有這段旅程、主角遭遇的人與地方是本書唯一有趣的部分。

假如你想要閱讀有關個人如何掙扎在信仰和善惡之間，你可以找到更令你滿意的小說，像是霍桑的《七角樓》及《紅字》，雖然霍桑有時下筆近似寓言，讓人捏把冷汗，但是他的角色至少讓人覺得有血有肉，而不是從紙板上剪下來的角色，他們面對的道德困境，也確實很折磨人。

這就是寓言的問題：無趣、僵硬、平面化。寓言想讓讀者向善，所以他不希望我們沒讀到「重點」，但這也會導致書中就只有這個重點。如果小說想更進一步引起讀者的注意與情感，就必須更有活力一些，它必須把角色呈現得更豐富、複雜，他們需要在值得他們努力的問題裡掙扎，這樣我們才值得花時間讀它。而這種豐富、複雜的性格塑造，才是小說最拿手的好戲。

然而，小說家有時的確想要寫有關「全人類境遇」、「過去的問題」，或是其他令他們困惑的龐大主題，這個時候，他們應該怎麼做呢？首先，必須想想這問題該從哪裡著手，去了解「局部」（local）和「普遍」（general）這兩個成對的、有時卻相反的東西，它們之間會如何拉扯。在這裡，我想介紹**「共通的具體性法則」：你無法寫世上所有的地方或全人類，你只能寫一個人或一個地方；假如你想寫所有人，就必須先從一個人、一個地方開始，先把一個確切的東西處理好。**

讓我們看看貝婁的《阿奇正傳》。有這麼一個人——美國籍、匆匆忙忙、道德上不甚嚴謹、精力充沛、充滿希望，有時像匹脫韁的野馬，他具不具代表性呢？當然，但他更具有個人特色，不和街上的任何一個人一樣。

你想表達第一次世界大戰後退役軍人的理想破滅與迷惘嗎？有，就是《旭日又升》裡頭的傑克・巴恩斯。你想要一個能夠代表所有地方的地點嗎？看看喬伊斯的都柏林、福克納的約克納帕塔法郡、厄德里克的印第安保護區、貝婁的芝加哥，或梅爾維爾的船上。假如你能像他們一樣把「局部」和「獨特性」處理好，那麼「共通性」自然會顯現出來。

其實，用膝蓋想也知道，你不可能去描述「所有地方」，你要從何開始？它長什麼模樣？你的小說會有幾頁？還有，「所有人」的長相如何？顯而易見地，小說家不可能往那個方向寫，還能同時讓筆下的人事物非常逼真。排除了這個疑問之後，等著你的是更棘手的問題：你要如何將「共通性」傳達給讀者？你怎麼確定你的角色能夠在某方面代表我們所有的人？不用試了！你沒辦法，也不需要花力氣思考這些。然而，這種事卻有可能發生，好一個似非而是的悖論！不過，就像許多的悖論一樣，這不難理解，我會留點時間讓你好好想想。

讀者眼睛是放大鏡，用來檢視小說家構築的「世界縮影」

假如你想寫一個重大事件，一個驚天動地的事件，比方說印度獨立好了，一九四七年八月十五日的凌晨，數億人口從殖民統治中解放，獲得自由。這是一個了不起的事件，非常值得書寫，然而這裡有個障礙：你怎麼寫這數億人口呢？你不會、也無法這樣做，因為光是把名字寫完就幾千頁了！但是你可以只寫一個人，你可以給這個角色與眾不同的特質，或是把他跟其他擁有相同特質的人做連結。你可以讓他在一九四七年八月十五日的凌晨時分出生，讓他可以和其他見證他出生、並慶賀印度和巴基斯坦誕生的人有心電感應，這就是薩爾曼・魯西迪以此新國家誕生為靈感，創作出《午夜之子》一書的奇想。

這本枝節龐雜的悲喜劇，圍繞在主角薩利姆・撒奈伊身上，他的個人境遇與國家命運神奇地交織在一起。這樣的寫作策略後來證明是極為成功的，為什麼呢？首先，比起了解一個國家的興衰，我們比較能夠跟隨薩利姆個人的命運起伏；其次，藉由薩利姆這個角色，對於印度跨進現代國家之林後的種種影響，作者魯西迪可以選擇他想要強調的重點。一個個體的生活，不管多麼混亂不堪，也比整個國家的歷史要來得整齊得多；最後，重要的是魯西迪的確說了一個很棒的故事。

由於這部小說的魔幻寫實元素，它常被拿來與馬奎斯的作品相提並論，然而我認為兩者之間最相似的地方，在於它們強調「局部」的策略，這也讓它們與福克納的作品很相似。福克納不斷地講述他那「跟郵票一樣小巧的彈丸之地」——密西西比州的約克納帕塔法郡。就如同魯西迪與馬奎斯，福克納也想處理歷史議題，雖然他的方式更為粗糙曲折，而且荊棘密佈。他把歷史與罪愆、失敗、自尊、原罪和奴隸制度交織在一起，因為他深知書寫整個南方，或整個州是不可能的任務，所以他把關心的範圍縮減到一個郡，以他熟悉的拉法葉郡為藍本。

在《聲音與憤怒》裡，他創造了康普遜家族，一個擁有大農場、社會地位崇高，後來卻家道中落的貴族，祖父雖然貴為將軍，孫子輩卻出了在哈佛大學讀了一年就自殺身亡的昆丁，以及重度智障、已經三十三歲，智力卻像個小孩子的班吉。在《去吧，摩西！》裡，他述說祖先曾經蓄奴的麥卡斯林斯家族的故事，以及他們長久以來不為人所知的黑人親戚波查普斯家族。在史諾普斯三部曲——《哈姆雷特》、《小鎮》、《宅邸》裡，他創造一個歷史悠久的家族，成員們終日遊手好閒卻運勢順遂，地位逐步攀升，甚至整個小鎮是他們的。他們似乎支持了「福克納式的祝福」：無賴、流氓之流就該繼承這個世界。他的小說一部接著一部，探索美國南方傳統的各種面向，但他總把關注放在那麼一小方土地上。

馬奎斯在《百年孤寂》裡也運用了類似的策略，他利用虛構的海濱小鎮馬康多，作為整個後殖民時代南美洲的縮影。許多小說中發生的事件，例如：內戰隨處可見、領導階層的腐敗、暗殺、大屠殺、跨國公司的優勢等，都與許多拉丁美洲國家的歷史相互呼應，然而正是這個壯觀、單一的小鎮，與布恩地亞這個家族，讓這部小說長存於讀者的記憶之中。所有關於這個家族的事都極為龐大、驚人，從女家長烏蘇拉統治的黃金時期，到奧雷良諾上校總是能從別人，甚至是自己手中死裡逃生的神奇能力，到他的兄弟荷西・阿卡迪歐那受人崇拜、有著奇妙刺青的巨大生殖器，甚至是吉普賽人梅爾奇亞德斯，他帶領這個家族走向偉大與消亡之路，是一名成就非凡的人物，他宣稱因為死亡太過無聊，所以決定死而復生。除了現實中根本不會有這種家族之外，你怎麼可能不喜歡這個家族？創造一個獨一無二的家族譜系，就是馬奎斯寫作計畫的一部分。

那麼，一個家族如何擴大到足以代替所有後殖民時期拉丁美洲國家呢？這就要回到我前面所說的「悖論」了，親愛的布魯特斯②，答案不在星象，而在於你自己。「共通性」是無法在文本中找到的，如果作者嘗試把它擺在文本裡，那麼整部作品一定會讓人覺得扭捏造作，作者的工作是提供一個能夠引起你注意、令你驚喜、有所啓發的——一個非常獨特的故事。

羅勃・麥克連・威爾森為他的小說《尤瑞卡街》下的副標題是「一部獨一無二的愛爾蘭小說」，這是每部小說的希望，一部關於「X」的獨一無二小說。小說家必須創造一個特定、獨特、單一的故事，這樣他的階段性任務就完成了，讀者將繼而決定它的重要性。它的描述與主題是否確實具有普遍性？或是小說實在太糟糕，使我們壓根不在意這些？當然，除了這點之外，我們也有權決定其他幾千幾百個我們在意的面向。

回到之前提過的《午夜之子》，薩利姆・撒奈伊最重要的是得像「他自己」，作者魯西迪可以給我們連接更重大歷史議題的提示，而他也確實這麼做了，在小說一開始就告訴我們薩利姆生日的巧合；而他所不能夠做的，就是讓讀者嚴肅地看待這些連結。因為這是由讀者自己決定的：小說是否呈現了現代印度中的一些面向？是哪一些問題？如何呈現？

小說未必得描述「大時代」，「小人物」更能引發共鳴

那麼，所有的小說都企盼呈現世界共通的主題嗎？那可不一定。雖然在角色刻劃或情境上，可能會有一些代表性元素，但大多數的小說只要能把自己的故事說好就很滿足了。其實每部小說的初衷，都應該很樂意敘說自己的故事，假如連這個基本功都做不好，那它溝通更大主題的機會就更加渺茫了。總之，很多小說並不期望講述超過自己本身的故事，最明顯的應該就是「類型小說」了。以下這些術語只能應用在那些能夠套入「某個大眾文化類型」的小說：偵探、驚悚、恐怖、西部牛仔、浪漫愛情、科幻等。

讓我們以達許・漢密特的山姆・史派德、雷蒙・錢德勒的菲利浦・馬婁為例好了！這兩部冷硬派偵探小說就無法延伸到作品之外，換句話說，除了正義得到滿足之外，他們無法代表我們任何人。兩位主角所在的小說，只提示了世界的某些面向：邪惡的氾濫、道德的灰色地帶，或是在陽光普照的洛杉磯，仍然有不成比例的陰暗天色。以此類推，恐怖小說也是一樣，我們很難從這些情節、角色，泛推到整個社會，而這也不是重點，畢竟「消遣讀物」的任務，就只是「娛樂」而已！

即便如此，我們還是可以從它們身上學到不少事情，不是直接的倫理課程，而是較為一般、關於人類行為的間接提示，例如，對正義的渴求、需要愛，或是對合法行為的要求。我們無法不這麼做，因為我們是天生喜歡推論的物種，給我們一個特定事物，我們就會從那裡開始概括推論起來。

所以幾乎每本小說都可以教我們一些事情，而所有小說的根源都有最重要的一課，告訴我們：「我

們很重要。」

人類的生命之所以具有價值，不是因為我們屬於統治者、某個團體或是政黨，而僅僅因為我們存在在這裡。這個主旨如何在小說裡呈現呢？就在它的「題材」，它總是和那個不怎麼起眼的人有關。你可能會讀到一兩本以國王、王子或王儲為主角的小說，但是幾乎所有的小說都與普羅大眾有關，不管這些人是中產階級、工人階級，或什麼階級都沒有。出現在小說裡的人物有可能是極為次要的角色，如果他們出現在荷馬或是莎士比亞的作品裡，可能是一個被殺害的角色、急於向主人報告的使者，或是創造舞台喜劇效果、完全不需要被嚴肅看待的角色。然而，所有的小說都希望讀者對它們所呈現的人物感興趣，進而想要讀到最後，看看他們所選擇的人物後來發生了什麼事。而我們也的確如此，我們在意、感興趣，並堅持到結尾，不論故事是大是小。因為那些人物很重要，而我們也很重要，這就是共通性的所在。

---

① Stratford-upon-Avon，位於英國中部，是莎士比亞出生的地方。

② Bratus，參與謀殺羅馬皇帝凱撒的二十三人之一，也是莎士比亞《凱薩大帝》中的重要角色。

10 故事主角也需要「幸運物」

你一定記得這句話：戴洛維夫人說她要去買花

在那個有名的小說開頭裡，「戴洛維夫人說她要自己去買花。」這一句話讓她的一天，以及整本小說都開始運轉起來，更重要的是，它讓我們得以窺視她性格中最主要的象徵符號。吳爾芙在寫作的時候，將此書的書名暫定為《時時刻刻》，我想或許她也可以將此書簡單命名為《花》吧！

不是每本小說的每個人物都有象徵物，不過很多都有，讓我們想想安樂椅神探尼洛・沃夫的蘭花、海明威筆下那位老人念念不忘的「偉大棒球選手狄馬喬①」、《青年藝術家的畫像》中的史蒂芬・代達羅斯的灰樹手杖。

這些象徵物不論是物件、影像或地點，都引導我們對角色做出回應，它們不只跟角色連結起來，也與角色的概念相關。當然，有時候這概念的營造來自於作者，例如吳爾芙決定把花朵放在克萊麗莎的懷抱裡，但更多時候，意義的創造來自於讀者，因為最終仍是由我們自己決定那些事物代表了何種意義。

福克納曾說在他所有的小說之中，最喜愛的是《出殯現形記》，在我有限的教學經驗裡，這部小說也是學生們的最愛。我懷疑這部小說應該也是非學生族群最喜歡的福克納小說，為什麼呢？因為大家讀得懂，某層次來說，也是因為它的敘事簡單明瞭。像《押沙龍，押沙龍！》就是超難讀的一部作品，《聲音與憤怒》也不遑多讓，相對而言，《出殯現形記》裡班德藍家族的傳奇故事就稍微不那麼艱澀。我有個同事甚至形容它為嬉笑怒罵之作，我想倒還不至於，我認為眾多讀者能接受這部小說的原因，是他們能夠搞清楚角色之間的關係。

有很多因素可以解釋為何這部小說比他早期的其他小說更容易讓讀者搞懂，比如說，每一段由角色獨白構成的章節都以人名作為篇名，而且盡是一些好記的人名，例如：安西、艾笛、達爾、珠兒、凱許、杜葳戴兒、瓦達曼等等。不過，還有一些其他的元素也很有用處，像是每個角色都有一樣「象徵物」，可能是一件東西、一項著迷的事物，或是一個目標，而這些象徵物讓他（她）變得與眾不同。

安西除了拒絕為任何家族外的人盡義務外，從頭到尾都想著要做一副新的假牙；珠兒的象徵物是他的馬；凱許則想著他的木工跟一台聲留機，而正當他調換留聲機的音節時，瓦達曼正想著他抓的魚，並且把他過世的母親比做一隻魚；杜葳戴兒則是懷孕和墮胎的打算。

這些象徵物如何發生作用呢？首先，它們提供了「記憶術」，當我們讀到有個人朝思暮想他的馬，或是為了不必要的事怒氣沖沖，我們馬上就知道這是珠兒，一兩次之後我們連名字都不需要，就已經記住這個人的特質。再者，這些象徵物有助於建構角色，他們所著迷的事物為他們製造深度及上色。例如，凱許讓自己沉浸於木工之中，好讓他不需思考他為什麼在製作那個特別的箱子（母親的棺材）。

我把它做在斜面上。

(1)釘子有較多有空間可以固定。

(2)每個接縫處有兩倍的面積可以固定。

(3)水要在傾斜處才會滲進去，水比較容易往上或往下流，或是直接流過去。

(4)在一個人們有三分之二的時間直立著的房子裡，接縫就得做成直立的，因為壓力也是直立的。

諸如此類的陳述，林林總總共有十三項，接著用一個最好的理由作結：「因為這樣成品比較工整。」在他的思考裡，被刻意遺漏的是這項物件究竟是什麼。那當然就是棺材，讀者們也知道，但是凱許就是不明說，他曾經提到墳墓一次，但只是為了和其他的坑洞作比較。在他就事論事、不帶感情的語調裡，他一直避免那件最重要的事實，就是他為母親做了一副棺材。為什麼？因為哀傷，又或是為了要避免哀傷。總而言之，書中所有的角色都沒能好好認知或排解他們的哀傷，反倒沉浸在自己在意的小天地裡。

小說連載動輒一兩年，沒有「記憶點」容易被遺忘

角色的記憶物在維多利亞小說裡尤其重要，理由很明顯。別忘了，這是「連載小說的時代」，假設你訂閱的《愛丁堡評論》在三月十號送到你家，而上面刊著你最近著迷的小說，這一期連載的內容讓你花個四、五天讀完好了，那麼在下一期四月份的書寄來之前，你就有二十六、七天的空檔。如果是我，過了整整二十六天，可能連自己的名字都忘得一乾二淨了，所以我需要作者安排的小小幫助。

看看這位希拉斯・維格（Silas Wegg），就是作者提供的幫助。維格是一位從事著述的人，他賣歌謠維生，而且有一隻木做的義肢（名字Wegg與木造的腿wooden leg諧音）；另外這位維納斯先生，他是殯葬業者，而且是個「骨頭重接過的人」。他們貪婪、無恥，不過作為小反派，卻給讀者增添了不少閱讀趣味。大反派則是布萊德利・赫德史東，這個什麼壞事都幹盡了的男教師，只差沒有口吐白沫來表明他的精神錯亂，和維納斯先生一樣，他的記憶物也是他的名字。赫德史東這個名字，就算過了一個月我們也不太可能忘記，就像狄更斯其他那些具有象徵性的名字一樣。

不過除了名字之外，狄更斯還提供了其他的記號。奇爾普是個侏儒、比爾・賽克斯的記號則是他的咆哮聲和狗，維納斯先生是他的骨頭，米考柏則是他的拳頭與深信「有件事即將要發生」的心態。他們不良於行而且裝有義肢，五官奇特、頭髮與眾不同，身旁跟著小嘍囉，或是佩戴護身符。他筆下的角色通常十分怪誕，然而他們的怪是有目的性的，他們不僅得讓讀者容易記憶，同時也要

生動而逼真，要不然幾個月過去，讀者可能什麼都不記得了。

狄更斯也不是唯一一個這麼做的連載小說家，讓我們看看薩克萊、喬治・梅瑞狄斯、安東尼・特洛勒普、湯瑪斯・哈代，或是相較之下已經收斂得多的喬治・艾略特，都創造出許多豐富生動、時而古怪的角色，他們的配角尤其如此。

即使隨著歷史巨輪的轉動，連載小說早已不復流行，作家們仍然繼續使用象徵物來代表人物。當我們想到蓋茲比，可能會聯想到那綠色的燈光，但是真正讓他與眾不同的，其實是襯衫。尼克・卡洛威沒辦法把目光從蓋茲比的衣著上移開，所以在他的敘述裡，不斷出現關於衣著的描述。例如，蓋茲比在尼克的家裡等黛西時，他穿著「一套法蘭絨白色西裝、銀色襯衫，佩戴金色的領帶」。我們應該不需要記號學家為我們解開這個密碼吧？不過，最經典的一幕應該是蓋茲比帶尼克與黛西參觀他家，他停下來把一件又一件的襯衫丟到桌上，直到堆出一個亂七八糟、由以下東西組成的小丘：「珊瑚色、蘋果綠、薰衣草色和淡橘色的條紋、渦卷和格子，繡上印度藍的姓名字首。」黛西完全被物質主義征服，沉浸在這堆衣服裡，眼眶泛淚說：「這些襯衫美麗至此！」

費茲傑羅不需要從作者的角度給出評論，就已經成功傳達出關於蓋茲比和黛西的諸多資訊——不只是性格特質，還強烈暗示了他們之間的關係到底哪裡出了錯。說實在的，有誰可以比他們這兩個「衣著達人」更膚淺呢？在這次的聚會裡，他們心中有許多感覺沒被表達出來，所以雙方都覺得這次的碰面是場災難，但幸好他們倆說著相同的語言——襯衫國的語言。

經過現代及後現代主義的洗禮，象徵物仍在小說中占有一席之地，雖然它們所扮演的角色已經和從前不太一樣。在提姆・歐布萊恩的《尋找卡奇艾托》裡，主角所嚼的甘草口香糖，還有他在越南散兵坑裡運的那顆籃球，都顯示了他稍嫌幼稚、與士兵氣質不相容的個性。在海明威的《旭日又升》裡，傑克・巴恩斯因戰爭殘留的心理創傷也有情節、角色和主題上的隱喻，這使他無法更進一步發展與艾許莉夫人的戀情，阻礙了兩人對彼此的熱情，把他們推向更大的不幸，而且更廣泛地暗喻著「不孕」。這裡的不孕可以解釋成性方面的不孕，或是整個第一次世界大戰後，社會普遍遭遇的貧乏。

在推理小說中，象徵物格外有用，它們可以是一種「速記重點」的方式，英國推理小說家阿嘉莎就顯然深諳此道。她筆下的偵探白羅渾身充滿符號，包括招牌八字鬍，還有他最愛的藥草茶，另一個角色瑪波夫人的象徵物則是她的編織，這些物件都賦予角色在故事中特殊的定位。例如，第一部白羅系列小說問世時，他所穿的高筒皮鞋就暗示了早已退流行的時尚，說明他是一個老派的、對衣著品味很挑剔的人，這樣的描述精確地總結了白羅的個性。但阿嘉莎不是創造這個用法的第一位推理作家，至少我們在福爾摩斯身上早就看過，像他的獵鹿帽、招牌白泡石煙斗，還有特製比例的古柯鹼。

下一代的推理小說裡，偵探和警察都有他們獨特的法寶，從業餘神探彼得・溫西爵爺的單片眼鏡、諾拉查爾斯夫婦的小獵犬，到尼洛・沃夫的蘭花及黃襯衫，甚至是羅勃・B・派克筆下硬漢偵探史賓瑟的烹飪，琳達・巴恩斯的女性偵探卡洛塔・卡萊爾所收藏的藍調音樂。從另一個角度來看，假如一個六呎一吋高的女性偵探有一頭閃亮的紅色頭髮，她還需要更多的象徵物嗎？

這個東西象徵什麼，不是小說家說了算數

有時候，這類象徵物會成為作品中重複出現的主題。在《印度之旅》中，作者佛斯特透過小說人物所乘坐的交通工具，來發展艾吉茲醫生這個角色。從一開始他乘坐的小馬、到朋友家用餐時的腳踏車，到後來被召至英國軍官俱樂部時，必須搭乘的輕便雙輪馬車，還有他遠赴馬拉巴山丘的不幸之旅時搭乘的火車、被逮捕入監時的警車、慶祝法庭勝利時乘坐的蘭道馬車，以及小說最後一幕他與費爾丁所騎乘的馬。

我們透過艾吉茲的交通工具來追溯他的「進步過程」。當他首次出現在小說裡，他騎腳踏車到朋友哈米達拉家，然後坐著輕便馬車到宣得拉波爾俱樂部，別忘了那個俱樂部只開放給白人使用，接著又眼睜睜看著那群英國女人粗魯地把他的馬車強行徵收，彷彿這是她們合法的權利。在他的指控被撤銷之後，他坐在相對豪華的蘭道馬車裡，因為一場近似暴動的集會正在進行中，他又被他所不能控制的力量推擠到一旁。

此外，作者還利用了兩隻馬來完成他獨特的敘事魔法。在小說一開始的地方，作者安排艾吉茲和英國陸軍中尉玩一場友誼馬球賽，因為階級差異，這位年輕的醫生做了一些刻意的舉動，即使這名英國中尉覺得艾吉茲是個不錯的印度人，他們兩人的地位也不可能平等。艾吉茲必須從他那混得比較好的朋友那裡借一匹馬來練習馬球，即便他的騎術優異，他在比賽裡也不能隨心所欲地發揮，他得考慮對方的舉動，來維護這場友誼賽。所以這個印度醫生與英國士兵之間展露的同袍友誼，其

實只是一場騙局，只能存在於馬球場這個人為的、不自然的空間，而且正因為雙方刻意忽略彼此的差異，他們除了馬球之外，再也沒有共通的語言。

而在小說結尾處，艾吉茲再度騎乘在馬背上，這次是為了和他的老朋友費爾丁告別。他們騎馬時無話不談，對於印度人身份認同及建國問題發生了爭執，這些是艾吉茲絕不可能與那個英國中尉，或小說中其他英國人談論的議題，也正因為他們是朋友，才能夠如此真誠、激烈地爭吵。然而他們的友誼註定無法繼續，佛斯特在他了不起的最後一段裡這麼描述：

> 但是馬兒不願意——它們忽然轉往不同方向；土地也不同意，在兩個騎士間送出石頭，讓他們只得排成縱列前進；寺廟、坦克、監獄、宮殿、鳥兒、腐爛的屍體、還有他們行進間映入眼簾的總督府、山腳下的茅省，它們都不同意，用它們成千上百的聲音說著：「不，時候未到。」而天空也說著：「不，不是在這裡。」

這個段落透露出橫亙在他們真誠友誼間的重重難題，包括了失足與凹凸不平的土地、石頭及各種阻礙，與馬球場上人工營造出的平滑表面以及虛假和睦有著強烈對比。

以上這些就是與主角艾吉茲所連結的物品、交通工具與動物，它們同時也是我們評價這個角色、探索與主題相關的種種暗示，並且衡量小說政治意涵的參考基準。作者只用了幾種旅行的形式，就給讀者如此豐富的提示，真的是相當驚人的成就。

更重要的是，我們可以觀察作者刻意避免了什麼：那些關於人物性格特徵的呆板說明、不厭其煩地明示重點、作者自己公然傳達訊息……，這些絲毫無助於戲劇性的堆砌，因為「行動」才是戲劇性的來源。例如，蘭道馬車的凱旋歸來、馬球場上興致高昂的比賽，或只是用來代步的單車，它們都在動作著，展示了角色正在做些什麼，而藉由他正在做什麼，進一步透露角色性格中的元素。這就是小說的功用：它們擅長揭示、透露，卻對於闡釋、宣告，或論說文章都不在行。

詩人威廉・卡洛斯曾經說過：「重點不在主張，而是在事物裡。」這道理也適用於小說。在這裡，容我介紹**「人物與事物法則」：角色不只從他們的行動及言語中被建構出來，還包括圍繞在他們身邊的種種事物。**但在文本創作中，這個元素常常被忽略，因為寫作課程往往建議這些新銳小說家，盡量避免冗長的角色說明，必須多利用言語和行動來突顯角色。這無疑是很好的建議，但我認為可以再更進一步，因為這些與角色相連結的物品——小飾品、瑣碎的小玩意、必需品或不必要的裝飾、工具或玩具——常常能透露角色性格裡的一些面向，同時也可能是故事的關鍵要素，與情節、重要性、觀念、重複意象及主題息息相關。

讀到這裡，你可能滿腹疑惑，我理解你的疑惑，因為這實在是個難解的謎，目前為止已經有不少的假設嘗試解釋這個過程，但還沒出現任何決定性的理論。我把它歸類在「意義的偏向」這個標題下，廣義來說，是指用一個確切的物件來代表另一個事物時，有如鍊金術一般的過程。解讀這類魔法，是我上一本書《教你讀懂文學的二十七堂課》的主題之一。對不起，這應該是我唯一一次在這本書裡使用上一本書的概念，因為這個概念對角色創造實在是太重要了！

T・S・艾略特在一九二二年發表的〈哈姆雷特和他的問題〉這篇論述中，為我們提供了一個多少有用的詞彙——「客觀的相關物」（objective correlative）。這裡指的是用來指涉內在情感或狀態的一組「外在物件」，這組物件提供了具體的、有形的意象，讓讀者或觀眾得以捕捉角色的內在活動。這個論述相當有幫助，只可惜艾略特犯了一個小錯誤，那就是他堅持客觀相關物的效果只能傳達一個，並且只有一種情感，所以不會產生混淆。

我相信艾略特年輕時，曾經被雙重意義嚇個半死，所以他下定決心將「作者控制」發揮到極致，但我認為客觀相關物的有趣之處，就恰好在於它們的「曖昧」。現在我們能夠諒解艾略特如此極端的說法是當時時代下的產物，就如同其他被稱為「新批評主義」的評論家一樣，艾略特也身兼作者，所以他很自然地想要把作者、讀者間的權力交到作家那邊，讓作者（author）具有主控權（authority）。然而，任何在一九六五年之後從事評論的人都會注意到，前述的權力關係已經轉變，惟有讀者才是作品意義的最終仲裁者。此外，作品也因為讀者的投入，而開啓更多元的解釋空間，包括曖昧性、不確定性及反諷都加入這個新局面，讓作品變得更生動迷人。

想想史蒂芬・代達羅斯的灰樹手杖，作者喬伊斯給史蒂芬一個灰樹所製的行走用手杖，他首先在《青年藝術家的畫像》裡用了這項物件，後來又延用到《尤利西斯》。喬伊斯有時讓它發揮原有的功能——一支平凡的手杖，有時則把它當作一項時髦的玩意、假的西洋劍，或是讓他犀利的機智能稍作停頓的憑靠。而有時又是武器，例如在《尤利西斯》裡，絕大部分由想像、幻覺構成的瑟爾絲章節中，他在妓院裡用手杖打爛了水晶燈。

所以，我親愛的同學們，史蒂芬的灰樹手杖究竟代表什麼意義？噢，它無疑具有佛洛伊德式的陽具意涵，尤其當角色對他的男子氣概表示懷疑時，我們更加確定這一點；它有時也確實是一種支撐物，為史蒂芬提供依靠；但它又似乎是讓這個混亂世界恢復秩序的裝置？這麼說好像也有道理。那麼，其他讀者會不會有另外的解讀和詮釋呢？那當然！不論喬伊斯寫作時所設想的功用為何，被讀者如何詮釋完全不是他所能控制的，此書在一九二二年二月二日出版之後，就脫離他的懷抱，而屬於我們讀者了。懂了嗎？**作者能夠提示意義及他所認為的重點，但最終仍得交由讀者評斷。**

「象徵物」就像故事的線頭，帶讀者抽絲剝繭、發現驚奇

讀者如何評斷呢？讓我們回到花的例子。在這一章的開頭，我提到了用花作為象徵標記的兩個角色，當然文學中還有更多例子，不過現在兩個就足夠了！首先，讓我們看看尼洛・沃夫。他實在有太多象徵物，多到我有時覺得這些象徵物都可以代替傳統意義上的角色塑造了。

或許虛構的偵探角色都是如此，因為他們的長相、個性、行為常常不如故事主角建構得那樣完整清楚，但是他們身邊卻有著比其他人多出一倍的符號及象徵物。沃夫是個大塊頭——這系列小說提過不止一次，他重達四百磅，他的私人廚師弗利茲、那一瓶瓶永遠送到他面前就已經冰鎮好的啤酒、他不喜歡與人接觸、罕見的書籍收藏品、他的服飾，尤其是那一成不變的黃襯衫……，以上任

何一樣象徵物都可以讓讀者恣意發揮。我曾經聽傳記文學作者里昂・艾多用好幾分鐘，滔滔不絕地分析這個偵探系列作者和主角的關係。作者名為雷克斯・史陶特，雷克斯在拉丁文中是國王的意思，而他筆下的偵探尼洛（Nero）則是羅馬皇帝的名字；尼洛重達四百磅則遠遠超過了史陶特（stout）隱含的大胖子之意。你看你可以從書本得到多少樂趣！

不過，最能夠定義沃夫的象徵物仍是蘭花，他在屋頂的溫室裡種植它們，無論蘭花或溫室都在好幾本小說裡出現。我一開始覺得它們跟整個故事很不協調，因為它們那麼細緻瘦小，和主角的腰圍比起來實在太過雅致。不過，仔細想來，他和蘭花一樣都是溫室裡的生物，他幾乎從不離開他那用赤褐色砂石蓋成的家，新鮮空氣對他來說簡直是種詛咒；和蘭花一樣，他也需要非常精確、小心的照顧才能發揮他的才能。再者，蘭花讓他可以盡情發揮藝術的一面，這種熱情是在他其他生活中找不到的；當他碰到麻煩或是難解的謎時，他就會隱遁到溫室裡，與他的蘭花融為一體，這大概是他的世界中唯一一件不會令他發怒的事。就算沒有蘭花，我們還是能認識沃夫這個角色，然而蘭花為我們的認識提供了捷徑，用生動、具體的方式揭露並強化角色性格中的面向。

那麼克萊麗莎・戴洛維呢？就實用性而言，她需要花朵來裝飾當天傍晚的宴會，畢竟，沒有鮮花裝飾的宴會實在太單調了。然而，花朵也成為一種「媒介」—：眼前所見的花朵帶著她回到過去所見的花朵，還有曾被花朵包圍的童年記憶。這個意象比沃夫的蘭花更為麻煩一些，因為這是一個比較複雜、多層面的敘事。

克萊麗莎按照計畫去買花，她的身影與花朵映照在櫥窗上，而這個畫面剛好被一個瘋狂、氣數已盡的退伍士兵賽普提瑪斯看在眼裡。此時，一輛汽車在街上發出爆鳴聲，那一瞬間賽普提瑪斯沒辦法確定那個影像是什麼，好像一棵樹，甚至是他那過世的同袍艾凡斯躲在背後一整天的那棵樹，但他很確定這個畫面充滿了意義，是給他的特別訊息。在讀者這一方，也有著相應的影像，這個影像吸引了我們的注意，暗示了一件事情，然而，那件事情的意義我們無從確定，重要性也極為模糊。如同賽普提瑪斯，我們也被迫創造，從我們記憶所及朦朦朧朧的可能性中，挑選出一兩個最令我們欣慰，或是最不可置信的影像。

捧著那些花的主人已經是一朵凋零中的花，在人生的秋天裡遭遇困境墜落到人間。然而，她用力傾聽她生命中的春天，一個充滿花朵的季節，然後想起她使用花朵的方式。尤其是莎莉・賽頓曾經把無莖的花朵，漂浮在盛著水的大碗裡，而這個令人震驚的插花藝術，是不是也代表了同樣令人震驚的、兩個女孩間的吸引力呢？尤其克萊麗莎一直記得莎莉曾經給她的那個吻，花朵的短暫生命是否象徵著克萊麗莎戀情的短暫，又或是反諷世人認為永恆的愛情關係呢？因為不只是過去的記憶一同湧上來，曾經與克萊麗莎有關係的人物，在這一天又重新出現在她的生活中。

又或者，花所帶有的性意涵，暗示著性的存在並不是為了我們的愉悅，而只是單純為了繁衍後代？尤其當性的本質具體呈現在她正含苞待放的女兒身上。還是花朵評論了克萊麗莎已停止的性行為，因為她現在睡在一張窄床上？吳爾芙並沒有告訴我們，她提供資訊、暗示、提示，卻不解釋。

就如同《燈塔行》裡蘭姆西太太所織的長襪，評論家奧爾巴哈曾在《摹仿論：西方文學中真實的再現》裡反覆推敲長襪的意涵。奧爾巴哈觀察到在這本現代主義作品裡，沒有傳統作品中最具權威，或作者所主張的真實；相反地，外在物件或事件標記了時間，有時甚至讓角色內在真實得以確立。就和那座燈塔，或蘭姆西先生朗誦的詩句一樣，咖啡色長襪可以、也確實蘊含多種不同意義，從這一刻到下一刻，從這個角色到下個角色，意義不斷地變動著。克萊麗莎的窄床、彼得・威爾許的折疊小刀、基爾曼小姐破舊的防水外套都是如此，所以那些花朵該作何解釋呢？吳爾芙慎重地把它留給讀者來詮釋，有沒有人自願回答呢？

這就是為什麼讀者總是能得到豐厚的回饋，從那最微小的線頭、從暗示到寓意，我們編織起我們認為最具體、永恆的事物。我們從那些從沒存在過的角色中找到真實；從他們身邊的物件裡，尋覓內在的動機和情感；從輪廓和速寫中，建構出完整的人物面貌。用書評家的語言來說，這真是令人讚賞的技藝！或許版稅也該分我們一份。只是有一點別忘了，在你探尋、編織答案的過程中，為了安全起見，可不要屏住呼吸喲！

---

① Joe DiMaggio, 1914-1999，《老人與海》中的主角喜愛談論的美國職棒選手。

11 遊戲在字裡行間

「他很不錯，而且很糟糕。」這句話究竟是褒是貶？

「哈！什麼鬼！」沒錯，她就是這樣說：「哈！什麼鬼！」這是對什麼事情的回答呢？「靈魂的轉移。」聽完這個，你的反應是不是也跟她一樣呢？不過，讓她作出如此反應的，也就是真正的麻煩所在——是一個單字。

這個女子是莫莉・布魯姆，《尤利西斯》中主要的女性角色，她不受約束、有音樂天份、沒受什麼教育、直觀、不忠貞，同時她也是個右腦取向的人，情感豐沛、喜歡運用直覺，最重要的是她是世界上最有名的「小說獨白」來源。就這對夫婦來說，她的丈夫李歐帕德比她出名得多了，李歐帕德求知慾旺盛、喜歡思考哲學問題，雖然和現實有點脫節，但卻是很出色的讀者，而莫莉唯一的文學興趣是有著《甜美的原罪》這類標題、煽情至極的羅曼史小說。

她碰到不懂的單字就轉向她丈夫，而這次的單字是「輪迴轉世」（**metempsychosis**），意思是「靈魂的轉移」。不僅難發音、意思也很艱澀，而她所能記起來的是「輪飛磚室」（**met-him-pike-**

hoses），說真的，已經很接近了。當布魯姆試著解釋這個詞，她發出的感歎詞也就是我這一章的開頭，感歎後她接著說出這個請求：「可不可以用普通字眼解釋啊？」就是這裡，我親愛的朋友、同學們，這段短短的對話已經告訴我們，布魯姆夫婦婚姻樣貌的九成了。

既然我已經亂用莎士比亞了，不妨在這裡更加濫用一下，他曾經問過一個有名的問題：「名字裡究竟有什麼呢？」我們或許也可以這樣問，一個單字裡究竟有什麼呢？一本小說裡滿滿是字，但它們似乎是大批出售，有時候小說家的稿費是以字數計酬，而你有時也感覺得到。你覺得我在開玩笑嗎？那你先去讀讀薩克萊的作品再來跟我討論好了。事實上，即便是今天，你還是可以找到依字數計酬的短篇小說，在文學雜誌裡尤其常見，不過由於稿費如此低廉，所以並不會改變任何人的業餘地位。言歸正傳，我們這裡不是要討論那些一箱一箱的字，而是一、兩個字。

有時候，不同情境裡的同一個字可以讓我們大作文章，同一本書裡的前幾章，喬伊斯告訴讀者：「布魯姆津津有味地吃著動物及禽類的內臟。」（ate with relish the inner organs of beasts and fowls）把這句跟大約在同時間出版的費茲傑羅的短篇故事〈五月天〉作比較，他寫到那些兄弟會的年輕人「吃著加佐料的蕎麥餅。」（ate their buckwheat cakes with relish）呃，這是怎麼回事？我認為就在敘事裡的這種小地方，有時候一、兩個字就可以透露出作者不同的面向。

「relish」是很有趣的英文字，它有兩個完全不同的意義：你可以「享受」一個難得機會，但是不該給它加「佐料」，是吧？喬伊斯很明顯地知道這雙重意義，所以故意在句子裡利用這個特性，布魯姆第一次登場時，他正在思索有沒有什麼包括醃黃瓜和芥末的雙關語。他其實希望另外一重意義可以更占優勢，不過如果意思曖昧不清的「佐料」可以加入這個混戰，不也很好玩嗎？

那費茲傑羅呢？他並沒有要運用「佐料」雙重意義的目的，為什麼我可以如此肯定？首先，我們來看看這個字被放置的位置：喬伊斯把它放在他要修飾的字「吃」後面，不是「內臟」也不是「禽類」，而是在動詞後面。有興味地（with relish）去做某事，表示主角正充滿精力或熱忱地做這件事，當然如果我們把「relish」這個字看成名詞，那可能就是在說佐料。然而，在〈五月天〉這個短篇小說裡，那個句子是蕎麥餅加「佐料」（cakes with relish），懂了吧！當然，費茲傑羅可能在說他們也一樣「吃得津津有味」，但因為另外一重意義在這場難分勝負的比賽中，與主要意義並駕齊驅，最後「津津有味」這個意思就被踢飛了。

結論是什麼呢？一個作家比另一個作家，對於語言的使用更精確。這並不表示喬伊斯就比較傑出，你也可以把他看作一個極度在意細節、過度緊張的作家，費茲傑羅就比較放鬆，比較歡迎不同的解讀。或是你也可以用工作效率來解釋，喬伊斯在寫作時煞費苦心地層層推敲，邊寫邊加入更多涵義，而費茲傑羅早年發狂似地拚命寫作，短篇小說一篇接著一篇。雖然這不是我的看法，不過任何人都可以自行解釋。

以上所有的觀察都來自一個「單字」，還說不上是用字遣詞，只是單字在句子裡的位置而已。某個層次來說，這個概念相當直接，或許是你在小說中永遠不會讀到的東西，除非你的工作是出版社編輯。而小說的背景又是在很久以前，為了方便起見，我們就說十九世紀好了，你可能會看到的字有：硬襯布、上流社會、禮節、煤灰、玷污、單馬輕便馬車。假如你正在讀的這本小說，忽然出現以下敘述：「某個角色的硬體設備讓他做出這樣的舉動。」那麼小說創造出的幻象，就會因為這個字破滅了。相反地，有些在過去看來很適當的字，在我們的時代卻完全無法使用，除非它們被放在括弧裡、反諷的語境內，或是被故意用來消滅讀者的幻覺。作家加登納就給了我們一個很棒的例子，他的小說《葛蘭多》用了《表沃夫》裡的怪獸，作為反英雄式的主角，牠不但吃人，而且只需一劈就可以弄斷公牛的脊椎，毛皮更是經常沾著血跡和內臟，但不可否認地，牠是個有趣的角色。

葛蘭多來自中古世紀，對於二十世紀的事自然不甚理解，但加登納卻刻意為他的敘事加料，採用電影和物理學的專有名詞「鏡頭A」、「水平時空剖面」等等。在以黑暗中古世紀為背景的傳統歷史小說裡，怪物是不可能知道這些事的，但加登納寫作時從不遵循慣例，他的小說旨在反思英雄和壞蛋這兩類角色，並探尋個人在社會中的位置。他大可以去在意歷史真實的呈現，不過那不是他所追求的「生動」和「持續不斷的夢境」，這個怪物角色是加登納從「惡龍」改寫而來的，卻在他筆下逃脫時間的桎梏，知道許多本不應該知道的事。

福克納繁縟、海明威簡潔，他們迷人都是有理由的

每個作者都有他的標誌用字，以及把字詞串在一起的特殊方式，有時候我們只需要一個單字，就足以辨別出它的作者。請看「拒卻」（abnegation）這個字，你知道的，我讀過不少書，但卻從

來沒看過其他作家用這個字——除了福克納外，而且他還常常用。他用這個字時，通常會在前面再加一個「自我」（self-），當然這個字不會在他的每一本小說裡出現，但是使用頻率頗高。我每次在句子裡偶然看見這個字，都發現它來自密西西比州「福仔」之手，而且通常出現在一個長達一百三十個字，語法還有點雜亂無章的句子裡，所以很難不被注意到。

當然我可能是錯的，聽說梅爾維爾也曾用過這個詞。「自我拒卻」（self-abnegation）是指自我否定或自我犧牲，通常出現在軍隊的表揚用語裡，尤其是對已故之人的表揚。福克納的小說裡有不少曾服役的角色，像是康普森將軍、狄斯班少校、薩托里斯上校等等。他的作品中也充滿服務、犧牲的觀念，不過他傾向使用極為正式且有點古老的措辭，所以他筆下那些只受過小學教育的角色，聽起來倒像是拖長聲調說話的丹尼爾・韋伯斯特①。

有很多字詞都可以讓你分辨出它是來自福克納的手筆，像是聽起來很高貴的字彙，卻在卑微的地方出現，或是與其他字組成怪異的用法，例如這個從《押沙龍，押沙龍！》中截取出來的片段：

> 昆丁對面是穿著不朽黑色的寇德菲爾德小姐，那件衣服她已穿了四十三年，不管是為了姊姊、父親，或誰也不認識的非丈夫而穿，她筆直地坐在又硬又直、對她來說過高的椅子上，所以她的腿直挺挺、僵硬地懸在那，彷彿脛骨跟腳踝是鐵做似的遠遠高於地面，有著虛弱及靜止的憤怒神態像孩童的腳一般，她用陰鬱枯槁帶著驚訝的聲音說話直到最後耳朵背棄、聽覺困惑，而她那已死去多時、虛弱卻不服輸的挫敗感再度出現，像是被盛怒的

要點重述召喚出來似的，安靜、怠慢而無害的從那等待中夢幻而勝利的塵埃中出現。

不要太過擔心，這個句子有主要子句，而且破碎子句的部分也不是太長，我們只要討論有趣的部分就好。誰是「非丈夫」（nothusband）呢？你曾想過孩童的腳有著「虛弱」或「靜止」的憤怒嗎？海明威勸告作家最好只用「名詞」與「動詞」來寫作，這真的是很睿智的建議，除非你是福克納，總是用「形容詞」來寫作，並寫出令人驚喜不已的文字。想想那「等待」、「夢幻」和「勝利」的塵埃？我們暫且把夢幻放在一邊好了，塵埃究竟如何等待和勝利呢？答案是除了此刻福克納使它們變成這樣之外，它們從未如此出現過。真是太了不起了！假如我可以寫出「陰鬱枯槁帶著驚訝的聲音」這種形容，我願意放棄我大部分的學術生涯。但就算那些詞語都來到我的腦中，我也不可能有勇氣把分隔它們的「逗點」全部去掉。

重點是，福克納要求他的讀者花些特別的工夫，我還不是指去拆解那些龐大的句子喲！雖然那鐵定也是很花腦力的；我指的是，譬如說「陰鬱枯槁帶著驚訝的聲音」聽起來會是怎樣呢？塵埃是如何能夠「勝利」，「要點重述」又如何憤怒呢？福克納屢屢使用讓人意外的形容詞，以及稍嫌古老的名詞，讓讀者們驚訝地從椅子上坐直起來，也同時提醒著我們作為讀者的義務。我們可以感受到他那些詞彙的正確與合適性，前提是我們得下一番工夫。

而海明威則採取了完全相反的取向，對他來說，人生真正的戲劇性隱藏在那些沒有被說出來的部分裡，真正的意義則躲在我們的對話後邊。每個人都知道他那些簡單至極的招牌句子——極少量的字詞，主詞—動詞—受詞，然後就沒了，幾乎沒有形容詞，更別說是副詞了，文中有的只是他提倡的「名詞加動詞」。我還想特別提一下他所用的形容詞，它們跟福克納的形容詞一樣令人驚喜：「好」（good）、「優秀」（fine）、「還行」（all right）、「出色」（swell）、「不錯」（nice）。

你可能會忍不住問：「等等，這些詞哪裡特殊了？和『憔悴』或『勝利』比起來差得遠了！」我親愛的華生，這就是海明威了不起的地方呀！「不錯」就是那隻不會吠的狗，想想海明威的處女作《旭日又升》吧！首先，考慮它的逼真性：海明威試著捕捉歷史的某個特別時刻中，某些特定的人的說話習慣，這群人從美國或英國被流放到巴黎、西班牙，試著在一次世界大戰後，從個人的破瓦殘礫中鍛造出新生活，他們就像艾略特〈荒原〉中的敘事者，靠著撿拾個人的碎片，來抵抗文明的瓦解。大部分的時候，海明威的角色們會表達類似的「斷裂感」，這些細小的碎片是為了讓事情被透露得越少越好，他們都已經是有瑕疵的貨品，身上有著生理及心理的創傷，對於「人性本善」與「人類崇高目的」的幻想早已破滅，而他們對於情感及痛苦則太過嫻熟。

傑克・巴恩斯的那些男性夥伴們有著最壯觀、也最具代表性的戰爭所遺留下來的創傷，每個人都經歷了磨難與失去，不管是失去朋友、正常的精神狀態、身體的某個部位，或是健全的心理，因此他們的語言理應壓抑所有情感，對於內在的狀態顯露越少越好。傑克所厭惡的朋友科恩在很多方面違背了他的這群朋友，他出身良好，在這一群仍掙扎著找尋出路的人裡面已經算是成功的了。他是唯一的猶太人，沒經過戰爭的摧殘，極度認真、自我防備得不完全，而最糟糕的大概就是他的話太多：

> 我們又再一次上街，再看一眼那個大教堂，科恩下了一些評論，說它是什麼什麼的極佳範例，我忘了是什麼，看起來是個不錯的教堂、不錯而模糊，就像是西班牙教堂一樣。

「太過特定」或「知道太多」是不可饒恕的，雖然大家沒有明言，但這個小團體的規定相當明確：「話要少、而且越沒營養越好。」「不錯」非常好，「不錯而模糊」也還可以接受，但是不能再更多了。你可能會問：「戰後的那幾年，大家講話真的是這樣嗎？」是的，假如他們來自某年齡層，假如他們曾經遭到戰爭蹂躪，假如他們事不關己、與人疏離、無所寄託、生活又不如意，這樣的人不在少數。一九二〇年代可能像費茲傑羅命名的那樣，是「爵士時代」，不過海明威的世代也可以被稱為「失根的一代」，這兩個標語很不同吧！海明威的角色是失根的、不受束縛、毫無目標的，而且和費茲傑羅的角色一樣，有自我毀滅的傾向。當然，他們不只是反映歷史現實而已。

那麼，「不錯」究竟是什麼意思？那是一座「不錯的大教堂」，什麼是不錯的大教堂呢？與不錯相反的教堂又是什麼樣子？當布萊特夫人這樣說麥克：「他很不錯而且很糟糕。」這究竟是什麼意思呢？比爾說布萊特「很不錯」，傑克也同意這個看法，有時候他們不喜歡的人也會「蠻不錯的」，西班牙里歐哈紅酒「很不錯」，或許酚達多也「不錯」，我不記得他們有沒有說有些鬥牛也不錯，但我不排除這個可能。那麼，究竟是為什麼呢？為什麼每件事都「不錯」？

因為「不錯」沒有任何意思。這樣說好了，因為它可以用來形容太多事情，但並沒有指出某個特定的事物；又或是它可以是正面的意思，但也可以用在相反，端看情境、講話者的姿態、聲調而定。你也知道，這樣的彈性就沒辦法用在形容詞「紅色」上面，你沒辦法做任何聲調的改變，去讓「紅色」變成「綠色」，甚至「非紅色」。然而「不錯」卻可以指令人愉悅的、有趣的、漂亮的、可喜的、宜人的、值得的，或者甚至就是「很不錯」；相反地，它也可以是討厭的、厭惡的、令人不愉快、不合意的、可憎的，或其他更多與「不錯」相反的特質。

為什麼這個字有這種力量？因為它一開始就沒有特定的意義，假如我告訴你這個氣球是紅色，你會有個具體的想像，但如果我說：「這氣球很不錯。」你想到什麼呢？有太多可能性了。想想下面這個文學評論家奧利佛・哈台曾經說過的一句，雖然常被記錯卻很有名的話：「噢，你又把我捲進一個挺不錯的麻煩（nice mess）裡了。」你覺得他的意思真的是「不錯」嗎？還是比較像討厭的、糟糕的、麻煩的，或令人困惑呢？如果你是勞萊，而你那胖胖的同伴哈台對你說這句話，你覺得他是在稱讚你嗎？至少我不這麼認為。任何參加過相親的人，都知道「不錯」在那個情境裡真正的意思——那天晚上你碰到的那個「不錯」的男生或女生，是不可能在選美比賽裡拿到獎項的。

那就是海明威的「不錯」，他的「漂亮」和「好」也是差不多的含意，你要它們是什麼意思，它們就是那個意思。他的文章是「隱藏的藝術」，讀者有時候會誤以為他形式的簡單表示他思想也很簡單，這就說明了這樣的安排確實是有風險的。羅勃・佛斯特是另外一位讀起來好像「很簡單」的詩人，他曾說過他把他的詩寫成「寓言」，「這麼一來，邪惡的人就沒辦法聽到真正寓意而得到救贖了。」如過用這個說法用來解釋海明威的狀況，好像也「很不錯」。

如果說福克納的文字是瀑布般流瀉而下的資訊，與精心雕琢的細節，那麼海明威就是涓涓細流

的含蓄影射與保守的粉飾，最終兩位作家都要求讀者共同加入來創造意義。我們雖然很少認為這兩位作家屬於同一陣營，不過就這點來說，他們是站在同一邊的。敘事者（或角色）是否坦率？簡單？反諷？挖苦？程度多少？那又代表什麼呢？你也清楚看到了，海明威的作品裡到處都是「不錯」這個字，但是它可能代表上百種正面或相反的含義，決定某個含義所費的心神，其實與想像「陰鬱枯槁帶著驚訝的聲音」或「勝利的塵埃」差不多。

作者用文字賦予小說生命，讀者通過閱讀則充實它的存在意義

這也就是為什麼「閱讀」是創造意義的主要元素。沒錯，是作家把字寫在頁面上，但他們只說了一半，而我們讀者在這檔交易裡，不只是消極的接受者而已，我們把這些字拿來做成可以理解的東西，梳理出意義、建立連結、認真傾聽回音與諷刺的話。當然，如果沒有作者，我們也無法做這些事，但是若沒有我們，這些事也無從發生。這和「樹倒在森林裡②」的問題不同，一本沒有讀者的小說仍然是小說，它仍然具有意義，因為它至少有一個讀者——寫這本小說的作者。然而它意義的範圍卻是極度受限的，相反地有越多讀者，意義也就隨之倍增。

假使小說只有作者事先刻好的那一種意義，所有的讀者就只要被動接收、消化就好，那麼世界上就不需要文學課和討論會了，我們只要負責校正答案就行了。剛開始讀文學的人常會有這種想

法，他們來上課的時候總是問：「這究竟是什麼意思？」彷彿它們就只有一個意思，或是我的看法就是唯一的「官方解釋」，這樣一來文學研究也不需要期刊或是專題論文了。雖然你可能不覺得這個結果有多嚴重，但我想你已經知道我的意思了。

想玩遊戲嗎？這裡有一本小說，隨便翻開其中一頁，有下面這些句子：

> 這個家的女兒橫越了苦難的沙漠。
> 她本人與奢侈享樂完全沾不上邊。
> 她為那個教派提升了幾許優雅。
> 她的內在閃爍著多餘的摩擦、規矩，以及冬天的玫瑰。
> 她內化了所有的優雅並吸收了全部的傳統。

好，你對寫出這些句子的作家有何看法？他不是我們這個世紀的人對吧？我們很確定海明威之後沒有作家寫這樣的句子了，也可以說，是海明威「謀殺」了這種句子。假如我不知道它們的來歷，光看這些文字，我會猜作者來自十九世紀的英國。那麼我就猜錯了，不過不算錯得太離譜，它們來自亨利・詹姆斯《波士頓人》的某一頁。

嚴格來說，詹姆斯應算是美國作家，但他大多數的生涯都是在英國渡過的，大概有四分之一世紀的時間，他並沒有落腳在美國。我認為詹姆斯相當獨特，與馬克・吐溫一樣極具個人風格，沒有另一個作家讀起來和他相似。大概沒有其他作家，包括那些受佛洛依德與榮格影響的人，能夠像他如此細膩地探究人類心理，並同時用有趣的「迴旋句子」來表達。就算撇開他的句子不談，他的選字、用字遣詞，就已經讓他成為特例。每個作家都有他玩文字的一套魔法，但詹姆斯的魔法與海明威或福克納不同，也不像艾德娜・歐布萊恩或勞倫斯・史坦恩，因為每個作家都有他獨到的語言。

有的時候，魔法也會展現在名字上。這裡有兩個名字出自一本你一定沒讀過的小說：拂尼爾林（Veneering）與帕得史那普（Podsnap），聽起來像是有點瘋狂的家飾品和園藝店店名吧！好的，同學們，這個作者是誰呢？你可能沒讀過這本小說，但是你肯定讀過這位作者的其他小說。對，就是他！沒有任何一個作家，能媲美狄更斯那充滿創意的命名才能。

名字是具有優勢的，我們才剛提過名字可以作為角色的象徵物，不過它們也具有自己的特質，例如：體重、觸感、幾何，他們可能是尖銳的、四四方方的，或圓滾滾的，它們能激發讀者的想像力。你不需要額外的敘述來想像龐波區克先生（Mr. Pumblechook）或戴得洛克夫人（Lady Dedlock）的樣子，你只希望當有關他們的描述出現時，他們能夠符合這些名字已設定好的形象。

拂尼爾林與帕得史那普這兩個名字的來自《我們共同的朋友》，狄更斯的最後一部小說。我第一次讀這本書是在某一門介紹狄更斯後期社會小說的課堂中。在跟著《遠大前程》的皮普閒晃在沼澤地及廢毀宅第，以及《小杜麗》的監獄、《荒涼山莊》那臭氣熏天的大法官庭之後，當我讀到帕得史那普這個名字，我記得我是這樣想的：「噢，他當然是這樣的一個人！」這個命名只能用完美來形容。狄更斯的命名，就像他的角色一樣，通常帶有些微的怪誕，一點點的殘缺，或是稍微偏離正常的軌道。當然狄更斯在很多方面都有他自己的特色，但是我認為他最「狄更斯」的時候，就是他把這些可笑、警醒、雙關語，以及極具暗示性的名字懸掛在那些角色們脖子上的時刻。

「用詞」是重要線索，引領讀者認識、辨別角色

從以上的這些例子，我推論出**「敘事措詞法則」：只看字詞就可以推論作者是何方神聖。用字遣詞、字的位置與排列組合都幫助確立作者的風格、質感、語調與氣氛。**每個人都擁有相同的語言，但沒有任何兩個人運用它的方式是相同的，甚至有時候就算是同一個作者，不同小說間仍會顯現完全不同的語言風格。試著讀讀下面這個範例：

> 「哇！這真是酷呆了！」──我那粗俗的小甜心斜眼瞅著灰泥牆面，下了如此評論，當她爬進輕輕作響的毛毛雨裡，用她那稚氣的手把卡進水蜜桃裂縫──容我引用詩人羅伯特．布朗寧──裡的連衣裙皺摺拉鬆。

我們可以分辨出這個場景裡有兩個人，一個是主要敘事者，另一個人則是「粗俗的小甜心」，她為我們貢獻了這個充滿美學的發言。從這段話我們可以分辨出什麼呢？首先，對敘事者來說，

「哇」和「酷呆了」是粗俗的詞語，不在他平日所用的字彙範圍內，雖然這些詞語對另外一個人來說是極為稀鬆平常的用語。與她相反地，這個敘事者卻能使用「輕輕作響的毛毛雨」，並運用「水蜜桃裂縫」來代指另一種裂縫，那種會讓沾滿汗水的連衣裙卡住的裂縫；不止如此，他還寫出押頭韻，以及幾乎令人倒盡胃口的詩意。

所以我們大致可以推論出那個女孩應該很年輕，從那一九五〇年代的俚語看來，她相對來說沒受過什麼教育；而另外那名男子則較年長、識字較多，甚至精通文學。當知道那個女孩子名喚蘿莉塔時，你會吃驚嗎？沒錯，那過分裝飾的敘事用詞以及傲慢，就是孩童猥褻者韓伯特的正字標記。

在其他章節我已經討論過韓伯特的醜陋之處，這裡我想要特別強調母語非英語的作者納博科夫，因為他能同時掌握一個教育程度過高的移民者的用字遣詞，以及一九五五年美國青少年的流行語。對我們來說，他的才華與他對語言絕佳的聽力有關，因為我們壓根不會注意到這些美式用法。

例如，在《普寧》一書中，那個移民至美國、與書名同名的不幸教授，被各式各樣以英文為母語的人包圍——妓女、拍馬屁者、追逐名利者、攀附權貴者——沒有任兩個人有著類似的說話方式。在許多讀者認為是經典之作的《幽冥的火》中，他製造出一個可能瘋狂，但也可能是貴族移民者聲音的金波特，來與詩人謝德的家人、朋友抗衡。納博科夫又再一次創造了完美的聲調，就如不同來歷、不同世代的美國人對於「母語」所做的事一樣。

讀納博科夫帶給我們極大的樂趣，同時也伴隨著一些挫折。挫折來自於發現這個作者比一般人聰明太多了，而文學系教授也包括在一般人裡面；樂趣則來自於觀察他如何戲耍語言，把英文變成他的遊樂場，大肆地把玩語言遊戲、謎語、雙關語，總之他玩英文的特技真是精彩極了！然而，我認為最精彩的是他如何呈現美國人講話的方式，他如何準確捕捉來到美國後，圍繞在他身邊這些陌生人的語言。

說到聲調的運用，「什麼鬼」不是「胡說」、「騙人」或「呸」，而就是什麼鬼，更準確一點來說是「哈！什麼鬼！」關於說話者的種種，這句話已經給我們大量資訊了。之後在《尤利西斯》結束前她的獨白裡，她還有更多話要說，不過在這裡，這幾個字就已經足夠了。至於懂得「輪迴轉世」這個字、性格裡有不少怪僻的李歐帕德，莫莉也有些話要說，這是她陳述她對丈夫的看法：「噢，他真的是個怪咖，我認為應該要有人好好管管他。」我認為這話說得再中肯不過了。

① Daniel Webster（1782-1852），美國政治家、參議員，曾兩次擔任國務卿，是個一流的演說家。

② 這是一個有名的哲學問題：如果有一棵樹倒在森林裡，而四周都沒有人，那麼樹倒下的聲音究竟存不存在？

12

關乎生命的句子

如果小說家是造物者，句子就是吹進故事中的「生命氣息」

「我想要捕捉所有的事物，」福克納如此說，「在同一個句子裡，在大寫字母與句點的中間。」這個在寫作形式上如此大膽，或者說是傲慢的作家，不見得能讓所有讀者理解，他們可能會反問：「為什麼他不能簡單敘述這件事呢？為什麼不能寫得像海明威呢？」然而優秀的小說家之所以寫出某種句子，背後一定有他的理由，真要說簡單，海明威簡潔的背後其實也大有文章。

小說家生涯裡，其中一個無與倫比的快樂就在於建構野心勃勃、毫無節制、奇妙卻又協調無比的句子。從亨利．費爾丁、狄更斯，到湯瑪斯．哈代、亨利．詹姆斯、T．C．鮑爾……，作家一直以來都充滿興味地構思新句，而讀者也滿足地閱讀它們。當然，並不是每個作家都喜歡在敘事中安插冗長、巴洛克式的句子，但也不是每個作家都喜愛簡潔扼要的句子。不過，就讓我們從這個最基本的預設開始：沒有句子，又何來小說呢？

再者，句子會告訴我們，作者是個怎樣的作家，以及我們面對的是個怎樣的故事。例如，羅勃・B・派克或雷克斯・史陶特的硬漢偵探小說，告訴我們敘事者的態度、心理和他說故事的步調。史陶特筆下那個愛說俏皮話、說話有點粗魯的敘事者阿齊・古德溫，和他那位文雅、養蘭花的老闆尼洛・沃夫，聽起來就像是兩種類型的偵探小說；從另一方面看來，阿齊是出外拋頭露面、和黑白兩道打交道、被揍得鼻青臉腫的那個人，所以他理當是個剛強、在社會上闖蕩過的人。這是他第一次出現在沃夫系列小說《高爾夫球謀殺案》中的樣子：

> 巴爾斯陶小姐邀我留下來吃午餐。
>
> 我比之前對她更有好感，我在連接到其他房間的大廳等她，大概等了十分鐘吧，當她出現時她並沒有不爽，我知道為什麼：我沒有捉弄巴爾斯陶夫人，要她回答那些有的沒的，是她一五一十告訴我，讓我得來全不費工夫，這可不是我的錯。但是這個家裡有多少人會停下來這麼想呢？一千個人裡連一個都不會有，即使他們早知道我不值得他們這樣，而且試著隱藏，但不管怎樣他們一定都會不爽我；但她真的沒有不爽。

阿齊的確有他獨特的說話方式，他是一九三〇年代的聰明傢伙，自命不凡、愛用俚語、腳踏實地、不拐彎抹角。文中「不爽」（sore）這個字反覆出現三次，而且一般人並不會這樣用，還有「捉弄巴爾斯陶夫人」、「有的沒的」都協助塑造了角色類型，定位了某段歷史，也設定了小說的氣氛和敘事態度。聽得出來，他是一個樂觀進取的現代美國人，他在字句間不時透露對自己與他人瞭若指掌的無比自信，說明了他或許不是那個天才型偵探，但他自有一套生存方式。

當代美國小說家T・C・鮑爾稱自己為「極繁主義者」，他喜好無所不包、花俏、幾乎是搖搖晃晃前進，但並沒完全失去控制的句子。他寫的句子反映了他的敘事取向，也就是去「了解」及「使用」全部的事物，就像他的小說《墜落之城》所顯現出來的特殊美感：

瑞巴想要整肅士氣，不過當然艾爾費多仍是心不在焉，那個克里希納貓（湯姆・克里希納，現在大家都這樣叫他）終於從他的克里希納憂鬱中走出來，準備秀一手榔頭和鋸子的實用技巧，而那些小妞們，彷彿救災隊的成員一般，每個人都忙著把東西裝箱。然而，在當地條子開著他們上面有口香糖球販賣機呼嘯作響的警車到來前，以及推土機搖搖晃晃地從高速公路下來的時候，墜落之城看來仍是無路可去。

這個句子曲折旋繞，彷彿角色們所吐出的大麻煙，從半事實陳述的「瑞巴想要整肅士氣」、印象式的「從他的克里希納憂鬱中走出來」，到諷刺的「上面有口香糖球販賣機呼嘯作響」，再到直言不諱的最後一刻——「推土機搖搖晃晃地從高速公路下來」，全都浸淫在墜落之城公社成員（包括吸毒者、中輟生、作白日夢的人）的不同觀點和態度裡。鮑爾一再拋給讀者那些呼應更大敘事結構的句子：吸毒者夢幻、幼稚的舉動終將被現實的推土機摧毀殆盡。我想沒有人讀了這些句子之後，還會對接下來的情節發展感到驚訝。

其實這種情形在小說中很常見，作為一個讀者，在讀完第一頁之後，我們大抵知道接下來要處理的風格是哪一類，尤其當第一頁只有一個句子的時候。不過，隨著我們越進入這本小說，對它的風格也就越能掌握。像海明威就從來沒有令我們失望過，那些你在小說第一段所看到的句子，在小說之後的任何一頁裡都會再度出現。這裡所舉的例子已經接近《戰地春夢》的結尾，費德里克．亨利的兒子出生時不幸夭折，而他深愛的女人也將要因難產而死。

現在凱薩琳也將要死去，這是每個人都要經歷的，你會死去，雖然不清楚死亡是怎麼回事，你也從來沒有時間去學習它。他們把你丟進去，告訴你一些規則，然後你第一次放鬆警戒時，他們就殺死你。或者他們無緣無故殺害你，像艾莫，或者讓你染上梅毒，像里納迪，總之最後他們會讓你死去，這一點你無需懷疑，你只要在那裡，他們就會弄死你。

這段話如此簡單，我們一開始讀的時候可能認為它是單純率直之作，在沒有什麼閱讀經驗的讀者手中更是如此。然而，這段話是一個執行者，一個士兵、愛人、逃兵、計劃享受兩人平靜世界的策劃者的語言，在這一刻，他對這個世界的知識全部迸發出來。他知道兩件事：他深愛的凱薩琳即將死去，其他人也終將一死，而且通常比我們期望的還要早。然而，他的創造者所知道的事和他不同：費德里克．亨利現在正處於極度悲傷中，但是他不會表露出來，也不會束手就擒，也不可能說：「為什麼這麼不公平，讓這場戰爭殘殺了無數年輕人的生命？為什麼這麼不公平，從我身邊奪走我的愛人、孩子？神為何會如此蠻橫，不願讓人類得到快樂？」他絕不可能說這些話，但是這些情緒就在那裡，他想表達死亡就像棒球比賽的觸殺，如果你不專心、離壘太遠就會被判出局。也就是說，我們只被教導最初步的方針，這遠遠不夠我們在被迫離開前理解何謂生命。不可測、殘酷的命運，總是加諸在單純無知的人類身上，艾莫並未去掙得他的死亡，而是死亡就這麼降臨；里納迪得到梅毒當然自己也得負責任，然而他並未與誰訂下死亡契約，相反地，死亡是「他們」「給予」他的被動之物，而「他們」究竟是誰？不是義大利軍隊，也不是德國人，不是他所認識的任何人。費德里克的悲慘境遇或許可以用命運來解釋，然而他完全沒提及命運；對他來說，「他們」只可能是單數的「祂」——費德里克憤怒對象的總和，但是他也沒這樣指責，他甚至連憤怒的情緒都沒有表現出來。相反地，他的語調平靜：「這一點你無需懷疑，你只要在那裡，他們就會弄死你。」

一個粗心大意的讀者很可能會遺漏掉最重要的資訊，任何人都可以把這段讀成每個人最終都是躺著離開這世界，但作者想表達的絕不僅止於此。才剛遠離義大利軍隊與殘酷戰爭的他，現在正一步一步離開仁慈的造物者。我們怎麼知道呢？艾莫「無緣無故」地被殺，一個無端殺人的神不是他要的神，此刻他決定背離神，獨自走完人生。

對於篇幅短、簡單、陳述式的句子，我們還是能夠像這樣進一步地推敲、詮釋，去揣想海明威的用意。但當海明威可沒那麼容易，這也是為什麼坊間有如此多拙劣的模仿，甚至連晚期的海明威自己也不能倖免。想用這種簡單的風格寫作，又想比兒童讀物指涉更多意義，就必須全盤掌控「敘事語調」才做得到，並且還得充分了解你所說出、未說出的內容，它們的弦外之音為何。總而言之，和海明威一樣，你必須知道隱藏在海平面之下，那個構成龐大冰山體積的內容物。這其實也是一種魔法。你覺得這很容易嗎？不妨自己試試看！

句子再「洗鍊」，你也寫不出海明威的「深刻」

句子的魔法一直都處於小說的中心位置，翻開我手邊勞倫斯・史坦恩的《崔斯垂姆・項迪傳》，隨意打開任何一頁好了。第三卷第二十章，這個少於十個字的句子映入眼簾：「我現在要切入主題了。」這是個笑話，為什麼呢？因為在這個自傳型小說裡，敘事者崔斯垂姆從未切入主題過。想知道這是什麼意思嗎？看看接下來這個句子，就在剛剛那句話的前面：

> 我討厭呆板的論文——在世界上所有的事物中，這大概是其中最蠢的一樣，它用一個又一個高調、難懂的字來模糊你的假設，橫亙在你與讀者的概念中間——假如你仔細尋找，你很可能會看到早就可以解答疑惑的某個東西站著、或懸在那裡——「那值得讚賞的、對於知識的渴求，帶給人類何等的阻礙、危害與損失呢？不管這知識來自醉鬼、蠢蛋、罐子、凳子、冬季毛手套、滑車車輪、金匠所用熔化鍋的蓋子、油瓶、舊拖鞋，或竹椅。」——說到這，我現在剛好就坐在一張竹椅上。

這才像他的風格，史坦恩正在玩他最喜歡的遊戲，讓句子「有機生長」的遊戲，這部小說充滿一系列的離題，或者它根本就是一個巨大的偏題，不論崔斯垂姆的敘事目的為何，我們從來都弄不清楚，因為他從未成功的傳達。幾百頁過去了，他連自己的出生都還沒交代，堪稱是「傳記」裡最嚴重的缺失。在這本小說裡，故事情節幾乎是不存在的，他的敘事要不就是往前退、要不就是從旁衍生，最後再天外飛來一個警語作結。

其實，作者史坦恩真正的目的是取笑小說這個新文類尚未建立好的傳統，他是小說家之中，最早意識到並諧仿這個敘事形態的人，他主要諧仿的方式之一，就是延遲或完全不去滿足讀者的期望，所以中斷的句子形態也就是整個大敘事的「局部實踐」，兩者一樣愚笨、令人沮喪、干擾閱讀、風馬牛不相及，但又令人捧腹大笑。

然而，這就是重點，**敘事形式的要點之一就是：它必須與被說的故事之間有某種程度的「關聯」。這個關聯可能是內容，可能是某個特定體裁或敘事者的態度，但大的「敘事設計」與小的「句子設計」之間，必須要有某種關聯。**初學寫作的作家們往往無法做這種聯結，這些學生時常背負著某種風格，可能是他們與生俱來的，也可能是「認養」而來的，因為他們想師法某個偉大的作家，卻往往被他束縛。

接下來，我要說的是我從「勞倫斯文體」中解脫出來的經驗談。當我還是個大學生的時候，我讀了超過任何人所需劑量的D・H・勞倫斯，不過我是有正當藉口的：他的小說是我大學論文的主題。但他的風格所產生的影響卻是有害的，或者至少有時是可憎的，他所慣用的重複、他那種重擊致死的力道、他的尖銳及刺耳，都使我深深著迷。反正當學生就是要試著戴戴看不同的面具，也包括那些尺寸不合或品質不良的面具，對於這一點，我或許無須自責。然而，我對形式的盲從真正羞愧之處在於：我的文章或小說都完全不需要任何一丁點勞倫斯的風格，我連「喜愛中的女人」都寫不出來，更不用說《戀愛中的女人》了，沒有勞倫斯的天才，我們最好對他的風格敬而遠之。

史蒂芬・米諾在他的《三種文類》裡，用「嘲仿福克納」這個詞來指某些矯揉造作的短篇故事，它們試著打包福克納小說中的所有情節——兩個謀殺案、亂倫、強暴、綁架、三場大火、幾個無法無天的種族歧視事件——到兩千五百個字的五個句子裡。如果這些作家有點自覺、知道自己在幹嘛，這些故事就會是喜劇的經典之作，然而錯就錯在他們從未有此自覺。近年則是另一批作家，例如傑克・凱魯亞克、童妮・摩里森，或艾莉絲・沃克被不加注意地模仿，雖然被模仿的作家變了，但打從一九二七年以來，「好的文本啓發了初學寫作者拙劣的文字」這種情形卻從未改變過。

為什麼海明威能激發許多作家寫出「糟糕的作品」呢？而且不只是學生，其中更不乏已經出道的作家。你去逛逛附近書店的偵探小說區好了，注意到它們最常用的風格是什麼嗎？當然，那個風格已經被稀釋、膨脹，本質被改變，或被笨拙地模仿了，但你還是分辨得出來。那種惜字如金的態度、省略的用字、主詞—動詞—受詞、七到十個字的句子，一而再、再而三地重複；永遠是名詞、動詞以及「然後」，極少的形容詞，副詞又更罕見了，它們所用的字彙和蘇斯博士的兒童讀物差不了多少。十本之中或許會有一本值得讀吧！這已經是很大膽的估計了。

所以問題究竟出在哪裡？我想是因為海明威看起來好像很簡單，讓其他作家認為：「這種句子我也可以寫。」當然沒錯，你或我都寫得出這種句子，只是它們不會有更深刻的涵義。海明威的句子說得非常少，但它們的意義卻極為複雜。你可能會問：「怎麼這麼矛盾啊？」沒錯，就是這麼矛盾！他想表達的意義不在那些文字裡，而在文字周圍的沉默裡。要達到這樣境界需要兩樣我們一般人所缺乏的能力：對語言的敏銳度以及高度的自律。他用絕對的、一絲不苟的態度來面對所用的字以及需要的字數，他不停刪減文字，以求達到完完全全的極簡主義，把其他那些並未強烈呼喊的字遺留在外。而大多數人沒辦法做到這個地步，我們無法如此嚴格地自律。

長句、短句，複雜或是簡潔，能表意的就是好句

長句或短句、簡潔或複雜的句子，又或是以上的混合，哪一個格式才是對的呢？答案是「效果最好的那種」。這裡我提出**「小說風格法則」：句子的長度與結構並不存在既定的規則，它們只聽從所屬小說的支配**。當我們能成功地讓風格與故事對應，就沒有比這還令人高興的事了。

我或許讓你對作家與風格間的關係有了錯誤印象，因為以上的論述好像在暗示：每個小說家都是絕頂的風格主義者，或者至少專注於風格的塑造。然而，在這裡我要大膽提出我的假設，小說家寫句子時會根據以下這個習慣——寫下去就對了！當然，絕大部分的小說都展現了剛好堪用的文句。例如，我們通常認為亨利・詹姆斯不管在鉅視或是微觀的層次上，都為小說文類開啟嶄新的局

面；不過，與他同時代的另一位偉大作家威廉・狄恩・豪威爾斯，他的句子就不具備讓讀者驚喜的魔法。以下這個段落是從他的作品《西拉斯・拉凡姆的崛起》中隨意挑選出來的：

隔天，與科瑞在同一間餐廳長桌上吃飯的主任簿記員沃克，開始和他閒聊到拉凡姆，很明顯的，沃克能有今天這個地位並不是因為他的年紀；雖然他從額頭到頭頂都禿了，加上他光滑的圓臉，可能有人會以為他是個豐腴的長者，而他看起來也不完全像個強健的嬰兒。他厚厚的黃褐色鬍鬚是決定你判斷他年紀的關鍵，還有他一舉一動所散發出來的敏捷活力，就像一個三十歲的年輕人一樣，而那也是沃克真實的年紀。

這有什麼問題嗎？當然沒有！它成功完成推進敘事的任務，沒有出錯也沒妨礙故事推展。也就是說，他的句子是堪用的，而這就是豪威爾斯寫作時的目的。假如他的句子沒唱歌，那是因為他並不希望它們唱歌。別忘了，豪威爾斯也不是個省油的燈，他和馬克・吐溫、亨利・詹姆斯都很熟，他也是林肯傳記的作者、美國駐威尼斯領事，不但擔任〈大西洋月刊〉編輯長達十年，還是暢銷小說家，總之就是個多才多藝的文學名人。假如他只是希望他的句子堪用、符合情節需要，而它們也確實達到他想要的效果，誰敢有意見呢？讓我們來看看另外一位與豪威爾斯同期的作家阿諾・班奈特。班奈特的題材多為他土生土長的英國，有別於豪威爾斯的美國，但他們的方法是類似的：

然而，在這年的最後一天，也是她烙上恥辱及心靈守寡的第二年，史凱爾斯先生卻再度出現了。她剛好到店鋪去，竟發現他正在和她媽媽及波維先生聊天；他再度回來這個鄉下地方、回來她身邊。她握了他的手然後迅速逃離，因為她沒辦法繼續待在那裡。沒人注意到她內心的激動，因為她像鉗子一樣緊緊控制住自己的身體。她不知道他消失的原因，也不清楚他回來的理由，她什麼都不知道。

我們再一次看到沒有什麼缺陷的文字，很完整，技巧也相當純熟。班奈特是「文學的商人」，他寫評論、散文、暢銷小說，只要口袋能賺得飽飽，他什麼都寫。他以他的藝術維生，而非為藝術而活，因此自然而然變成現代主義作家的代罪羔羊。他是艾茲拉・龐德的長詩〈休・賽爾文・馬伯里〉中那個因為賺不到錢，而勸告年輕人放棄寫詩的角色；吳爾芙在她的散文〈班奈先生與布朗先生〉裡痛責他，然而即便吳爾芙數落他的缺點，她也不得不承認他是個厲害的作家。她不喜歡他的理由，就跟她不喜歡H・G・威爾斯和約翰・加爾斯沃西的理由是一樣的：「他們的作品缺乏晉升到藝術等級的抱負，他是個『唯物主義者』，只滿足於手藝的展現。」我和吳爾芙一樣，對班奈特的小說有些不耐，但我一直懷疑這是我個人的問題，而不是他的。

我們或許可以這樣說，在行文風格這個層次，他只求能勝任就好，句子只要能傳達他想說的就行。所以他的讀者很少會在章節中間停頓下來，為某一個引起他們注意的出色句子讚歎不已，班奈特並不喜歡他的句子太醒目、中斷他的故事，而那也沒有錯。事實上，那比「沒有錯」還要更好一點，班奈特和豪威爾斯的行文風格就是他們小說所需要的，那些抓住讀者目光的句子會干擾他們的敘事進行，違背作家的目的。對他們來說，對句子下的指示就像我之前提過的：寫下去就對了，把正事完成，不要賣弄也不要炫耀，而這也正是許多讀者的希望。

最近我與同事聊起朱利安・巴恩斯，提到他寫的句子真是棒透了，精彩絕倫，我們都欣賞他這個特點，但我發現學生們並不這麼想。一般來說，他們喜愛「清晰易懂」（transparent）的風格，這種小說他們能輕易遺忘，就像根本不記得窗子上有玻璃窗格一樣。要學生喜歡薇拉・凱瑟，比要他們喜歡福克納容易多了，主要是因為福克納式的句子實在太難了。

回過頭來想，如果要我列一張小說巨擘名單，名單上的作者一定會有兩個特點——他們都是寫出偉大句子的作家，而且都很難在課堂上推銷出去。包括喬伊斯、勞倫斯、吳爾芙、福克納、海明威、湯瑪斯・哈代、勞倫斯・杜雷爾、符傲思、馬奎斯、童妮・摩里森、湯瑪斯・品瓊、朱利安・巴恩斯、強納森・斯威夫特、葛拉罕・綏夫特、T・C・鮑爾、弗蘭・歐布萊恩、亨利・格林、露易絲・厄德里克都是如此。

艾德娜・歐布萊恩是英文小說中極具風格的作者，不過讀者的反應通常是：「雖然」她行文風格如此，他們仍喜愛她，而非「因為」她的風格而喜愛她。或許部分原因是美國人對於賣弄文字的不信任，或是海明威之後的讀者傾向擁抱簡單的文字，又或者說是單純喜歡容易消化的東西。但是真正傑出的風格——不論是海明威、歐布萊恩、品瓊或杜雷爾——本身就是種閱讀樂趣。

較深的風格同時也指出對小說家而言「重要的是什麼」，暗示著小說所敘述的那個故事或事件，其實是被「講述的方式」提升了它們的層次，強調因為故事被以這種方式來說，所以有些元素遠比其他元素還要重要。哈代的句子是限制他只能講某類故事的原因之一，但他在他能說的故事裡，講得又是如此扣人心弦。**行文風格，包含句子、段落、用字遣詞、字序等等，都不只是化妝品，用來掩蓋或妝點敘事；相反地，它們在敘事裡占決定性的地位，主導或反映什麼故事能夠被說、如何被說、揭露的程度為何、作家對他創造出的世界抱持什麼態度、作家與讀者間的關係等等。**句子可能在歡迎或拒絕我們，然而不論是哪一種，它們總是陳述、說明了很多事情。

福克納的句子擅長吸納萬物，海明威則偏愛去蕪存菁

現在，讓我們回到有如怪物的福克納式句子。這個句子出自《去吧，摩西》中〈熊〉這個章節的中間，它試著想捕捉就算不是整個世界，也是整個南方蓄奴的悲慘大歷史。開頭起得很簡單，以一個沒有大寫、似乎在句子中間的字開頭，隨後另一個句子進來，然後就這麼無止盡的持續著。

> 他能說他自己和他的表哥倆人並不是反對蠻荒，而是反對那些曾經是他所繼承但被馴服的土地，那些他祖父卡洛瑟斯·麥克卡斯林用白人的錢，從那些祖先不用槍去狩獵的野蠻人手中買來的，他馴服並安排這片土地，或認為他是為了與他有關聯的人類去馴服和安

排它，而掌握生死大權的他把森林從土地上去除，而且流著汗水刮著土壤表面到深約十四英吋的地方，以耕種那些從來沒在那裡生長過的東西，且可以被轉換成之前那些他相信他已經買了、已經付了就應該有合理利潤的錢……

呼！這還只是剛開始呢！這個句子就這樣持續了好幾頁、好幾頁，又好幾頁，這當中甚至還有段落、對話及一些句點，但這些句點來自角色的敘述而非整個故事的敘事。對我來說，這是所有小說中最偉大的表演之一，唯一的問題是我不知道它在哪裡結束、從哪裡開始。我是說真的！這段從一個沒有大寫字母的開頭開始，然後結束在一個沒有句點的地方，所以我們也許可以把它看成是一次發言、一個畸形的句子，或某種聲明般的超長獨白。又或者說，那些在句中出現的句點，事實上構成了句子的轉換呢？我真的沒辦法分辨。

首次讀福克納的讀者通常會問不一樣的問題。以撒克・麥克卡斯林翻閱他祖父種植生意的帳冊，其中也包含了買賣及虐待奴隸的紀錄，他來自密西西比，所以蓄奴的概念並沒有嚇著他，讓他震驚的是他的祖父老卡洛瑟斯曾經與奴隸尤妮絲生有一女托瑪西娜，接著又與這個孩子生了另一個孩子；身為母親及祖母的尤妮絲，在第二個孩子出生前的六個月自殺淹死自己。對此，以撒克的父親唯一的評論是把這個死亡記載為財產的損失；而他比較有「人性」的兄弟阿莫迪斯對這個死亡意外則是百思不解，因為哪裡聽說過奴隸會「淹死自己」呢？這些惡行綜合起來的恐怖，才是讓以撒克覺得震驚的地方。不只強迫這些黑奴女性滿足主人的性慾，其中竟還夾帶亂倫、祖父的麻木不仁、尤妮絲的自殺、托瑪西娜的難產，以及父親與叔叔考慮不周的不人道做法，但他們卻因為在南北戰爭前釋放黑奴而竟稱得上進步，這種種必然的種族糾葛與不正常的家族緊緊交纏在一起。換句話說，福克納想要我們去感同身受這整個南方的歷史，他希望我們能捕捉到以撒克那靈光一閃的頓悟。

看吧！你不可能寫這樣的書而不用這種邁向混亂的句子。福克納講這故事的方式就是這六十頁長的不完整句子。當這個章節以一個單獨故事發表的時候，第四大段幾乎整個被刪掉，這不是沒有道理，因為我們需要整部小說的背景才能理解這個段落。福克納雖然宣稱他想要在開頭大寫與句點間捕捉整個世界，然而，這裡的第四大段不只開頭沒有大寫，結尾也沒有句點，同時那些在段落裡少數存在的句點或問號，是否真的打破了文字的洪流也不是那麼確定。

所以不管是海明威的三字箴言，或是福克納式的三十五頁長句，他們可以告訴我們的都遠比寫出來的還多。那我喜歡那一種呢？都不喜歡，但也都喜歡，因為不管如何，只要能傳達作者想要的效果就好。然而，重點是這種效果與句子是密不可分的，小說會支配所需的句子形式，句子則會決定小說的種類。海明威的小說體現了一種「文化失憶症」，或是對於喪失短期記憶的渴望，誰想記得這世紀種種糟糕的事，例如戰爭呢？而福克納則清楚地說出了鄉愁與嫌惡間的衝突，希望有個平靜的過去，但這個過去卻有著他無法避免的恐懼。簡單來說，福克納的目標是包含、把所有東西都納進來；海明威的目的則是排除、保持距離。這麼看來，那個人會寫複雜的句子、這個人會寫簡潔的句子，就不令人意外了。他們的句子沒有任何地方相似，除了一點例外：他們都是無懈可擊的。

13

用你的「耳朵」閱讀

調整「內在耳朵」的頻率，就能聽見小說的聲音

你像個傻子一樣，一直以來都只用你的眼睛看。這並不是你的錯，因為你從很久以前開始，就一直被這樣訓練著。事實上，這樣的訓練可能已經持續了好幾百年，甚至好幾千年了。自從印刷成為知識交換的獨占形式，眼睛就一直處於支配的地位。

早在好久以前，我們的老祖先們圍坐在山洞裡談天，聊他們如何獵到乳齒象，或是幾百個像荷馬這樣的人，漫遊在地中海東部諸島，對滿屋子爛醉的戰士們說著奧德修斯和阿基里斯的傳說。史詩就是從這些口耳相傳、被不斷引用的故事片段中堆砌起來的，在這個時代，故事是從「耳朵」輸入的。但「口耳相傳的末日」其實已經逼近，像〈伊里亞德〉這個由兩萬一千行字所構成的詩，就有個地方很精確地提到「寫作」，即使只有一個，我們也不能否定它的存在。假如我們接受「史詩形成於西元前八世紀」這個說法，那麼寫作早在兩千八百年前就已經出現在岩壁上，為了協助口語故事而被書寫下來。

這個時候，依賴印刷媒介的壞蛋早已上路了。再加上喬伊斯透過史蒂芬．代達羅斯提醒我們，我們被困在「無可避免的視覺模型」裡，這個拗口的字串想表達的，是我們沒有辦法逃離視覺資訊，而眼睛完全主導我們意識的這個事實。是不是覺得很難跟他爭辯？沒辦法，畢竟他是喬伊斯。

豎起耳朵仔細聽，別讓感官淹沒在感覺裡！

假設你正在讀一本小說，而那本小說讓你想起某些你讀過的東西，不一定是小說——新聞故事、史詩、最近的電影、自傳，以及其他小說。問題是：你是怎麼想起來的呢？你看見了其他文本嗎？或是你聽見了什麼，讓你覺得很熟悉？大多數的時候，聽覺一開始會有點朦朧，但過了一會兒之後，就會比較清晰一些。

這裡有個例子——兩本書，一本你應該聽過，而另一本則是你應該擁有的。我和我那個世代的其他人類似，都是先認識了E．L．達可托羅，才認識約翰．多斯．帕索斯。準確一點來說，我發現《爵士年華》這部有著三條交錯的故事線以及歷史拼圖的小說，其中兩條故事線所牽涉的人物都沒有名字——父親、母親、舅舅、祖父、小男孩等，同屬於一個在紐約州紐羅謝爾地區的白人中產階級家庭，以及一家掙扎生存的猶太人父親、母親和小女孩。在主要的角色中，只有一對黑人夫婦，爵士樂鋼琴手科爾豪斯．沃克二世和他心愛的莎拉有名字。

達可托羅非常敏銳地體會到，任何關於美國的故事都不應該只是單一的東西，所以這些人的三線故事交織在一起，朝一個既悲劇又令人振奮的結尾前進。美國——一個充滿自由與機會的地方，卻同時也是種族歧視與不平等待遇的庇護所；一個讓移民者感到被歡迎，卻也被辱罵的地方；一個財富能在一夜之間累積與消逝的地方。在這本小說裡，我們看到許多個人命運與二十世紀初的美國歷史背景交織在一起，從J・P・摩根、亨利・福特，到艾芙林・奈斯比特、哈利・K・蕭及建築師史丹佛・懷特的三角戀悲劇，或艾瑪・古德曼、哈利・胡迪尼與布克・T・華盛頓。這些登場的歷史人物都不只是讓「真的情節」上演的背景而已，他們與虛構的人物互動、建立友誼或戀愛關係，他們協助他人，或者需要他人協助，他們也可能阻礙角色、展現公務的需要或私下捅妻子。

接著輪到多斯・帕索斯，他是美國三部曲《北緯42度》、《一九一九年》及《巨富》的創造者。他的小說中心敘事交織著名人（或惡名昭彰者）的部分生平，或是直接從每日頭條擷取的新聞畫面，還有那些讓多斯・帕索斯開始有成年人意識的「腦中美國快照」。依稀記得我第一次讀《北緯42度》時的兩個反應：這一點都不像我以前讀過的東西，以及總覺得自己好像遺漏了什麼。事實上，我讀完三部曲後，壓根兒沒想到它們的直接關聯，只是有些類似的回音持續在耳邊盤旋，面對多斯・帕索斯這偉大的原創作品，我卻說不清楚那是怎麼一回事。直到幾年後，我重新再讀了第一部小說，這次大概讀了一半以後，我對我自己說，我想我知道這聽起來像什麼了：多斯・帕索斯和達可托羅有很多相似性。我唯一的問題是：為什麼我花了這麼久才意識到這一點。

這裡我提供這兩本書的比較：第一，達可托羅明顯是比較傑出的作家，即使受到無名氏人物的干擾，他仍然可以準確地掌握人物與情節之間的關係；而多斯・帕索斯的美國三部曲則是立體主義的經典，作為一部敘事珍品，兩者是完全不同的，而且多斯・帕索斯的對話寫得並不突出。再者，達可托羅的作品讀來較為流暢，多斯・帕索斯則採用很多不平滑的特質，這是來自於電影這個新媒體的兩大招牌特徵——蒙太奇和新聞影片；而達可托羅用猶太人父親這個角色，創造像點唱機翻頁般的敘事，相對來說就平滑許多。最後，《爵士年華》裡歷史人物與主敘事的關聯，明顯比美國三部曲來得緊密。事實上，而這兩本書的部分魅力，就來自於它們與歷史情境拉開或貼近的距離，這也是兩本書之所以很接近的原因。多斯・帕索斯捕捉了他寫作當下國家的樣貌，但他將歷史情境作為主角馬克、珍妮或其他配角故事的背景；而達可托羅則是在事實發生多年後才開始寫作，那些名人都已經過世了，所以他可以讓艾芙林・奈斯比特與舅舅發生性關係而不會被告。你別笑！這些「現實考量」非常重要，絕不能忽略。

在這裡，我提供一個可以與之比擬的情況。假設你正坐在電影院裡觀賞《神鬼奇航3》，你忽然發現這部電影很像「義大利麵西部片」。記得那一幕嗎？海盜眼見情勢不妙，發現他們即將遇到一群比西班牙無敵艦隊更大的艦隊，伊麗莎白・史旺當然也不是傻瓜，提出與船長協商的海盜規章，忽然間，我們就看到好幾雙靴子在沙上走來走去，雖然它們是海盜的靴子沒錯，但這已經不再是海盜電影了。這海邊的沙灘應該是整部片中最乾燥的畫面，沙灘上的沙被影射為西部的沙塵，而沙塵上的靴子就等於西部片中決一雌雄的畫面——好人與壞人的決戰。

《日正當中》的賈利・古柏、《驛馬車》結尾的約翰・韋恩，好啦！幾乎所有西部片都有約翰・韋恩，不過重要的是，他們都是沒有名字的人。電影史上大概沒有其他比塞吉歐・李昂尼①所執導的片子，出現更多靴子揚起沙塵的片段了，而他也是我們在這裡應該要回想起來的人。我們怎麼知道的呢？因為電影配樂不再是漢斯・季默②，而是顏尼歐・莫利克奈③，至少在這個步履雜沓的場景裡是如此。這種詭異的音樂營造出誇張的效果，還讓我依稀聽到西部牛仔的口哨聲。任何在一九六〇年之前出生的人都可以告訴你，莫利克奈就等於李昂尼，他們是那種老派的夥伴關係，在創作上總是形影不離，讓我們看看他們共同創造出的成果：《狂沙十萬里》、《荒野三鏢客》，還有最重要的另外「那一部」。

然後你忽然靈光一閃，就是「那一部」啊！那無從分辨善惡的「李昂尼世界」，那個好人究竟是善是惡？布朗森真的是英雄，而方達是壞蛋嗎？克林・伊斯威特站在哪一邊，是屬天使還是魔鬼？唯一一件我們能確定的事情是——加上水邊，這一定就是《黃昏三鏢客》。每個人手上都握有籌碼，每個人都各自有充分的理由，誰也不能信任誰，那裡充滿了背叛，他們的問題最終或許可以解決，但是一定有人得死。所有這些連結都是從在沙灘上的靴子產生的，當然，還有我們的聽覺。

我們怎麼做到的？靠我們內在的耳朵，我原本想稱它為「第三隻眼」，不過那個影像有點惱人。這樣說好了，讀者在處理資訊時，會用到特別的聽覺，不管那些資訊是從印刷、電影，或是其他管道而來。如果你只是閱讀那個海盜電影的文本，當你讀到靴子、沙子和水邊時，你必須輸入自己的資料庫。莫利克奈的電影配樂當然很有用，不過也只有在你聽過其他作品的狀況下才有作用。《神鬼奇航3》的導演高爾・韋賓斯基就算假設我們聽過，他也不可能百分之百確定，但是其實在音樂進來之前，我們已經意識到這個場景要怎麼發展了。下一步，「李昂尼回音」在耳邊迴盪，個音樂的信號不過是加強我們已經聽到的旋律。韋賓斯基所引用的出處相當明顯，但就算他使用比現在更細微的處理方式，我們還是能夠「聽得到」。而那種「纖細」就是為什麼我們在閱讀時必須保持一點「開放性」，因為這樣才能讀到那些細微的差異。如果我們太過熱切地閱讀或觀看任何文本，我們的感官可能會被淹沒在強烈的感覺裡，而無法聽到回音——作品的共鳴。

小說彼此相連相繫，你一定可以在別的作品中找到熟悉的影子

這裡我提出**「整體相連法則」：每本小說皆由其他小說而生。**你或許會問，這是否意味著所有的文本都具「衍生性」呢？就某個層面來說，是的。作家無法避免被他們讀過的書、聽過的故事或看過的電影所影響，如果你認為那樣的影響是一種衍生性，那也沒錯，只是這個說法並不能概括事物的全貌。我們可能會聽到一些聲音，而那是小說家在書寫的時候，無法得到或未能感知的。我們聽到的回聲，不應該只朝一個方向前進，字義經過時間的洗禮會逐漸改變，小說也是一樣，會隨著時間改變。當然，那些已經寫下的字並不會變，但它們的意義是不固定的，小說所在的世界不斷變動，我們也在變動。今日的美國人與馬克・吐溫年代的美國人，或狄更斯時代的人民，難道是一樣的嗎？當然不是。過去那個世紀裡，我們的社會經歷了一番大變動；馬克・吐溫逝世那一年，哈雷

彗星在它七十六年的循環裡來了又離開；英國與美國都經歷了無數的戰事、經濟蕭條、種族上的變動，以及十九世紀所無法想像的國際主義。既然如此，作家們的作品怎麼可能保持靜止呢？

更重要的是，作家在他們的作品中不斷與過去的作家對話。W・H・歐登在他致葉慈的輓歌裡這樣寫道：「因為他的逝世，這位詩人變成『他自己的仰慕者』。」這個句子可以有很多不同的意義，其中一種反映出人們的確非常仰慕這位詩人，而另外一種則是：假如葉慈活得更久一點，他將透過這些仰慕者，成為「自己的仰慕者」。這麼說雖然沒錯，但是沒有一個仰慕者是葉慈自己，而每一個仰慕者之中，都包含了一個被他們漆上不同色彩的葉慈。我所擁有的葉慈非常私人，我敢打賭一定和歐登擁有的相差十萬八千里，最明顯的差異就是——我不是個詩人。當歐登在他的詩句裡用了葉慈的詩，就像他在這首輓歌中所用的（這首葉慈由所寫的、關於他自己的死亡與葬禮的詩，正與歐登的詩句呼應），他讓讀者不只紀念詩人，還紀念詩人所寫的詩。

小說的情形也很類似，就在我寫這本書的時候，一本名為《芬》的書出版了。在這個對初出茅廬的小說家而言是極為大膽的嘗試裡，強・克林區意圖去說派普的故事，《頑童歷險記》主角哈克・芬那個施暴、酒醉、注定失敗的父親。在這個新的故事裡，克林區必須納入原作中無數的細節，讓讀者回憶起更多東西。克林區大可以隨便說一個南北戰爭前住在密蘇里州密西西比河岸邊的混帳的故事，但他卻選擇說哈克父親的故事，可見一定有他的理由。就像馬克・吐溫當時想要說一個關於真實美國的故事，是和之前的小說家詹姆斯・芬尼摩爾和華盛頓・厄爾文所說的那種美化鄉村、西部屯墾生活全然不同的故事。當然，一定有馬克・吐溫在那個年代沒辦法說或他沒注意到的事，或許有些事現在看來是如此，但當時卻是截然不同的事，而這就是克林區能夠著力的地方。在他創作的過程中，他改變了我們對這本海明威稱之為「美國文學之父」的著作的看法。

或者，請看看珍・奧斯汀，《傲慢與偏見》毫無疑問是英國文學中最具影響力的書籍之一，然而這樣的地位並未使它傲然孤立。這麼說好了，大概沒有另一本書像《傲慢與偏見》一樣，被如此廣泛地引用、改寫。就如同我之前提過的，伊麗莎白與達西的「副產品」就像成長中的產業，幸好這種仿製書大多都會與文化中的污漬一同沉到底層，只有一兩本被遺留下來。重要的是，有多少愛情小說受到珍・奧斯汀這本偉大著作的影響呢？而它們又如何影響了我們對原創作品的理解？

接著，《BJ單身日記》出現了，這是海倫・費爾汀把《傲慢與偏見》和《紳士愛美女》融合起來的作品。你說什麼？費爾汀不是奧斯汀？安妮塔・路斯也不是？大概吧！但她們的書真的寫得很好笑，就這點來說，你不得不稱讚她們。再者，費爾汀很明顯地從珍・奧斯汀與路斯那裡取材，也提醒了我們，他們三人其實都在寫同一本小說——書名叫做「現代愛情小說」，這三位作家在各自的時代都是極為成功的，也都被所處的時代視為「美眉文學」（chick-lit）而被嗤之以鼻，然而她們都對那個時代尋找伴侶的儀式做了機智、諷刺性的觀察。

透過重新修訂不同時代情境下的主題和狀況，費爾汀的書迫使我們重新思考早期的愛情小說。我們支持珍・奧斯汀小說中的性別角色與對婚姻的強調嗎？《BJ單身日記》主角布莉琪・瓊斯對於追求對象的主動性，如何讓我們審視附加在伊莉莎白身上那社會性的消極？現代社會的職業婦女越來越多，我們如何看待一九二五年以《紳士愛美女》主角羅瑞萊・李為典型的那種用美色誘惑男人的女人?她似乎一直期待瑪莉蓮・夢露來到這個場景，並且扮演她的角色。費爾汀提醒我們，現代社會對於女性的觀點已經改變，而我們對那些愛情小說始祖作品的看法，當然也應該有所變動。

今日我們常用「互文性」（intertextuality）來描述這種狀況。這個詞語是由結構主義思想家茱莉亞・克莉絲蒂娃創造，用來向俄羅斯形式主義批評家巴赫汀致意的，討論文本如何彼此來回對話。巴赫汀給我們的詞語是「對話理論」（dialogism），當論及「小說對話的潛力」時，他認為小說具有持續對話的潛能。這兩個詞語有很高的重疊性，較明顯的區別大概是「對話理論」具有較強烈的、有意識的選擇。對我們來說，最重要的概念是橫跨不同時間的文本如何彼此對話。

「這個討論難道沒有偏重某一邊嗎?不就是比較老的文本就能獲得發言權嗎?」你大概是這樣想的吧!但實際上這個機制並非如此運作。你想像的畫面可能有一個演講廳，夾雜白髮的資深人員正對剛升上高位的年輕人談著過去的美好時光，假如我們這裡用的是這個模型，那麼坐在下面的一定滿是搗亂份子。一個比較合宜的意象，應該是一堂研究所的課，某一位討論者具有優先權，主要是時間上的優勢，他比其他人更早抵達這個聚會，但是參與的其他人也帶了各自的問題、洞見、批評與資訊來到這個討論桌上。

以小說而言，讓我們舉《BJ單身日記》這個例子:沒錯，它援引早期關於女性、愛情與獨立的小說，但也因為如此，它同時提供了對先前作品的評論，某方面來說，它改寫了先前的作品。費爾汀迫使我們「修訂」對於珍・奧斯汀和路斯的想法，小說主角布莉琪的社會流動性以及自我懷疑，引導我們審視羅瑞萊・李所處的社會秩序帶給她的限制，以及所伴隨的自信。可以確定的是，她不是個自由的個體，無法隨心所欲去任何地方、做任何事情，但是那些限制反倒使她更加確定手中握有什麼籌碼。布莉琪的焦慮，就某方面來說是當代女性擁有較多自由而產生的影響，她尋求的結果與路斯筆下的羅瑞萊或珍・奧斯汀筆下的伊莉莎白不同。沒錯，她想要找一個男人，但是在一九九〇年代，男人並不能作為故事的結尾，男人有時並不忠實，而人生又是如此地貧乏蒼白。無論如何，女人需要同時擁有職業以及幸福的家庭生活，這使得我們體會到：「噢，珍・奧斯汀沒有意識到這一點。」總而言之，這三位作家都檢視了她們所處的社會限制下女性的角色為何；也因為三者的社會狀況極為不同，所產生的故事與議題自然有極大的差異。

閱讀小說「眼耳並用」，接收文本中微小的聲音

這就是「對話理論」，文本之間藉由進行持續的對話，來回應、引用、諧仿，以及重複彼此，而這種對話會同時改變新的與舊的小說——即使作家從未讀過先前的文本。你會發現，我強調「文本」（text）這個詞，這是二十世紀後期「後結構主義」學派愛用的詞彙。強調文本，可以讓他們遠離「作品」（works）以及其無可避免的暗示：假如那裡有個作品，那麼一定有某個人完成了該作品，這就是因為作者存在而發展出的「目的論觀點」。然而，「文本」或羅蘭・巴特所謂「抄寫員」（scriptor）的概念，就是在反對這種半神聖的「作者」地位。

在〈作者之死〉這篇文章中，羅蘭・巴特提出了在建構意義時讀者具有更高的重要性。對他來說，提高讀者地位必然讓作者地位降級，尤其是那些無足輕重，卻自我陶醉的作者，他像是半個神，把所有東西都放在文本裡，如果讀者夠幸運的話，就能夠在另一端解碼。巴特反對這種作者的存在，他認為文本裡有些東西是作者根本沒有意識到，而讀者卻能察覺到的。作者有可能了解所有影響他寫作選擇的因素嗎？大概沒辦法，但讀者卻比較有機會注意到這些細節。所以巴特調皮地殺死「作者」——這個被認定為作品的「意義的所在」與「神聖的重要地位」，將焦點轉移至文本（Text）以及讀者（Reader）上，你不覺得備受恩寵嗎？

我們把焦點放在文本還是作者身上，很重要嗎？從大多數的層面來看，這或許並不是那麼重要，但對巴特及其追隨者（或是誹謗者）而言，卻非常關鍵。巴特在那篇文章裡企圖設立的模式，是確立讀者的地位以及「閱讀」這個動作，視它們為「意義誕生的場所」。我並不反對這種看法，不過我有充分理由認為作者與讀者之間的對立是「錯誤的分裂」。在這裡，我提供一個對本書而言十分重要的觀點：作者也是讀者，文本並非憑空誕生的。文本是作者遭遇許多事物之後接續出生的產物，其中當然包括他們遭遇其他作品的經驗。他們從閱讀，並重複閱讀其他作家曾經閱讀或重複閱讀並創造出的作品中，創造自己的作品。

我所說的閱讀及重複閱讀是下面這個意思：在過去半個世紀裡，誰為美國大眾音樂帶來最巨大的影響？你可能有自己的看法，但多數在這個產業裡的人會告訴你是鮑伯・狄倫。那麼是誰影響了他呢？伍迪・古斯瑞、漢克・威廉斯、艾維斯・普利斯萊、里德・貝利、巴地・何利。相反地，他也影響了各式各樣的人——The Band、布魯斯・史普林斯汀、尼爾・楊、唐・麥克林。這是身兼詞曲創作的歌手裡非常特別的傳統，在撥弦的同時也說出真話。

在二○○七年，狄倫的專輯裡演奏者是——布萊恩・菲瑞，一個英國人，新浪潮的先行者。他的音樂利用了合成器與完美的修飾，聽起來一點都不像狄倫，對吧？一開始我以為他的作品是那種奇怪的高概念唱片，像是比利・艾朵唱厄爾文・柏林的歌，或是AC／DC演奏蓋希文的作品。但菲瑞很嚴肅地看待這件事，他是狄倫的粉絲，受訪時充分表現他對這個傳統的知識與尊敬，雖然這很明顯不是他所屬的傳統。這張唱片很有趣，因為它融合了兩種完全不同的風格、兩種迥異的方法。它或許沒辦法使一般聽眾變成菲瑞或迪倫的粉絲，但卻能讓聽眾重新考慮這兩種音樂的轉變。它激發的問題不是我們疏忽了布萊恩・菲瑞的哪些面向，而是我們忽略了哪個部分的狄倫。例如，他從錫盤巷那裡學了什麼？喬治、厄爾文、易普與漢克、伍迪、艾維斯對他而言重要性是相同的嗎？在那個帶著鼻音、無調性、用唱歌與人溝通的狄倫之下，是否還存在著一個祕密地低聲吟唱的人？這些問題朝各種方向展開——大奧普里現場音樂秀的舞台和百老匯的是否真的相差十萬八千里？偉大的美國歌謠集裡面是否該包括〈你欺騙的心〉和〈躺下，女孩，躺下吧〉？最後，在歌曲所織成的網裡，這些線會往時間、空間裡的何處延伸？

我們從這個不尋常的「狄倫—菲瑞」配對裡學到的是：聽覺和閱讀一樣，都會不斷地擴張。某個音樂類型或表演者的歌迷，一次只會聽到一種東西，而通常他們就只聽這種音樂類型，然而這種傾向所帶來的神化或崇拜有它的危險性。例如，在狄倫用了電吉他之後，他的歌迷對他的崇拜轉化成了憤怒。現在回想起來，如果我們去檢視狄倫被誰影響與他的嗜好，會發現這種轉變似乎是無可避免的，但是在當時，很多死忠的狄倫樂迷卻感到驚嚇不已。從事音樂的人往往會聆聽各式各樣的音樂，好啦，我不確定安格斯・楊是不是真的喜歡喬治・蓋希文，但是如果他真的喜歡，我也不會感到意外，因為他們所寫的前奏都一樣動聽極了！說了這麼多，我想表達的重點是——音樂家總是能開放地聆聽各種音樂，即使那來自於與他們完全不同的傳統。

作家其實和他們很像，他們的興趣與品味通常比他們的讀者寬容得多。羅勃・B・派克把他的偵探取名為史賓瑟，是根據一個幾乎沒有偵探小說書迷會知道的詩人而來，這並未讓《尋找瑞秋》變成現代版的《仙后》，不過卻對我們透露了帕克寫作中的潛在影響來自哪裡。再者，作家被很多他們沒有讀過的書所影響，因為這些書以片段、零散的方式，從那些他們讀過的書裡進入他們的內心。這才是一個真正的「網際網路」，一個永遠持續在擴散的網絡，一場活著的人與已逝之人，以及還未出生的人所進行的對話。

怎麼辦到的？關於這一點，我之後會再做更多說明，我們在這裡需要的概念是：那裡只有這麼一個故事，它一直在那裡，現在也仍在那裡，它一直保持原狀，也一直都在改變。每個故事、每首詩、每齣戲劇、每部電影、每段廣告，以及每場政治演說——所有這些文本都早已經被敘說、寫下、銘記，全都是那個故事的一小部分。也就是說，各種文學就廣義上而言，是一個系統裡的各個部分。即使是那些你沒讀過的故事，你仍會被它們所影響，仍會對它們有所了解，為什麼？因為你所讀過的那些作品提到它們，並且應用了它們，即使那些作家本身也沒讀過原作，他們仍會間接受到它們的影響。**結論是：文學是個系統，一個橫跨好幾千年、世界性共享的經驗網絡。這個系統裡到處都是連結，因為每件事都是連結在一起的。**

這就是為什麼我們的耳朵可以派上用場，因為你沒辦法看見那麼多連結，但你比較容易聽見它們。讓我們注意到那種連結的語言是「聽覺性」的，就像我們常討論荷馬在維吉爾裡的回音，或是海倫・費爾汀作品裡珍・奧斯汀的回音。你聽得見回音嗎？或是暗示、辯解、流言的線索嗎？我在這裡強調的是閱讀時「內在聽覺」發生的過程，你必須調整內在耳朵的頻率，讓它能接收到文本裡的聲音，因為有些聲音就藏在主旋律之後。「在那本新的偵探小說裡，有一點雷蒙・錢德勒的線索。」、「這個作家受湯瑪斯・哈代的影響很深，然後再加上一點點的P・G・伍德豪斯。」這就是我想聽到你說的話。

---

①Sergio Leone，義大利導演，自一九六四年起連拍三部「鏢客系列」義大利式西部片（又稱為「義大利麵西部片」），因而大受影迷歡迎。

②Hans Zimmer，著名電影配樂作曲家，代表作有《獅子王》、《神鬼奇航》等。

③Ennio Morricone，義大利著名作曲家，電影配樂代表作有《狂沙十萬里》、《黃昏三鏢客》等。

14

淹沒在文學的「意識之流」

佛洛伊德談潛意識，小說家則帶領讀者潛入角色的意識之中

在很久以前，小說的敘事方式曾經很簡單，你只要告訴讀者角色們做了什麼，引用他們所說的話，如果需要的話，就再進一步透露他們在想什麼：「這很簡單呀！喬一邊這麼想著，一邊往碼頭漫步而行。」以上這段話唯一難理解的，可能是你不認識碼頭（quay）這個字。不過，事件的發生就像吳爾芙描述的：「一九一〇年十二月左右，人的本性徹底改變了。」無論人性是否真的改變，可以確定的是「小說家」與「人類意識」的關係確實改變了。由於科學與哲學對於人類心智的理解發生了巨大改變，因為佛洛伊德、榮格、威廉・詹姆斯，以及亨利・伯格森的作品發生了副作用，描述人類意識的文字開始流動了起來，或者說是變得混亂不已。作為一個文學運動，「意識流」的壽命並不長，大概只持續了三十年左右，然而它幫忙定義了現代小說，也改變了後代小說家處理角色的方式，更讓之後幾代的英美文學課變得難以理解，不過從現在起，我們將不再困惑了。

所以這隻怪獸——意識流，到底是什麼呢？很簡單呀！它根本不存在。我不是在開玩笑，是真

的！因為沒有一樣東西，我們可以指著說：「看，這就是意識流。」有很多作品符合這個概念，但是它們的手法都不盡相同。這有點像是「猥褻」這個概念，沒有人能確切定義它，但每個人都認為當他們碰上的時候，就能確切地分辨出來。好，讓我整理一下我們所知道的：有個東西好像不存在，沒有人能為它下令人滿意的定義，它只存在很短的一段時間，並且容易使讀者感到困惑。那麼，這個東西真的這麼重要嗎？是的，某個程度來說，它非常重要。那些嘗試新事物的現代主義大師們來了又走，揮了揮衣袖，只遺留下一些東西，但那些留下來的東西卻非常重要。

在意識流開始之前——就讓我們用吳爾芙所說的一九一〇年前後好了——讀者與作者在敘事上都習慣敘事中心存在於角色之外，例如偉大的維多利亞時期小說裡，不管是《荒涼山莊》、《浮華世界》或《米德爾馬契》，敘事的中心都很容易被看出來，就在那個全知的敘事者身上。很清楚地，有個「情報機關」存在於故事之外，是它形塑故事並表達這樣的意涵：「我們存在於故事之外，但透過我的能動性，我們不只可以進入故事，也可以隨意進入角色的腦子裡，也就是說，隨我的意！」而且，那個外在的敘事中心也存在於「第一人稱敘事」裡。等等，你不是說「外在」嗎？是外在沒錯。《遠大前程》裡的敘述者皮普很明顯地和那個在小說開頭失足踏入圈套中的皮普完全不同，也與故事後段那個與叔叔提到關於變成紳士的皮普，或是與艾絲特拉有著難忘重逢的皮普不同。「敘事的皮普」存在於「角色皮普」「之外」與「之後」。我們怎麼知道的？從動詞的時態就能看出來，敘事裡的「過去式」從事件與角色那裡拉開了距離。

這有什麼作用？當然有，這代表所有我們知道關於角色的事情都是被「中介」的，在我們與

《遠大前程》裡年輕的皮普，或《荒涼山莊》的女主角艾瑟・薩默森中間，存在著一個「有意識的存在」，透過選擇、安排、重述，去過濾他們的想法，所以我們只能透過這個被塑造出來、有距離的形式來認識他們。雖然意識流有著各種形態，但所有意識流小說的共同點就是他們都希望消除「中介」，不只是靠近，而是「完全進入」角色的頭腦裡。

這是很棒的想法！但是要進入角色的腦袋裡總要有地圖吧！地圖在哪？後來我們發現，一九〇〇年代的森林裡到處都是製圖師。就像我之前說的，沒有一個單一的技巧可以被稱為「意識流」，相反地，這個詞被我們粗略地用來描述幾種技巧所製造出的效果，或是廣泛地描述那些尋求「以最為簡化的敘事中介再製複雜的意識狀態」的特定類型小說。**每本意識流小說都天差地遠，但它們唯一共同的特點是：角色之外不再存在著「敘事中心」；相反地，敘事在角色的心智裡找到了位置，不再是過去讀者認知的那種位置，演變成原來的「心智」讓位給「意識」，而意識則由許多不同的層面構成。**

意識流帶領讀者傾聽角色的「內在獨白」

有趣的是，好像每個人都在同一時間認真考慮起這個想法。「意識」這個詞最先出現在威廉・詹姆斯一八九〇年的作品《心理學原則》裡，他用的是「一長列」（train）或「一系列」（chain）

的意識，不過「流」這個字所含的意識深度的「流動性」及「持續性」，或許更接近詹姆斯所認為的「意識」。他的兄弟亨利・詹姆斯在他後期的小說裡，也開始探索在不同層次下同時運作的意識。雖然這些小說都還不能被稱為意識流小說，不過必須注意的是：意識流小說在這時已經被「實踐」出來了！早在詹姆斯兄弟提出這個概念的兩年前，埃度華・杜賈丹在他的第一本小說《被砍倒的月桂樹》裡，破天荒地採用了被稱之為「內在獨白」的技巧。那很像是一般的獨白，只是沒有被角色說出來，它只存在於腦子裡，而且幾乎不加修飾。杜賈丹當時意識到的是：那些想法自由活動，不按照邏輯跳躍，並且有著自己的生命。

一滴葡萄酒。空著，對面的座位；椅子和鏡子中間，皮製的椅套。反正我得看看一張紙條會帶來什麼效果。我的名片夾；住址卡，這個比較合適了；口袋裡的鉛筆；非常好。該寫什麼呢？明天的行程，我應該記上好幾個。假如那個推銷員知道我在忙什麼的話！我寫下：「明天，兩點，在羅浮宮百貨公司的閱讀室裡……」羅浮宮百貨公司不是頂時髦，但卻是最方便的地點；還有呢？還是有其他地方呢？羅浮宮好嗎？就這麼決定了！兩點。必須要預留足夠的時間；至少兩點到三點；就這樣吧，我把「兩點整」換成「從兩點」，再加上「到三點」，接著，「我……我會等你……」嗯，不好，「我會等著」；完成了，等著看吧！

杜賈丹這部實驗性、前衛的作品被時人忽略、遺忘或許並不讓人訝異，直到一九〇二年，喬伊斯在法國都爾的書店裡偶然發現了它。雖然已經相隔二十年，但它帶給喬伊斯的影響卻不言而喻。喬伊斯模仿杜賈丹的文體，並把它用在《尤利西斯》布魯姆的獨白裡。

那個花招沒使我上當。敏捷地脫身，笨蛋才容易上當，我才不會上當呢！皮製的，邊角上加了護皮，邊沿上還裝了鉚釘，並且還裝上雙重鎖。去年威克洛賽艇音樂會時，鮑勃・考利把自己的那只借給他，自此以後，就一直沒下文了。

布魯姆先生朝布朗斯威克街走去，一邊露出微笑。我太太剛接到一份，滿臉雀斑、聲音像蘆笛的女高音，乾酪一般的鼻子，唱歌謠倒是相當合適，沒有氣勢。你和我，你知道嗎？我們處境相同。這是奉承話。那聲音真刺耳，難道他聽不出差別來嗎？不知怎地不合我的胃口。我以為貝爾法斯特那場音樂會會吸引他的，希望那裡的天花疫情不要再惡化了。料想她是不肯再種牛痘了。你的太太和我的太太。

或許成為天才的要點之一，就是你能夠意識到自己找到了寶藏，內在獨白對喬伊斯的用處是讓他以及我們，能跟隨角色思緒的曲折流轉。尤其是布魯姆這個角色，他應該是世界首屈一指的漫遊者，至於他的太太莫莉，我們稍後就會提到。

這種新型態小說背後其實有著理論的支持，主要是根據法國哲學家亨利・伯格森所發展出的概念。在他的《物質與記憶》、《笑聲》以及《時間與自由意志》裡，伯格森設計了一套關於心智、記憶以及主觀經驗的理論，並提供空間讓作家用小說的形式探索意識。在這種「新小說」裡，構成經驗的核心是「記憶」，伯格森區分了「自發記憶」，也就是理智與意志的產物，是我們可以控制的記憶範疇；以及「非自發記憶」——這是作家可以去利用的部分，它善變、充滿不確定性，似乎永遠無法掌握。例如，當我們讀喬伊斯或吳爾芙的作品時，一定會注意到有許多記憶是「非自發性」的，我們幾乎無法控制那些飄浮到意識表層，來嘲弄、干擾我們的影像。

另外一個重要詞彙是「持續時間」（durational time）。與時鐘或節拍器所表現的時間相反，人類實際上是以主觀的方式來經歷時間，所以那些時刻幾乎可以無限制地被拉長，就像發生車禍的前一瞬間，人們可以「看見」自己的一生在眼前閃過一樣。「持續時間」這個概念，被意象派詩人使用在篇幅極短的小詩裡，同時也被小說家用在雄心壯志的作品裡，例如《尤利西斯》及《芬尼根守靈夜》。在小說的實踐上，這個概念能讓某一時刻存在無窮的可能性，人類心靈能在不同的層次下運作，並同時包含各種不同的主題，而時間似乎是靜止的，至少有一陣子是如此。

意識流小說中最引人注意的改變是「敘事者存在感」的變化，然而，這並不是指敘事者完完全全地消失；而是敘事者不再擔任角色與讀者間的「中介」，也停止過濾角色們的思緒。它比較像是呈現者或是導管，直接謄寫出角色的所思所想，極少或完全沒有一句是來自作者的評論。當狄更斯告訴我們角色在想什麼、這代表什麼的時候，福克納或喬伊斯不只給我們角色的想法，還包括所有想法、直覺、未成形的想法、反射、對刺激的反應等全部加總起來的「一團混亂」。在意識流小說中，角色的想法被直接呈現出來，不透過侵入式的敘事者，就像是角色自己在對自己說話，所以常會採用「縮寫」和「第二人稱」。後者的效果，是給予已經說出的事情更具普遍性的價值，說話者假定他的反應和想法並非只適用於自己，還能運用在任何一個人身上。

如果今天整個意識流小說的歷史被視為「失敗」的話，其實只要用《尤利西斯》的一個部分就能挽救它；我這麼說好了，這個部分或許也解答了意識流這個領域發展起來的原因。這個用「yes」開始並結束的章節叫做〈佩尼洛普〉，與希臘神話中的佩尼洛普一點關係也沒有，它完全屬於莫莉這個角色：

他們可能會設法讓明天的太陽不要升起那天他說太陽是為你閃耀的我們躺在豪斯的杜鵑花叢裡頭枕著粗花呢外套和他的草帽那天我讓他對我求婚是的一開始我給他一小塊我嘴裡的糕餅那年像今年也是閏年是的已經過十六年了我的天在那個長吻之後我幾乎喘不過氣是的他說我就像山裡的花朵是的我們都是花整個女人的身體都是是的那是他發自內心說的話太陽今日為你閃耀是的那就是為什麼我喜歡他因為我看到他懂得或感覺到女人是什麼而且我知道我跟他處得來我給他所有我能給的快樂我引導他向我求婚而且我一開始沒有回答只是看著海跟天我想著他完全不知道的那些事關於毛爾維和史丹霍普先生和赫斯特和神父和葛羅福斯老上校和那些水手所有鳥都飛起來我說彎腰就去把碗洗好他們在碼頭上開始胡搞然後總督府前面的警衛他們的白色安全帽上到處都是這可憐蟲然後圍著圍巾戴著高髮飾

的西班牙女孩們大聲笑著早上的拍賣會希臘人和猶太人和阿拉伯人還有鬼才知道從歐洲各個角落來的人然後公爵街和禽類市場在拉比雪倫斯外面吱吱喳喳和可憐的傻蛋一個不注意睡著了和穿著斗篷的傢伙們在石階上睡著和牛車的大輪子轉動和好幾千年歷史的老城堡和那些帥氣的摩爾人全身白色纏著頭巾像國王一般要你在他們小小的店面裡坐上一會兒

就這樣密密麻麻地持續了四十五頁，莫莉的自言自語是我所知道最令人驚嘆的文學成就，她的一生都在那裡——過去、現在和未來，態度、對職業的想法，以及感情生活、生理期週期、所有的事情。更驚人的地方是，讀者一瞥到這段獨白就認為它根本沒辦法讀，可能因為太稠密、充滿太多典故、太嚇人，或者是其他原因，但事實上它非常簡單易懂。這些是一個想睡又還沒睡著、充滿熱情的人的各種念頭；她是個沒受過很多教育、驕傲、情感豐富卻相當有天份的女人，正處在漫長、艱難的一天的尾聲。我們已經跟著她丈夫，去了葬禮、報社辦公室、音樂廳、酒吧和妓院，不過她自己也沒閒下來，她現在的情人布雷茲・柏伊藍在那天下午和她做愛，她也正準備著一連串歌唱表演的約定，她的生理期剛剛開始，而她的睡眠被剛進門的布魯姆和喝得爛醉的史蒂芬・代達羅斯打斷。以上所有的情形加總起來，就可以知道她的獨白再合理不過，而且一點也不難懂。從某些層面看來，這段獨白或許是整本小說最容易懂的東西，因為它是純粹的獨白，所以讀者不用在敘事、描述、對話或想法間跳來跳去，我們只要一直待在莫莉的意識裡就好。

沒有誰能入侵別人腦袋，就算是意識流小說家也一樣

吳爾芙也發展出她自己的意識流敘事，而且每本書都和她之前展現的方法有點不同。詹姆斯・奈爾摩爾在《沒有自我的世界：維吉尼亞・吳爾芙與小說》裡，指出「意識流」的概念不能完全適用於吳爾芙在《戴洛維夫人》裡的新方法，他使用「間接內在獨白」（indirect interior monologue）這個詞，一種「自由間接言說」（free indirect discourse）的變體，來描述吳爾芙的意識流手法。這個艱澀的詞指的是一種特殊形態的「第三人稱觀點」，敘事直接從角色的意識中獲得提示，所以很接近但不完全是第一人稱。

你這麼想好了：如果角色可以走出自己的意識之外，他會用怎樣的語言來談論自我意識？當然，其中反諷的可能性極大。這個特徵在《燈塔行》或其他吳爾芙的作品裡都可以看到，她的手法完全不像喬伊斯或杜賈丹的「直接內在獨白」，相反地，內在獨白被一個在場的敘事主體過濾過了，這個敘事主體的主要任務就是將第一人稱的「我」換成第三人稱的「她」或「他」，也就是奈爾摩爾所指的「間接性」。

另一個吳爾芙關切的重點，在於角色們在心理與語言上「互相聯結」的程度。這個部分受到G・E・摩爾哲學的影響極深，因為吳爾芙所處的文學圈裡，男性友人們多半受教於劍橋大學的摩爾；當然，吳爾芙的性別使她未能像其他男性一樣到大學上課，但是她從哥哥托比、丈夫李歐納德及其他友人那裡，吸收了不少新的哲學思想。其中，她最感興趣的是摩爾對友誼的看法，至少在一

九三〇年她寫《海浪》時是如此，在那本小說裡讀者無法完全區分不同角色的獨白。

某位教授曾經這樣說過，他認為任何獨白，只有八成屬於說出獨白的那個角色，剩下的兩成則屬於其他朋友。吳爾芙在《戴洛維夫人》裡，才剛開始探索這種敘事可能性，但我們已經看到部分成果展現在主角克萊麗莎與沃爾許共度的時間裡。讓我們一起檢視以下這段從《燈塔行》截取下來的段落：

當他走向車道，而莉莉．布里斯可既同意又反對而且修飾了他的評論（因為她喜愛他們每個人，喜愛這個世界），他衡量蘭姆西先生的狀況，同情他、羨慕他，彷彿他曾看過蘭姆西先生迫使自己放棄所有隔離與苦行在他年輕時加冕於他的榮耀，卻也無疑地妨礙了他，讓他有著振翅的翅膀，卻只能有嘈雜的家庭生活。他們給了他某種東西——威廉．班克斯意識到這點；假使康慕將一朵花塞到他的大衣裡或爬上他的肩膀，就像他曾爬上父親的肩膀，去看一幅維蘇威火山爆發的圖畫，那該有多好；就像他的老朋友也只能這樣覺得，他們也的確摧毀了某些東西。一個陌生人現在會想些什麼呢？這個莉莉．布里斯可在想什麼呢？有沒有人能幫忙注意那些在他身上發展出的習慣？或許是怪異、虛弱？這真是太奇怪了，像他如此有才智的人竟然墮落至此——然而這樣的評論或許太嚴厲了——竟然如此依賴他人的稱許。

這個段落包含了許多「吳爾芙文體」的特徵：包羅萬象卻彼此不相干的主題、插入式的句法、該用括號的地方卻使用破折號、句子中間出現的問號、一個滑移的敘事中心，這種間接透露思想的方式，就是敘事中心滑移的原因。想法在角色間流動，然而我們無從確定，在那個思想被傳達的同時，究竟敘事者的中介程度有多少。

這將永遠是個謎，但卻是個意味悠長的謎。這裡我要提出**「意識流敘事法則」：所有意識的再現都是武斷且人為的，沒有人能窺看他人的心靈，所以作家採用某些機制來創造「意識」的幻象。**人類世界裡並沒有「全知觀點」，但是在小說世界裡我們卻接受這種幻覺；「受限」的觀點也是想像力的創造物，並非新聞學式的真實呈現。在這些表現手法裡，我們暫時擱置自己的知識，不去想小說與真實世界的經驗有何不同，轉而去追求能幫助我們實現欲望的可能性，不管是關於人類境遇的深刻理解，或是一場美妙的閱讀經驗。

我們絕不是容易上當的傻子，相反地，我們為了得到作家提供的某樣東西，同意進入他所設計的遊戲裡，這和「簡單易懂」或是「深奧艱澀」毫無關聯，重點是在這場「閱讀交易」裡，是否能達到作家與讀者雙方所希望的目標。如果報酬豐厚，讀者有時也會願意接受新的挑戰，然而意識流小說設立的門檻很高，所以不是所有讀者都願意去接受挑戰。然而，時間為我們證明了這些作家都在實行某些計劃，他們想回應心理學與哲學的發展，用新的小說形態去展示先前的小說技巧所未能表現出的「人類心靈運作狀態」，並不是在極差狀態下所寫就的作品。

吳爾芙、喬伊斯、福克納、桃樂絲・理查森、迪尤娜・巴恩斯，或許約翰・多斯・帕索斯也可以包括在內，可能還有其他幾位作家，但意識流作家真的為數不多。那為什麼值得我在這裡大書特書呢？不是因為他們啟發了多少作家加入意識流的行列，而是他們開創的技巧影響了後來的許多作家。多虧了這些少數「先驅作家」的大膽嘗試，後來的小說家才能找到新的手法來呈現意識，如果他們之後沒有人繼續寫意識流小說，那是因為每個作家都在寫。像是勞倫斯・杜雷爾、瑪格麗特・愛特伍、葛拉罕・綏夫特、安東尼・伯吉斯、亨利・葛林、艾德娜・歐布萊恩以及約翰・厄普代克，他們從這群先驅作家發展出的手法中，挑選合適的幾種，運用在相較穩定，或是遵循慣例的敘事架構中。這就像我們不需要變成愛因斯坦，拚命去了解何謂相對論，因為愛因斯坦已經幫我們把繁重的工作都完成了。

我們在「意識流」裡漂流了這麼久，前面那是碼頭嗎？噢！不是，那只是某個人的船塢。

15

「欲望」構築的虛擬世界

我們不必知道角色的長相，但必須了解他內心的渴望

在教「創意寫作入門」這門課時，我學到一件事：那些未來的小說家們，不懂得何謂角色。當我第一次出給他們關於「角色塑造」的作業，我總是收到類似的回應——身高、體重、髮色、頭髮長短、鼻子大小、嘴巴的形狀及雀斑的多寡等等，鉅細靡遺，都可以讓你用這些細節去畫一幅真人大小的肖像畫了。你或許可以這麼做，但我卻沒辦法，不是因為我欠缺這些描寫，而是「藝術表達能力」的問題。我會把這幅角色素描還給你，並丟回這個問題：「所以馬克・吐溫所創造的哈克・芬到底長什麼樣子？《旭日又升》中的傑克・巴恩斯呢？福樓拜筆下的包法利夫人呢？」

答案是：我們不知道。即使我們一直與哈克在一起，我們也從來不知道知他的長相，同時他也缺乏足夠的自覺去形容自己的長相。我們都知道傑克在戰爭中留下的招牌傷疤，畢竟那在故事裡非常重要，但我們卻不知道傑克長什麼樣子。至於福樓拜，他雖擅長描寫精確的細節，但卻連包法利夫人眼睛的顏色都搞不定。而這也激發了朱利安・巴恩斯小說《福樓拜的鸚鵡》中史塔基的奇想，

有時候包法利夫人的眼睛是黑色的，在某些光線下又變成藍色，平常卻又似乎是褐色的。史塔基，一個貨真價實的福樓拜學者，帶著傑弗瑞去研究虹膜的顏色；主角傑弗瑞則反過來帶領史塔基去探究她自身的缺陷。

然而，長相終究沒那麼重要，為了了解傑弗瑞或哈克、傑克、包法利夫人，我們並不需要知道他們的長相，只要知道他們「想要什麼」。以包法利夫人眼睛的顏色來說好了，或許有些模糊、不一致，但我們對她的眼睛知道得差不多了，而且眼睛對我們來說並不重要。我們並不是她的愛人，我們只是讀者；我們希望更了解她，但不是愛上她。對吉姆來說，重要的不是他怎麼前進，而是什麼驅使他前進。我再一次強調：我們必須知道他們想要什麼，最渴求、嚮往之物為何。

通常只要觀察角色對什麼著迷，我們就可以得知角色想要什麼，假如我去問十個人《大亨小傳》裡角色嚮往的東西是什麼，大概有九個人會給我同樣的回答。沒錯，就是黛西船塢上的綠光。在小說的最後一段，綠光占領了尼克・卡洛威敘事的中心，他描述蓋茲比全神貫注的注視。這個綠光驅使著蓋茲比走向災難，代表他人格出問題的地方，同時也代表了他的迷人之處——自我欺騙與保持希望的能力，以及深信有些人或事不論有多少缺陷都值得追求。綠光同時也是我們在小說中看到的最後一樣「東西」，在那些鬼魅般的船隻在浪裡載浮載沉之前出現，作者費茲傑羅這樣的安排，就是不希望我們漏掉這個重點。這個重點對作者來說很重要，對讀者來說也是如此。這裡我提出**「角色明晰法則」：要了解角色，你必須知道他們最深層的欲望為何，往往那些欲望會透過一個象徵物，例如某個物件或舉動，來給予它明確的表達方式。**

既然我們已經站在水邊，不妨來想想另一個也是望向大海的、渴望的注視，這個注視是從萊姆瑞吉斯鎮上那漫長而蜿蜒的卡柏碼頭而來。卡柏碼頭在歷史上確有其名，但故事的女主角卻是虛構的，而她等待的男人很可能只存在於她的想像中，她就是莎拉，《法國中尉的女人》裡那個捉摸不定、有名無實的女性。為什麼一個女人要花這麼多時間凝視水面，只為了一個永遠不可能回來的法國中尉呢？為什麼一個身處一八六七年的女性，要特意展示那不合禮儀的、對已逝戀情的哀傷，讓自己隔離在社區之外？這些正是驅動小說前進的問題，但作者符傲思從未給我們明確的答案。這是刻意的自我貶謫、招致社會責罵的欲望呢？還是暴露自殺動機，或無法解決的情傷？又或者是純粹的生存難題、自我戲劇化的姿態，甚至徹頭徹尾的瘋狂？以上任何一種可能性，在敘事中都有證據支撐，但不論你最終採用的觀點為何，它都決定了你對莎拉以及整本小說的感覺。

雖然莎拉的行為存在著無數的可能，但姿態卻是如此清楚。你對這本小說的經驗，將取決於你認為莎拉在注視著什麼，或在尋找什麼、設法得到什麼。當然，即使小說以她為名，她也不是唯一的主要角色，查爾斯在書中的分量也很重，而他也有自己想追求的東西。他的其中一個欲望在最後變成了莎拉，然而查爾斯並沒有自覺，讀者必須自己琢磨出這一點。當我們看著他艱辛地攀登峭壁，只為了尋找化石，你覺得這是作者真正的意思嗎？查爾斯是個獵人，一開始他的獵物是化石，後來是神祕難測的莎拉，不過最重要的是——他想獵取「意義」。他的生命充滿倦怠，以及模糊卻難以迴避的漫無目的感，雖然作為一個維多利亞時期的人，他缺乏可以表達的詞彙，然而他正面臨生存危機，奮力抵抗著領結與長落腮鬍的荒謬及無意義。

找出角色間的「欲望衝突」，就能讀懂小說

好啦，我保證這個原則在陸地上也行得通，不過就讓我們再多看一個水邊的例子。理論上來說，假期的目的是讓我們遠離日常的憂慮和麻煩，不過事情很少能盡如人意，就像吳爾芙在《燈塔行》裡展示的那樣。赫布萊茲的夏天表面上看似寧靜，但幾乎每個角色都被各自的欲望推著前進，那是一種「想要達成什麼」的期望，雖然表現的形式各不相同。

小說裡最有名的欲望當然就是「燈塔」，蘭姆西一家最年幼的孩子詹姆斯，一直想去看看在海灣另一邊的燈塔，他的父母允諾第二天會帶他去。隔天，即使蘭姆西先生認為天候不佳必須延期，蘭姆西太太仍堅持履行這個約定，也因此，詹姆斯喜愛母親更勝於父親。

常有學生把這個衝突解釋為某種「二元對立」——男人與女人、蘭姆西先生與太太、掠奪者與照顧者——我不否認這是對的，但我認為文本比這個解釋還複雜得多。這個小事件裡，六歲大的詹姆斯想要去夢想中的樂園，雖然翌日天候不佳，他的母親仍支持他，但他的爸爸卻心不在焉地踐踏他的夢想，這顯露了這個家庭的相處模式。

在這裡，我們看到欲望間的衝突，它們時而互補，時而彼此相爭，然而它們看起來卻是如此簡單。這些角色內心最深層的欲望是什麼呢？蘭姆西太太全心掛念晚餐的主菜，蘭姆西先生則在意著幾個字母。你沒有聽錯，在構成小說第一部分的這一天，蘭姆西太太一心想著她的紅酒燉牛肉會不會成功、她的親友們會不會喜歡這道菜、材料或調味料的分量對不對，簡單地說，就是這道菜能不

能幫她「加分」。這份執念的美妙之處，在於這道後來被大家讚許不已的菜餚，並不是出自於蘭姆西太太，而是她的女僕花了三天的成果，而蘭姆西太太卻把功勞全攬在自己身上，說這是她祖母的法國菜食譜。你認為這很愚蠢？或許吧！但重要的是，她的憂慮完全是關於家庭的，因此她將所有的精力全放在孩子身上，尤其是最年幼的那個。除了擔憂晚餐外，她還織著咖啡色襪子，要送給燈塔管理員那患有結核病的兒子。這些活動都沒有使她脫離為人母的責任，在故事裡也非毫無關聯或瑣碎的細節，它們突顯了蘭姆西太太一心為別人的舒適和安樂著想的性格，這是不容忽略的。

而她的先生呢？蘭姆西先生一整天到處閒晃，不是陷入沉思，就是在讀丁尼生的詩，或是玩「從A數到Z的思想家遊戲」。就像他太太，雖然蘭姆西先生的思想有時讓人發笑，但並非沒有價值。他對自己智力的極限感到憤怒，從我們的標準看來，他並不是那個時代傑出的思想家，他認為在一個世代裡，可能會有一個人可以一路從A到達Z；他估計他自己大概到達Q的階段，或許可以擠進R或S，但這大概就是他的極限了。似乎沒什麼好同情的，是嗎？我們大部分的人都不是什麼偉大的思想家。不過，從另一個層面來想，這似乎也不那麼瑣碎，他想要超越自身的限制，而我們能夠對「那種心情」感同身受。我這裡的討論對他不是很公平，畢竟他關心的不是與人競爭，而是關乎自己的成就；他想在思想上達到很高的境界，卻發現自己並不如預期。你可以管這個情況叫「中年危機」，當然這也是因素之一；但是就這裡討論的目標來說，我們感興趣的只是他的欲望。他是如此深陷在自己的欲望裡，以至於無法察覺他人的需求，甚至是自己孩子的需要。相反地，蘭姆西太太則對所有來到她領域的人們的需求異常敏感，甚至到了想保護的地步。她時常處於關心他人的狀態，撫平大家豎起的羽毛，或是把他人送作堆、提供建議。當奧古斯都這樣的人出現時，這位老朋友似乎完全不需要蘭姆西太太的幫忙，於是她把這樣的態度解讀成敵意。

那另外一個角色莉莉・布里斯可呢？莉莉的心思被她的畫占滿，在小說的第一部裡，她陷入無法將眼前的畫面描繪出來的困境，她無法確實捕捉蘭姆西家族那不時被錯誤與衝突打斷的家庭生活。她渴望得到眾人的贊同或接納，而這就是當蘭姆西先生的門生查爾斯說女人無法寫作與繪畫時，她感到完全沮喪的原因。她希望得到蘭姆西夫婦的讚許，甚至沒有意識到違反她意願的欲望——她也希望獲得查爾斯的認同。只有在第三部分〈燈塔〉裡，她才終於意識到這個認同必須從內在出發。從那一刻起，她才能夠在畫布中央大膽地畫下一筆，完成這幅畫。小說的最後是她所說的話：「我已有了自己的視野。」這就是她一直在追求的東西：擁有自己視野的能力、追求視野的空間、能以自己的方式表達的成熟度，以及絲毫不受外在影響的特質。這算是欲望嗎？我認為是。

理解故事之前，先問自己：「角色們想要什麼？」

小說總是與欲望有關，不管是不是和性有關，它們都同樣具有強大的力量，角色被某種力量驅使，而那驅使他們的力量就是欲望。這是不是為什麼聖人很少成為小說主角的原因？大概吧！不過最主要的原因是他們在敘事裡不是很有趣。想想聖奧古斯汀的《懺悔錄》好了，這本書的焦點是放在他身為神父和主教的多年經驗嗎？不是。他在四十歲時寫了這本書，而他三十三歲時才信仰天主教；他對於自己人生的敘事，在他信仰的那一刻就停止了，《懺悔錄》後面幾章完全是他對於創世紀或三位一體等宗教思想的沉思。再看看赫曼・赫塞的《流浪者之歌》，主角或許能得到某種啓示，但小說裡大部分都是關於他的追尋、犯錯，以及在獲得洞見之前的掙扎。為什麼呢？因為聖人缺乏欲望，他們什麼都不想要，所以我們對他們的生活不感興趣。他們令人景仰嗎？當然；值得我們效法嗎？我們會盡力模仿；但是要我們充滿興味地閱讀他們的故事？抱歉，沒辦法！

福克納知道這點，所以他的小說裡很少出現聖人，在《聲音與憤怒》中，他把狄爾濟放到故事的背景。在故事的前景，不管是班吉希望回到他姊姊凱蒂還在他身邊的快樂童年，或是昆丁想要減輕他自己與整個家族的罪惡與羞愧，還是傑生想要實質的獲利，我們都看見康普森家族的成員，正狂熱地搔抓著他們的欲望。

福克納筆下的角色是所有小說角色裡最貧窮、最偏執的生物，他的小說常與那些沉思、詭計多端，奮力追求個人神話的「偏執狂」為伍，即使是他筆下的聖人或接近聖人的角色，也都透露出狂野的偏執。《去吧，摩西》裡的以撒克一心想為不平等對待黑人的白人祖先們贖罪，特別是他的祖父卡洛瑟斯，因此他把地產拱手讓人，此舉不但摧毀了他的婚姻，更使自己變成鄰居眼裡的可疑份子。由於他不願意繼承財產，農地落入他的表哥艾德蒙斯手裡。艾德蒙斯雖然努力地確認給奴隸的遺產都正確交付了，還甚至特地旅行到阿肯色州追查其中一個受益人，但他不如以撒克那樣寬容、道德感強烈；以撒克雖然道德感強烈，但是他太過謹慎小心了。

從史諾普斯家族的貪婪，到薩托里斯家族的榮耀，福克納筆下的角色因為他們的偏執，給自己帶來了重傷害罪及種種苦難，而那些偏執透過象徵物的形式展現在讀者面前。你可以隨便挑一本福克納的小說，你馬上就會看到那些被欲望充滿的角色與他們的象徵，沒有一本例外，而且裡面還包括《出殯現形記》呢！我們有很多理由在課堂上教導這個小說珍品，其中最令人無法抗拒的理由就是——每個角色的動機是如此清晰可見。

在這個不正常的班德藍家族裡，每個人都藏著祕密，一個燃燒著的欲望或著迷的對象，而且還有一樣代表它的東西。例如，珠兒這個憤怒的兒子，他的欲望用一隻帶有斑點的馬作為象徵。若是四十年後，或許就變成用高性能運動型跑車來代表他努力許久、省這省那，好不容易快可以到手卻又失去的龐蒂克GTO或福特野馬，就像他那短視又自我中心的父親害他失去了心愛的馬。當然，好笑的地方在於安西並非他的父親，珠兒是私生子，而他的偏執就是為了逃避這個沉重、侷限的家庭狀況。珠兒無法對我們說明他的欲望為何，即使他試著表達，他大概只會說是他的馬，但其實並不是他的馬，是比那還要巨大的東西。

安西自己想要一副新假牙，他決意把太太艾笛送到傑佛森去埋葬，只是為了掩飾他想要新假牙的欲望。然而，那不是真的欲望，假牙或許牽涉到他如何繼續活著，又或許是一種找尋，就如同小說的最後他竟然宣布他找到了新太太。這沒辦法明白說出口，對吧！你太太屍骨未寒，你怎麼就迫不及待去尋找下一個？即便像安西這樣低下的人，也沒辦法對自己承認他有這種想法。但你可以正大光明地說你需要一副新假牙，而反正你都要往那裡去了，就剛好找一副嘛！

瓦達曼還只是個孩子，但必須去了解他理解範圍以外的事物——生、死究竟是什麼，他很在意放在箱子裡還活著的媽媽，所以她在棺材的蓋子上鑽洞，讓空氣進去。屬於他的「象徵物」很簡單，因為他自己對我們宣布：「我媽媽是一條魚。」就在文學史上最簡短、最容易記憶的一章裡，瓦達曼抓到一隻超級大魚，幾乎都快跟他一樣大了，當爸爸要他自己把魚清乾淨時，他混淆了魚和媽媽、生與死，以及世上所有的事物。於是，當他說出這句有名的發言時，讓我們震驚的不是他的不道德，而是我們完全可以體會他的心情，因為除此之外他還能說什麼呢？

即便是完全沉浸於為母親做棺材的凱許，也有自己的欲望，他的欲望就是不要感受到情緒，把讓他不安的情緒推得越遠越好。他藉由埋首製作箱子，來完成他的欲望。一章由他敘事的章節完全用一張清單構成，上頭列舉把斜面的角切掉的十三個理由。有重心很好，能注意細節也很棒，但當一個人如此專注於相當簡單的邏輯裡，他肯定非常努力地想逃避其他的事情。

杜葳戴兒是這悲喜劇演員班裡的一名青少女，她和她爸爸一樣很想去傑佛森，因為她聽說那裡有個藥師可以幫她墮胎。唯有最年長的兒子達爾，似乎對整個家族持有偏執想法免疫，這對讀者來說是這多麼令人欣慰的事——在這一群怪人裡終於有一個比較正常的人了！但諷刺的是，他最後被送到瘋人院裡去。班德藍家族的每個人，不管是可怕、好笑、感人、令人沮喪，或令人驚訝，他們都是如此地容易被理解。

小說家希望我們能理解他們的創造物，或者至少能理解他們筆下的人物，所以他們沿路豎了好幾支路標，建議我們可以往這個方向去找。莎拉有她的法國中尉；《塊肉餘生記》中的麥考伯先生總堅信「天無絕人之路」；而蓋茲比當然是那黛西船塢上的綠光。我們該問的是：《八月之光》中的克里斯瑪斯到底想要什麼？《遠大前程》中，皮普的渴望和他實際的需要有何不同？而我們能夠分辨出兩者的差異嗎？在《旭日又升》裡，當傑克・巴恩斯看著鏡子裡的自己，他沒有看到的是什麼？為什麼這對小說很重要？

每個角色都有自己的終極目的、終極目標，而我們的工作就是把它找出來。它們永遠那麼明顯易見嗎？很可惜地，並非總是如此！它能夠解釋關於角色的所有事情嗎？不能！但是它的確能夠解釋很多事情，**假如我們想知道是什麼驅動了這本小說，我們就必須找出是什麼驅動了角色。**

16

小說中的「內在故事」

昨天我作了場夢，夢裡的我正在作夢——這就是「後設小說」

誰是第一個發明後現代的天才？你以為是貝克特或是亞蘭・霍格里耶？隨便你們想吧！反正我認定是查克・瓊斯。沒錯，就是那個華納兄弟集團裡了不起的動畫大師。在那集有名的卡通「發狂的鴨子」裡，達菲鴨經歷了一連串令人困惑與可笑的變形，一下子穿著芭蕾舞裙，一下子頭變成一朵花、有著獅子的身體等等，我們被逗得樂極了，到最後才發現，那個拿著動畫家的筆惡作劇的就是邦尼兔。華納兄弟把這種「自我反身性」（self-reflexivity），在電視《瘋狂調皮貓》影集系列裡發揮得更淋漓盡致，因為它在和整個「卡通歷史」做長期對話。

其實，卡通還挺適合「自我指涉」（self-referential）這個觀念，不管是電視影集《辛普森家庭》、《蓋酷家庭》、《南方公園》，或是電影《威探闖通關》。甚至連真人主演的影集也參與了「後現代遊戲」，例如《雙面嬌娃》某一季的結尾，演到一半時，所有人竟然都停下來找服裝道具，最後一集都還沒結束就整季告終。當嚴肅的作家也在小說中這麼做時，有些讀者可能會懷疑自己是不是被騙了，但事實卻恰恰相反。我們並沒有被騙，因為「後設小說」為我們開啟了不同的可能性，而我們開始了解並愛上這些新的敘事策略。

然而，還是有一小部分的讀者，尤其是學生讀者，對這些新奇手法感到稍許不耐煩。有多不耐煩呢？有時候，我們會這樣說一部小說——在敘事飛行中翱翔的小說，聽起來很棒吧？令人印象深刻！你可能在腦中想像著童妮・摩里森豐沛的情感、伍德豪斯的機智、托爾金的規模，或馬奎斯的發明。毫無疑問地，這些都是非常優秀的小說，它們像長著一對翅膀，不過不是我在這裡要表達的意思。我要給你的翱翔之書是——《法國中尉的女人》，這是美國大學裡最常被丟掉的一本書。

我大概知道書中的哪一段會導致這樣的結果，這裡我提供兩個選項讓你作抉擇。它有時候在第十三章就「飛起來撞牆」，當敘事者在第十二章的結尾問誰是莎拉，並問道：「她來自什麼陰暗的背景？」接著又在第十三章回答：「我不知道。」這不是讀者所期盼的答案，因為小說規則是這樣的：當敘事者問了一個問題，他就有義務回答。不過這本小說的敘事者卻不回答，至少他的回答不能夠讓我們滿意。等等，還沒結束！接下來還有更糟的。敘事者承認自己的無知還不夠，他甚至主動破壞前十二章刻意營造出的幻象：

> 我現在講的這個故事全部都是想像出來的，我創造出的這些角色從未在我腦子以外的地方生存過。如果我之前成功地假裝自己了解這些角色的內心，以及他們最深層的想法，那是因為我依據這個故事所處時代中，廣被接受的敘事慣例所寫成的。（就像我採用這個

> 時代慣用的字彙與敘事聲音一樣）也就是小說家和神站在一起，他可能不知道所有的事情，但是他假裝無所不知。然而我活在亞蘭・霍格里耶與羅蘭・巴特的時代；假如這是一本小說，它不可能是現代意涵下的小說。

就在這碰地一聲，書被丟到宿舍的牆上，掛在牆上的月曆隨之搖晃，旅遊帶回的紀念品啤酒杯差點從書架上掉下來。

第二個選項可能沒那麼明確，它是這樣開始的：「不，就是我說的那樣，你不只把匕首用力刺進我的胸口，你還很開心地扭轉它。」這段話本身並不會讓書頁飛起來，除了我們之前曾經讀過相同的話以外。沒錯，而且就在不久之前。這個片段出現在最後一章的開頭，讓之後的一切變得很多餘。第六十章結束在小說的結局，場景中出現了小孩、一個永恆的擁抱，以及一千把小提琴。看到這裡，誰還需要另起一章呢？不過作者卻覺得有必要，他隨後在第六十一章給了我們一個完全不同的結尾——沒有「從今以後」，也沒有絃樂作背景。他利用「代理作者」這個設定，把錶往前撥十五分鐘，替另一種結局製造全新的背景，雖然這可能比較符合後現代的氛圍，不過讀者並不領情。當學生們發現第六十章的結局只是「結局A」，另外還有「結局B」時，書又被碰地一聲摔到牆上了。當然，也有讀者認為這額外的一章提供了另一種選擇，是作者精心設計的禮物。

至少對那些被規定在期限內讀完小說的學生們來說，透露出「小說不過只是幻象」這個事實的確令人惱怒，但我們倒也不至於對此一無所知，對吧？**我們知道小說是虛構的，不過這件事的啟示**

並不只如此。就某個程度來說，小說是「學習而來」的活動——被文化建構，同時也被每個不同的讀者及作家共同塑造而出。用符傲思的話來說，小說就是由一連串的成規、一系列「如果……就……」的敘述語法所構成的。如果主角在故事一開頭是個孩子，那麼小說的目標就是在結尾之前讓他長大成人；假如敘事者在前五章只能了解某個角色的想法，那麼在第二十三章進入故事關鍵時，他就不能突然可以知道每個人的想法；又或者是這樣：要是敘事者在前十二章假裝自己是「全知的」，後來卻對角色提出疑問，那他最好在下一頁就給讀者一個滿意解答，絕對不能突然變成無助的小嬰孩。也就是說，在全知觀點的開關上，沒有「關掉」這個選項。

除非這全是一場計謀，除非你採用傳統手法來敘事，就只是為了剝去它們製造出的幻象。如果是這樣，那你最好等著面對讀者的強烈抗議。因為讀者們可能會氣憤地追問：「如果作者只是隨便寫著玩呢？假如他根本沒認真寫呢？」作者如果不嚴肅看待他的創作，對那些用功、剛開始學文學的學生來說，可能有些不公平。不只如此，這也可能讓他們對小說這個文類產生懷疑：「假如連採用傳統小說的機制和方法敘事的符傲思，我們都沒辦法信任了，那我們如何相信其他小說？」

沒錯，我們的確無法信任小說，不過這真的是「問題」嗎？當你打開一本小說，在還沒開始閱讀之前，你就已經知道它是虛構的。那麼，幻象必須是真實的嗎？這個問題說得通嗎？它很有道理，也同時很沒道理，因為我們才剛進入文學中等同於「量子物理」的階段，其中的命題可以是正確的，同時也是錯誤的；其中的波段與粒子相互重疊，而物質與能量也可能指的是同一件事。

「後現代主義」一點都不新，在小說中已行之有年

被前面那段弄得暈頭轉向了嗎？歡迎來到後設小說的時代！

「後設小說」（Metafiction）：關於小說的小說。相對於小說這個有歷史的敘事形式，「後設小說」是一個新詞彙，假如你有一九七〇年代出版的英語辭典，你在裡面肯定還找不到這個詞。威廉・H・加斯在他的小說批評與理論著作《生命的小說與人物》中發明了這個詞，來指那些在創作時，把自我指涉性元素納入其中的小說。加斯想用「自我指涉性」去描述所處時代的現象：約翰・巴斯、羅伯特・庫佛、B・S・強生、克莉絲汀・布魯克羅斯、伊塔羅・卡爾維諾、符傲思，以及加斯自己等作家創作的小說及短篇故事，不過他所謂自我指涉的故事，卻可以回溯到更久以前。

多久以前呢？一路到最早的時候，那個故事聽起來是這樣的：第一晚，穴居人艾立講了一個故事，第二晚穴居人悟普也講了一個故事，他的故事裡包含了這樣一句話：「所以故事總是這樣做的，在我即將說的這個故事裡我會：（a）這樣做（b）不這麼做。」如果那時候括弧已經被發明的話，他可能真的會這樣寫。不過，穴居人艾立應該是這樣開啓他的故事的：「所以你知道的，故事這東西往往是……」為什麼還要等到第二個晚上呢？不論如何，後設小說已經誕生了。

你不相信啊？湯姆・史塔波得的《羅森克蘭茲與吉爾鄧斯登已死》就是一部把《哈姆雷特》中一些不幸小配角拿出來「把玩」的戲劇，我們可以視之為「後設戲劇」——後設小說的親戚。而它的來源也有著後設的成分，《哈姆雷特》整齣劇採用了劇中劇的形式，其中更包括教導演員如何把

戲演好的指示。莎士比亞經常玩這樣的把戲，有真實戲劇表演的劇中劇，像是《仲夏夜之夢》；或是為了某人而特別搬演的戲，例如《無事生非》，而且我們知道他絕不是開山始祖。喬叟寫於一三八四年的《坎特伯里故事》裡，就有一組故事是關於一群朝聖者，在復活節前夕往大教堂鎮朝聖，旅途中他們輪流說故事，有時故事彼此衝突，有時真實世界中對彼此的敵意甚至也蔓延到故事裡。例如，帕東納說得太入迷了，完全忘記自己身在何處，甚至忘記他正在做不合宜的舉動，於是招來其他人的破口大罵。總之，這本故事聚集了無數的材料，供敏銳的後設小說評論家取用。

就像購物頻道中常說的：「等一等，還不只這樣！」我們發現喬叟還不是這個想法的源頭，當時才過世沒多久的薄伽丘，在《十日談》裡早就採用了類似的手法。故事中有十個年輕人在黑死病蔓延之際逃離佛羅倫斯，在兩週的旅程中他們每個人各講述十個故事，這些故事包含了各種可能性，而這樣的「敘事框架」也讓讀者注意到故事設定的虛假性——這些故事是為了特殊情況，特意安排好的。這個作品一再提醒我們它是一部虛構作品，在它的世界裡沒有一樣東西是自然產生的。

這回溯得夠遠了吧？還沒完呢！荷馬和維吉爾在作品中都曾經召喚繆思女神，雖然他們的方式非常不同。荷馬有個特殊身份——口語的詩人吟唱家，因為唱歌不但氣要夠長，還需要機智來做臨場反應，當壓力過大的時候，他就會召喚繆思女神來幫他。相反地，維吉爾是一位作家而非吟遊詩人，他不需要立即反應，所以當他召喚繆思女神的時候，他會用「引用符號」，那也是史詩作家的做法。如果需要的話，我們還可以回溯得更遠，不過我想你已經明白我的意思了。

你可能會感到疑惑：「所以後設這個概念已經存在已久，但你剛剛說的喬叟和維吉爾，都不是小說家耶！」嗯，很有道理，那麼讓我們來看看小說的組成元素好了！一本書的長度、虛構性、多個角色、主要及次要情節、敘事、散文。我剛才提到的那些作品裡，只有最後一項不成立。我承認這一點就造成了很大的不同，但在喬叟或更早的時代，基本上沒有一本重要的文學是用散文體寫成的。上述幾位作家的興趣、作品中展現的複雜度與形態，很清楚地已為早期的小說家提供了良好的雛形。此外，仔細看「後設小說」這個字，它並不是寫做「meta novel」，而是「metafiction」，也就是「後設虛構」的意思，一點也沒有提到「小說」二字。而且，千萬別忘了另外一個事實：小說家會從任何地方、任何人或任何時間竊取可用的材料。文學世界中的喜鵲，小說家當之無愧。

令人好奇的是，當我們試著尋找「最初的小說」，卻發現它們竟早已具備了高度的自覺性！假如你不介意被眾人質疑圍攻的話，你可能會想用「後現代」來形容這個狀況。我們通常認為「自我指涉性」的寫作是文學發展到晚期才有的事，但小說的狀況卻不是如此。那麼，第一本後設小說到底是什麼呢？寫於一六〇五年的《唐吉訶德》，它也差不多算得上是第一本小說，至於以英語寫成的後設小說，則至少可以追溯到《崔斯垂姆・項迪傳》。這兩部作品都用詼諧的方式寫成，採用許多與故事無關的文字遊戲——雙關語、推翻期望的發展，或是與印刷相關的策略，像是設計一整頁空白頁等等，可以看出作者賽凡提斯與史坦恩，他們對於可以用在這個新敘事形式裡的東西，態度並不嚴肅。而山繆・理查森所寫的《潘蜜拉》墨水還未全乾，《湯姆・瓊斯》的作者亨利・費爾丁就寫出嘲仿之作《莎蜜拉》。某個程度而言，小說剛誕生的那陣子很像早期的美國西部——存在「很少的規則」與「許多的誇張舉動」。部分原因是小說家對於筆下的小說該採取什麼態度，尚未有固定的模式可循，在傳統尚未被建立前，當然沒有「傳統」需要我們向它致敬，所以那些早期的小說家，基本上可以做任何他們想做的事，而他們也的確如此行了。

一直到後來小說的品行才被規定出來，例如我之前提過的「維多利亞時期的出版規則」。不過，我們在這裡要探索的是這些操作——連載的出版形態、大眾讀者、線性敘事——為我們揭露了哪些敘事本質。基本上，它們都指出了小說的規範性，漸漸地，小說彼此之間在結構上越來越相似，同時為了哲學和商業上的理由，這時期的小說比其他時期更缺乏實驗性，晚期的維多利亞小說甚至追求「寫實主義」，它們熱烈的程度近乎宗教狂熱。

小說背後的目的，是要讀者進入小說就像進入朋友的生活一樣，而讀者的確也認為與他們相處了幾個月的角色像是知心朋友，或是不共戴天的仇人。不論如何，假如你的世界觀、經濟原則及出版活動，都共謀要使現實主義小說成為最高層次的藝術，小說家大概不會讓讀者注意到這個形式的狡詐之處。這或許不是缺點，因為作為一個讀者，當讀到《德伯家的苔絲》的最後一幕——苔絲躺在石板上等著警察逮捕她時，你會想「被提醒」這只是小說的形式表現嗎？我不這麼認為。

這難道表示作者哈代沒注意到他正在「生產」一個藝術創作嗎？當然不可能，畢竟他埋首書桌前數月、累積了五百頁的草稿呢！不過，這卻表示他選擇不去「強調」這本小說是人為的作品。「作家在文本中的刻意強調」在文學批評裡被稱為「前景」（foregrounding），也就是指為了引起特別注意，小說的某個部分被推到前景來。大部分的寫實主義作家會去強調故事本身，而把「藝術家的自覺」放逐到背景裡去，很深很深的背景裡。

也有一些人傾向將所有的後設小說視為「後現代主義」的表現，認為當時的作家已經文思枯竭，只好採用這樣的機制。然而事實上，小說在當時也確實面臨了危機，就在加斯的書出版之際，許多關於小說已死的討論紛紛浮上檯面。一九六七年，約翰・巴斯發表了〈窮途末路的文學〉，他認為小說的可能性已經走到盡頭，小說家可以出的招式已經用罄了。然而僅僅十四年後，他又發表另一篇〈蓄勢待發的文學〉來湊成一對，宣布這個日暮西山的病人奇蹟似地康復了。

後設小說不討喜，為什麼連「寫實主義」作家都要寫它？

小說那種探視自我、懷疑自身真實性的傾向，早在剛誕生時就已經有了，甚至偶爾還出現在寫實主義小說之中。你還記得那飛翔的符傲思嗎？他並不是第一個，有另外一本小說也是用維多利亞時期的形式寫成的。就在小說進行到一半，在名為〈在這裡故事停頓一會兒〉的章節裡，作者突然停下來，展示她小說寫作的理論，並且談論她作為小說家能夠知道的範圍到哪為止。她就是那個了不起的「後現代作家」喬治・艾略特，而那部小說則是《亞當・貝德》。假如連艾略特這個寫實主義者中的寫實主義者，都在作品裡展示自我指涉的成分，她的背後肯定有極為強大的動機。

究竟是為了什麼？**因為小說不是從花園裡長出來的，它們是人為的創造物，而它們的創造者則**

是從閱讀大量其他小說來獲得寫小說的訣竅。當然沒有人能讀完所有的小說，當你拿起鵝毛筆，也不可能馬上忘記你曾經讀過的小說。所以這裡讓我為你介紹**「擁擠不堪的書桌法則」：當小說家坐在書桌前開始寫小說時，最少有其他一千個作家也擠在那個房間裡**。別忘了還有一些當代作家也在那裡，雖然小說家還沒機會讀他們的作品，所以你知道這有多瘋狂了吧！至少讓小說家十分頭痛。

這代表什麼呢？好啦，一個房間，裡面人很多。但是就實踐上來說，對作者的意義是什麼？這代表沒有人是無知的，你不可能坐下來寫小說，卻彷彿這個世上並沒有充滿著小說。事實上小說遍地，而你的頭腦也充斥著小說，而這就是你必須面對的現實。我常在課堂上聽到學生這樣回應那些自我指涉的小說：「那些段落是妨礙、是故意裝腔作勢。」我的學生沒有錯，那的確是種妨礙，但你知道嗎？那種無視其他同在一個房間裡的小說家也是種妨礙，假裝無知或缺乏自覺其實都是同一件事——矯飾造作。

不過也有其他現實上的考量：你不可能做其他人還沒做過的東西。假如你意識到所有可以做的都已經被實現了，這時你有以下幾種選擇：第一，試著不要做同樣特質的東西。這就是亞蘭・霍格里耶以及法國新小說運動的「反小說家主張」，他們試著打破小說所創造的幻象，進一步拆解小說慣常的操作方式，去掉那些多餘的東西，例如，情節、角色、敘事連貫性、主題……，然後把敘事縮減成一連串破碎的、對事物主觀的理解，而這也是亞蘭・霍格里耶從未在英語國家受到重視的原因。至於另外一個選擇，就是不管其他人，寫你自己的小說吧！你當然知道已經有很多類似的小說存在，你不可能是第一位抵達標竿的人，但沒關係，小說又不是賽跑，並不是跑第一名就會贏，而且，也沒人確定怎樣才叫「贏」。

這裡你也有幾種選擇：你可以假裝其他小說都不存在，然後試著讓你的小說像是通往某個世界的「一扇窗」。傑若米・克林考威茲將這樣的假裝稱之為「透明性」（transparency），指的是作家將寫小說所需的種種機制隱藏起來，所以讀者能夠直接注視小說的內容。或者，你可以用一些方法讓小說的「人為」被讀者注意到，克林考威茲稱這種方式為「不透明性」（opacity）。一個不透明的小說意指它需要讀者去注意它「人為的程度」，就算讀者只想專注於故事本身。大部分被寫出來的小說都致力於透明性的營造，但並非全然如此，而那些我們「以為」很透明的小說更不見得如此。你不妨用劇場的形態來想像這個概念：劇作家是假裝觀眾不在那裡，而演員和道具都很「真實」，所以舞台前方就像一扇窗呢？還是他故意打破所謂的「第四面牆」，直接提到觀眾，把觀眾納入表演的一部分，提醒我們這只是一齣戲？或者兩種方式兼用？莎士比亞通常會直接呈現他的故事，不過在之前提過的劇作裡，他三不五時也會安排劇中劇，藉機討論編劇的技巧或舞台指示。小說家也是如此，他們會不定時給我們驚喜。

哪一種方法比較好呢？對某個特定作家或某個特定作品而言，行得通的就是最好的方法。你問我有沒有偏好哪一種，這就像問我：「喜歡派還是蛋糕？」我兩種都喜歡，為什麼它們必須彼此排斥？狄更斯、哈代或勞倫斯我都想要，因為他們都會提供我逼真的社會樣貌。假如我最喜歡的偵探小說作者，有一天突然都變成後設小說家，我會非常不開心；但我同時也喜歡作為後設小說家的符傲思、卡爾維諾、約翰・巴斯、B・S・強生、朱利安・巴恩斯、安潔拉・卡特。

閱讀何必太嚴肅！看小說家如何用作品大玩遊戲

然後，還有好幾個歐布萊恩——三個有史以來最傑出的小說家皆名為歐布萊恩——值得我們注意。首先是艾德娜．歐布萊恩，這個來自有著壓抑文化的愛爾蘭小鎮女作家，她寫作的目的是破壞所有圍繞在愛爾蘭女作家小說周邊的傳統和特質，然而她卻十分堅持小說的透明性。艾德娜．歐布萊恩的敘事模式需要讀者馬上被吸入故事裡，不到結尾絕不鬆開，從一九六〇年代的《鄉村女孩》三部曲，到實驗性濃烈的作品像是《夜》，到後期社會政治性質強烈的《燦爛隔離之屋》、《在森林裡》，她的小說要不就是主題引起讀者反感，要不就是從一開頭就緊緊勾住、纏繞他們。某個程度來說，艾德娜．歐布萊恩是在還沒「被認領」的土地上耕耘，在她開始寫作時，關於她想寫的那種小說，幾乎沒有可以參考的作品。

另外一個歐布萊恩是美國小說家提姆．歐布萊恩，他利用某些程度的反思來平衡敘事的透明性，尤其他的越南系列小說更是如此，例如《尋找卡奇艾托》、《士兵的重負》。他明白寫戰爭主題不可能不受到海明威的影響，要是假裝海明威不在那裡就太愚蠢了。即使提姆．歐布萊恩讓讀者浸淫在戰爭的經驗裡，他的敘事還混雜了《愛麗絲夢遊仙境》的幻想以及海明威的精神，他的作品像精心調配的酒，讓人容易喝醉。

最後是弗蘭．歐布萊恩，他的本名不是歐布萊恩，在寫第一部小說《雙鳥戲水》時才開始採用這個筆名。這是一本極好笑但又令人困惑的小說，因為它拼貼了愛爾蘭學生小說、美國西部小說、愛爾蘭史詩。這部小說中有另一部小說，其中還有另一部小說，《雙鳥戲水》有三個開頭、三個結尾，故事裡有一個小說家兼角色被自己筆下的人物叛變，並把他當作人質，然後惡魔控制了小說家的子女以及他筆下的角色，這裡我們面對了從來沒遇過的「亂倫」。他的其他小說，尤其是《第三個警察》和《可憐的嘴巴》，也對小說形式做了類似的破壞。

以上的例子能夠包含所有後設或非後設小說豐富的可能性嗎？大概不行。因為每個人思考事情的方式不盡相同，而每位作家都有不同的策略。但是這三位歐布萊恩都提供我們一個大致的輪廓。雖然他們的策略與風格天差地遠，但他們都是極為優秀的小說家。所以我們並不需要一張由作家名字控制的書單，後設小說長得怎麼樣呢？它們的面貌變化多端。有些重寫了經典故事：

約翰・巴斯的《煙草經紀人》（1960，根據十八世紀的同名詩作）

韋拉蕊・馬丁的《瑪莉・萊利》（1990，根據《化身博士》）

約翰・加登納的《葛蘭多》（1971，根據《表沃夫》）

朱利安・巴恩斯的《福樓拜的鸚鵡》（1984，根據〈質樸的心〉與《包法利夫人》）

珍・芮絲的《夢迴藻海》（1966，根據《簡愛》）

珍・史麥莉的《褪色天堂》（1991，根據《李爾王》）、《丘陵裡的十天》（2007，根據薄伽丘的《十日談》）

其他的則回收早期文學或其他的形式：

約翰・符傲思的《法國中尉的女人》（1969，根據維多利亞時期小說）、《蛆》（1985，十八世紀的文件彙集，這裡主要是根據自訴法律案件）

約翰・巴斯的《信》（1979，十八世紀書信體小說）、《水手大人末航記》（1991，根據《一千零一夜》）

艾瑞絲・梅鐸的《獨角獸》（1963，根據哥德式小說）

提姆・歐布萊恩的《尋找卡奇艾托》（1978，根據海明威與《愛麗絲夢遊仙境》）

T・C・鮑爾的《水音樂》（1982，混合十八世紀冒險家傳說與流浪漢小說）

弗拉基米爾・納博科夫的《幽冥的火》（1962，敘事詩與詩的註釋）

有些是更複雜的玩耍形式，像是《崔斯垂姆・項迪傳》；符傲思的《魔法師》、《採集者》中互相爭鬥的敘事，要讀者去質疑敘事的可信度及正確性；伊塔羅・卡爾維諾的《如果在冬夜，一個旅人》則採用好幾種類型小說的第一章，探索了各種最受歡迎的小說；在他的《看不見的城市》中，馬可波羅去到了大汗的宮殿裡，細細描述他旅途所見驚人的、甚至是不可能存在的城市；至於梅鐸的《黑王子》，就像符傲思的《採集者》，敘事由主角的主要敘事及其他角色的評論構成，藉由提供彼此衝突的事件經過與詮釋來探討主觀認知的意涵。

這些作品都很有趣卻也令人困惑，迷人至極卻也令人暴怒，然而他們總是提供新鮮、新穎的東西；而那也是後設小說主要的目的之一——讓自己保鮮。反正你沒有什麼不能做的，假如小說家能夠想像出來，它就可以執行，沒有規則能夠束縛你，規定你只能爬這麼高、只能把事實延伸到這裡，或是只能憤怒到某個程度。

有時候是我們讀者太嚴肅了，我認為我們該給作家們多一點自由空間，讓他們亂混亂玩、開玩笑、捉弄我們，害我們跌一跤。說到底，小說不就是一種玩耍的形式嗎？不像說明書、實驗報告、新聞報導、歷史及文學評論，小說從現實的錨上鬆脫，所以它帶給我們樂趣，使想像力自由自在地馳騁、不受束縛。更棒的是，它邀請我們和它一起玩耍，如果我們忘了這點，就是我們的損失。

當這種作者出面惡搞的情節出現在大眾文化裡，我們似乎比較不排斥，但我認為當我們讀安潔拉·卡特時，也應該要像看達菲鴨和邦尼兔卡通一樣開心。當作家玩這些後現代遊戲時，他們只是在邀請我們在他們的世界裡一起玩耍罷了，至少從菲利浦·席德尼爵士之後的作家，就一直告訴我們文學的功能在於「教化」和「娛樂大眾」。後設小說教導我們許多關於我們的心理、關於我們期待故事給我們什麼，以及關於小說的本質，除此之外，它還帶給我們無可取代的樂趣。

17 靈感，究竟從何而來？

小說是個人、社會與過去作品的「集體經驗」，沒有絕對的原創

這個場面你一定見過：堪稱是一場災難的作家演講簽名會，常會伴隨這類問題：「你用原子筆，還是鉛筆寫作呢？（或是電腦鍵盤？）」假如你去過幾場這類的活動，你就會坐在椅子上，等著恐懼一步一步貼近你。「到底什麼時候會問到那個恐怖的問題呢？會不會第一個或第二個就來了？」這種恐怖感在會場中緩慢醞釀，直到你無法再忍受的地步。這時，作者開始感謝現場的聽眾，詢問大家是否還有問題。就在這一刻，來了！之後伴隨著幾乎聽不見的呻吟：「你的想法是從哪裡來的？」

「呃，從我的頭腦裡。」我從來沒有真的聽見這樣的回答，但是你可以看見那個想法成形、被往前推進之後，又被更大的力量壓制下去，然後這個早產兒就悶悶不樂地被關進「俏皮話的監牢」裡。這問題聽來好天真、好膚淺，也好愚蠢，就像是在問：「你為何這麼有創造力，而我們其他人都不行？」又或是聽起來像：「你是哪根筋不對？」

不過我認為問題不只如此，對我來說，這個問題牽涉到創造力的根本——為什麼是這個想法，而不是另一個？什麼原因使某個想法比其他想法更適合用在小說中？你為什麼採用這個典故？或是你如何決定要從誰那裡偷東西？聽起來好多了，是吧？不過，讓我們面對這個事實——其實它們都一樣。我們這些不寫小說的人，總是會對那些寫小說的人感到好奇，他們的想法究竟從何而來？一般而言，撇開那大量的出處，只有一個共通的答案：四處找尋。

我的某一門課中，有本指定讀物是根據史詩《表沃夫》改編而來，另一本則根據作者在越南當兵時的經驗寫成，還有一本是從作者在印第安人保留區的生活經驗而來，另外一本則是作者清早時的幻覺，加上對維多利亞時期豐富的知識所綜合起來的產物，還有一本是作家思考非裔美國人的歷史而來，至於另一本，最貼切的說法應該是從毒品誘發出的偏執，以及龐大卻無用的學識的混合物。所以，他們到底從哪裡產出這些想法呢？從四處、從各地，不過確實有一個「特定的地方」。

雖然小說取材自許多不同的來源，但最重要的永遠是個人經驗。所以，它們是自傳性的囉？不能這麼說。「自傳性」這個字涵義深遠，同時也極為可疑，就像其他較墮落的形式，例如「影射小說」。「自傳性」通常意謂著在小說、詩或是其他形式裡，作者的「自我」潛伏在其中，而且通常是用最糟糕的方式，或者至少是最缺乏想像力的形式。想想《穿著Prada的惡魔》，或是其他不經粉飾的好萊塢真實故事，你就知道我在說什麼了。所以，這不完全是我心裡想的「個人經驗」，不過它當然也是其中之一。

現在，回到我一分鐘前提到的那門課，是什麼樣的人寫出從《表沃夫》改編而來的故事呢？他是約翰．加登納，身兼作家、評論家、中世紀史學專家、成就非凡的創意寫作課老師、紐約巴他維亞區的學生。他的小說幾乎囊括了他所有的興趣，而《葛蘭多》很明顯地取材自第一本英國文學作品。《弗萊迪之書》更是利用了作者對中古世紀的興趣，採用「故事中的故事」這種形式，其中包含了十六世紀的瑞典傳說，由書名裡的那位隱遁的巨人所寫。在《阿嘉頓的殘骸》裡，加登納甚至用了更久以前的素材，這本小說主要是講一位古代哲學家與弟子的對話。在《傑生與米蒂亞》裡，作者用韻文重新敘述了亞哥號船員的故事，以及一個受冤屈的太太對她不忠實伴侶的報復。

西紐約的舊工業城區常出現在加登納的小說和短篇故事裡，最有名的就是《陽光對話》。這是在講一個巴他維亞區陰沉孤僻的警察局長，與一個被稱為「陽光人」的魔術師（或者說是瘋子、天才、自然哲學家）之間的相遇。他們魯莽至極的對話，涉及倫理、宗教、當代社會、自由、正義、政府，以及在八百頁的篇幅裡能包含的所有主題。或許，「某某對話」可以作為每加登納一本小說的標題，他筆下的角色總是愛爭論、深思熟慮，而且熟知各種知識。舉例來說，《葛蘭多》的每一個章節，都採用原來出處裡的角色無法運用的哲學思想，昂弗思是一個「愛抱怨的存在主義者」，不過早出生了大概一千兩百年之久。而在他那本獲得美國國家圖書獎的作品《十月之光》裡，一個年老的農夫和比他更年老的姊姊，在進行一段對話或爭論，或者說是一場隔著門的「邊境戰爭」，不知是他囚禁了她，或是她把自己鎖了起來。在他最後一本小說《米克頌的鬼魂們》裡，主角是一位哲學家，而與他對話的人是不會、也不該在那裡的人。或許對真正的哲學家來說，這些小說不能算是「正宗」的哲學討論，不過它們的確透過小說這個形式，與生死這類的「大主題」搏鬥著，並且充分展現了加登納一直以來關注的課題。

所以，回到一開始的問題，**小說裡的主題從哪裡來？個人經驗。然而，個人經驗可以有多種形式：閱讀、社會觀察、歷史、神話、著迷的事物、家族事件、個人的成功與失敗，甚至是命運。**

所有「新文學」都是由「舊文學」衍生而來

當你發現，原來文學作品都是從過去的文學作品中繁衍出來的，你一定驚訝到嘴巴都合不攏吧！哇，原來作家們會讀其他作家的東西——多麼了不起的概念！然而，這個現象有時卻不是那麼值得高興，我們所處的這個世界被那些延伸、再發明，以及模仿珍・奧斯汀的小說充斥著。我原先並不知道我們需要一部有關達西先生表弟的管家的愛情故事，但我很確定我前幾天在書店看到一本以此為主題的小說。有些人永遠想從暢銷作品中，尋找發展續集的可能性，像是《綠野仙蹤》、《飄》以及《傲慢與偏見》，當然這類作品一定有擁護它們的讀者，不過我現在想談的是那些對過去作品充滿想像力的重新審視，而非那些以商業手法來剝削舊作的作品。

而且來源也不一定得是小說，珍・史麥莉在《褪色天堂》裡就用了戲劇《李爾王》的典故，《丘陵裡的十天》則採用了《十日談》。當然，我們並不需要知道莎士比亞或薄伽丘，才能夠欣賞這些小說。在第一個故事裡，被分割的土地不是在英國，而是愛荷華州的農田，小說關切的也不是伊莉莎白時代而是當代，主角的決定所衍生出的「反抗」與「遺棄」也是如此。作者沿用許多《李爾王》的主題和議題，像是性別角色、手足間的對立、世代交替與遺產、真愛與假愛，但卻把它們帶到作家所在的時空裡，並加上其他東西。在《丘陵裡的十天》中，她沿用薄伽丘的形式：十個人、十天、幾乎每天十個故事，但她的十人小組裡男女各占一半，而非原作的七女三男，這些角色們想要逃離的也不是瘟疫，而是伊拉克戰爭。然而，從概念上來說，這本小說可說是那本著名先驅之作的孩子。小說裡有各式各樣的小故事，藉由這些故事，角色們透露了關於自己的訊息，有時還在不經意間，透露出他們想隱藏的部分。這本小說充滿猥褻、與性相關的描述，甚至比原作還要更露骨。書中的角色和原作一樣，是社會上占優勢的人，裡頭的山丘也不是佛羅倫斯而是好萊塢，這十人小組都和電影工業或多或少有所牽連，因為作者所處的社會已經不再有真正的「上流社會」，史麥莉就利用了我們社會中特有的「名人」。

《十日談》從問世的那刻起，已經啓發了不少著作，其中最有名的就是《坎特伯里故事》，薄伽丘過世的九年後，喬叟就出版了這本書。史麥莉從這樣的連結中得到什麼呢？其中一定有某種程度的回應，採用這種讓角色自己創造故事的機制，去挖掘神祕的事件、人類存在的悲慘狀況，還用整本書的長度去追蹤一群富有、自我中心，或者可以說是膚淺的人物。每當讀者拒絕她書中的角色，認為他們無趣或瑣碎時，我就想問：「薄伽丘或喬叟的角色難道不是如此嗎？」我認為她得到一個已經完整成形的架構，有一個樣版在那裡，你只要把一群愛講話的人丟在一塊，看看會有什麼結果，而那個樣版早在一三七一年就存在了，它漫長的資歷讓它具備了完整的譜系。

有些作家將他們的寫作生涯建立在剽竊古老的典故上，有時候還是來自不怎麼古老的出處。說到這裡，J・M・柯慈就浮現在我的腦海。有時候他所建立的連結比標題還多，就像《等待野蠻人》一書，它的標題就是從亞歷山大派詩人C・P・卡伐維的一首同名詩而來，其中最有名的一句就是「因為現在已入夜，而野蠻人還沒來。」對柯慈來說，野蠻人並非在外面的野人，而是內部「帝國」與「文明」的力量，是它們幹盡壞事、殺戮，讓人們支離破碎，還讓它們的受害者不知道加害者是誰；是它們壓制所有的異議及行動，並且主動參與毀滅他人的運動。在書裡，他把卡伐維的意思顛倒過來：不但野蠻人已抵達，而且早就在這裡了。《伊麗莎白・卡斯特洛》裡的女主角，在她年輕時寫過一本小說《艾克雷絲街之屋》，重新用莫莉・布魯姆的視角想像喬伊斯的《尤利西斯》，而該書的後面幾章也大量運用了法蘭茲・卡夫卡的典故。

讓我們檢視他廣泛運用卡夫卡典故的作品──《麥克・K的生命與時代》。任何稍微知道卡夫卡的讀者，都不會對他筆下的「代號K」陌生，這個字母常與小說中那些人生被圍困的主角們連在一起，尤其是《審判》中的喬瑟夫・K。很明顯地，柯慈沉迷於後現代、互文的遊戲，但是他沒有任意或隨便運用這些機制，他的玩耍背後有著嚴肅的方法，在這個世界上，大概沒有另一個地方，比種族隔離政策下的南非更富含「卡夫卡式的隱喻」了。隨意訂定的規則和懲罰、徹頭徹尾的壓制及殘暴，在小說中，柯慈把這些特質運用得更徹底，他設定了一個反烏托邦，其中，內戰與集中營取代了種族，成為殘酷的主要來源。麥克・K是生物學上的受害者，他智力不足，而且還有兔唇，他帶著母親的骨灰回到出生地安葬時的途中，充滿了危險與敵意，包括被一名士兵搶劫，他找到的地方看起來像是庇護所，但最終他還是難逃被追捕的命運，因為「叛亂者」這個莫須有的罪名被逮捕——完完全全的「卡夫卡時刻」。故事雖然常用卡夫卡的典故，但整體敘事和倫理力量都是屬於柯慈的，就連麥克最終的逃脫以及決定也是，因為卡夫卡筆下的角色很少能在真相揭示後帶來令人滿意的答案。柯慈的作品慣用以往的典故突顯他對社會的批評或道德的探索，但他並不是其他作品的奴隸。

所以，他還有什麼能耐呢？這個怎麼樣：為英國文學史上最有名的男性角色敘事《魯賓遜漂流記》加上「女性觀點」。他的小說《仇敵》（Foe）丟了一個女性角色蘇珊・巴頓到魯賓遜的島上，而蘇珊發現這裡的事情不像丹尼爾・狄福（Defoe，與書名相呼應，也是原作作者的名字）所報告的那樣。和原著相比，星期五很顯然是非洲人，他的舌頭被拔掉所以無法言語，至於為什麼這麼做在小說裡並不清楚。克魯索在回程中死亡，藉由蘇珊對那個徒具稱號的作者死纏爛打，克魯索的故事才得以記錄下來，但過程經過種種的扭曲。毫無疑問地，柯慈把一個冒險故事變成對種族、性別的思考，以及殖民主義帶來的後果，這些都是原作者狄福沒有意識到的主題。

這也提醒我們，狄福是從哪裡得到故事靈感的？他的敘事通常根據真人實事而來，例如，他曾經探訪好幾位女性罪犯的生活實錄，其中還包括惡名昭彰的瑪麗・卡勒敦，她甚至還出版了自傳講述她所犯的罪。不像卡勒敦最後死在斷頭台，狄福筆下的角色摩爾因為懺悔被送往他處，然而她聲明想改變或懊悔的情節，卻不具說服力，也不引人入勝，不如卡勒敦對於自我惡劣行徑的陳述。而魯賓遜的故事則是參考了那個時代最富盛名的漂流者亞歷山大・賽爾科爾克，他獲救前曾經在荒島上獨自生活了四年，這個故事被各式各樣虛構的「自傳」重新編寫，其中還包括名記者理查・史提爾。試問，還有什麼角色比採自別人已經設法編寫過的素材更好用呢？

好，所以我們知道小說家從其他敘事中，借用他們認為可用的元素，包括其他小說、回憶錄、信件、各式各樣的故事，有時候那些出處非常古老，甚至是在寫作出現之前。美國小說家約翰・巴斯已經為我們展示他到處借用的可用元素，不過他最愛的還是《一千零一夜》，因為裡面幾乎有適用於任何場合的故事。而且對巴斯來說，《一千零一夜》之所以有趣，是因為它是一個「為了活命的故事」，這種「原始小說家」（Ur-novelist）的原型——一個受命運或情勢所迫，必須永久講述、翻轉故事的角色——對小說家來說是很好的範本。在小說《克邁拉》裡，巴斯把床邊故事、天才女主角，以及她的姐妹唐尼雅佐德、帕修斯、貝拉羅楓所說的故事串在一起，還加上「精靈」這樣一個代替小說家自己的角色。另外，在《水手大人末航記》裡，我們幾乎可以確定誰一定會出現在這本小說裡。當代的賽門・貝勒從船上墜入海中，醒來之後發現自己被困在古代的巴格達，被迫參與說故事英雄比賽，參賽者還包括水手辛巴達。這完全是行家顛覆傳奇故事的手筆！一直以來，巴斯就著迷於其他的說故事者與早期文學，他的興趣帶他回到那些偉大的故事以及神話裡。然而，重點是這些對他而言，也是「個人經驗」。他有個雙胞胎兄弟、他住在馬里蘭州、曾經是水手、教英國文學、常與出版商和編輯打交道等等，都能幫助我們定義這位作者，他曾讀過的東西也一樣，他著迷或有興趣的事物也是如此。

當巴斯遇到這些傳奇故事時，他的確讓他們玩起了「後現代遊戲」，但那是無法避免而走上的路。喬伊斯在《尤利西斯》裡，挪用了奧德塞與希臘神祇；《芬尼根守靈夜》則用了巨人芬恩以及其他神話故事。D・H・勞倫斯借用所有他曾經旅行過的地方的當地神話，最明顯的大概就是《羽蛇》裡墨西哥和瓜地馬拉的神話故事。現代主義者經常從古老神話中汲取養分，來安排故事中的現代掙扎。

除了喬伊斯和勞倫斯，還有一個當代人擅長把神話變得十分引人入勝。他是個希臘人，對，就是你所想的那個人。你怎麼能不愛一個叫做左巴的人呢？安東尼・奎恩把他演得入木三分，在奎恩把他演成電影之前，他出現在尼可斯・卡山扎契斯的小說裡。卡山扎契斯花了數十年寫就長篇史詩《奧德賽：現代續篇》，然而因為馬丁・史科西斯的電影，他在活著的時候就變得惡名昭彰，這部電影是《基督的最後誘惑》，雖然小說標題只有《最後誘惑》四個字。他寫關於亞西西的方濟各和亞歷山大大帝的小說，他也寫《希臘激情》，關於基督被再次釘上十字架的地方，上演耶穌受難復活劇的故事，所以他對於回收各式神話非常在行。

而讓他廣受喜愛且負有盛名的還是《希臘左巴》。咦？等一等，你說的這部不是「最沒神話色彩」的那本嗎？對，如果你指的是「乍看之下」，那麼的確如此。然而左巴不是個普通人，他渾身散發著熱情及欲望、飲酒與性愛、音樂和舞蹈，還有黑暗能量——也就是說，他正是酒神戴奧尼修斯的化身。至於沒有名字的敘事者，他對於理性的強調、壓抑性慾及一切有關身體的事物、沉迷閱讀，完全就是阿波羅式的。這個「二元對立」的模式首先由尼采提出，在這個模式裡，左巴代表

「他者」、充滿活力的另一個自己。當然，左巴與葡萄酒相連結，也代表著豐收，但同時也與人類深層的欲望有關，尤其是那些難以馴服的性慾跟憤怒。他對女人很有一套，這也讓我們聯想到戴奧尼修斯對狂野的女性特別狂熱，而女祭司會在森林深處進行酒神祭禮儀式，他們飲酒作樂、舞動身體、殺害動物並生吃牠們的肉，這些行為確實代表了人類深層的欲望。

戴奧尼修斯是希臘神祇中最令人害怕的一位，部分原因在於他的特殊性以及他代表的豐收與藤蔓。如果考慮到這些象徵帶來的負面結果，就能讓他同時具有神祕性及恐怖感，因為如果葡萄和橄欖的收成不佳，整個村落就可能遭遇滅絕。我們所認定的古典希臘文化尖峰——戲劇，其實是從撫慰及慶祝他的那些原始狂熱儀式演變而來的。劇院裡的第一排，一定有個位置是為他保留的，在表演進行之前，通常有奉他之名進行的牲禮儀式。在所有主要神祇之中，唯有他不是用完整的個人形象被描繪出來，而是用反映在雲裡的人影或臉孔來表示，所以大概沒人能寫出以他為主角的小說吧！卡山扎契斯給我們左巴是酒神的再現，也同時是一個極具標誌性的人物：這個沒有受過教育的工人，與腳下的土地以及它所賦予的歡愉有著強烈聯繫，他的天賦就是知道怎麼生活。

如果是一個來自俄亥俄州農田的小子寫出這樣一個故事，大概會呈現斧鑿的痕跡，我有足夠的依據才會做這樣的推論。但是卡山扎契斯生長於一個熟悉古老世界與神祇的地方，他本身是哲學與古典文學的學者與翻譯家，他創造出的戴奧尼修斯形象，同時來自尼采與其所處環境的古典傳統，我們也不能忽略書中的敘事者正在寫一本關於「佛教」的書，而他的教義主要是讓人遠離自己的身體和欲望。這代表作家「相信」古老的神話嗎？雖不盡然如此，但他的確把這些神話放置在更廣大的人類智慧傳統裡，提醒讀者：救贖不一定來自精神與頭腦，也同時來自胃、性器與身體。這些是左巴（戴奧尼修斯）教給我們的道理，而卡山扎契斯則是透過他直接、個人的經歷了解這件事。

小說家都是敏銳的「社會觀察者」，以小說反應社會現象

好，所以這也是一種個人經驗，但不是那麼明顯。更常發生的狀況是作家從他們對當代社會的觀察、歷史及自己的人生中取得素材，我將會另闢一章來討論歷史的部分，因為它值得我們作特別討論。那麼其他的呢？首先，有一種「撕下頭條新聞」的故事學派，它們名譽不佳，因為那些糟糕的書和電影為求獲得聳動的效果，只是稍稍地粉飾了當下的社會事件。我們不妨把「撕下過去生活」的這類故事看作是一種小說，費茲傑羅有很多作品皆是如此。當史考特和薩爾妲的婚姻讀來像本小說，而且小說家確實把個人事件和狀況運用在小說上，而真正讓小說能夠前進的因素，還是在於「觀察所處時代社會狀況」的能力。

《大亨小傳》不是自傳性的，但它確實取材於作者在真實世界中碰到的人物，以及一九二〇年代有錢人的樣貌。《夜未央》受到傑羅與莎拉墨菲夫婦不小的協助，這對夫婦在很多重要的設定上，提供了小說主角狄克與妮可・狄佛的樣版；史考特和薩爾妲自己也一樣被納入參考，尤其在大時代的悲慘結局上；而作家身處的時代也深深影響了這部小說。即便已經醉醺醺了，費茲傑羅竟然

還能夠如此小心翼翼地觀察他的世界，把自己的缺陷和失敗運用在敘事的設計裡。這實在為我們證明了他不凡的藝術天份，而他只留下僅僅幾本小說，也說明他對自己所批評的世界陷入之深。

大部分的偉大作家都是社會現況敏銳的「觀察者」。馬克・吐溫曾經說過，沒有收藏珍・奧斯汀小說的圖書館就是好圖書館，即便它沒有其他任何一本書。然而，他與珍・奧斯汀仍有一些相同的重要能力，其中最重要的就是「發現這個社會有什麼缺陷及有趣之處」的能力。

我很確定馬克・吐溫沒有什麼連體嬰的經驗，但他卻有很多與奴隸及種族歧視相關的經驗。當他開始寫那個他後來歸類為「過度故事」的小說《離奇雙胞胎》，除了想陳述他去義大利旅行時看到的連體嬰帶給他的靈感之外，其實並沒有完整的寫作計劃。然而，那個計劃後來漸漸淡去，新出現的角色「綁架」了他的敘事。為什麼呢？因為雖然馬克・吐溫富於想像，他畢竟還是個「現實主義者」，當他細細察看這個真實世界，無情地解剖它的缺點時，他的才能最能發揮得淋漓盡致。而這也是他在那個交換嬰兒以及悲慘結局的故事裡所做的事情。奴隸的嬰孩被誤認為白人，後來錢財和特權讓他變得殘酷而自私，最終走向搶劫與殺人一途；另外那個原來是白人的嬰孩品行端正、努力工作，卻因為生長環境的關係不識字，還操著南方奴隸特有的口音，就算最後回到原來的位置，他還是無法融入新環境。馬克・吐溫在一本接一本的小說裡，串起了十九世紀美國的做作及偽善。

那麼珍・奧斯汀呢？馬克・吐溫曾在一封寫給喬瑟夫・崔契爾的信裡寫著：「每一次我讀《傲慢與偏見》，我就想把珍・奧斯汀從墳墓裡挖出來，用她的脛骨打她的頭骨。」但他應該要有「和她是同伴」的感覺呀！因為珍・奧斯汀也用小說串起她所處時代的做作和偽善，只是它們和馬克・

吐溫所屬的世界很不一樣。她也找出人類愚行的可笑之處，不論是艾瑪・伍德豪斯輕率的操控、班奈特家族的遭遇，或相關角色的勢利眼與階級意識。因為珍・奧斯汀對那個驕傲自大、想要躍入上層社會的牧師親戚柯林斯先生的生動描繪，我們會認為馬克・吐溫應該對《傲慢與偏見》更深有同感才對，柯林斯先生或許不完全是馬克・吐溫筆下的公爵或王儲，但也相去不遠。

兩位作家都是他們所處時代裡了不起的觀察家，毫不留情地批判自大、浮誇及社會欺瞞。事實上，很多小說家都擅長捕捉社會景象的生動細節，但是容我事先警告你：他們的效果並不一致。在《洗心革面》裡，弗蘭芯・普羅斯描寫了一個白人至上主義者，從冷酷世界中走出來；一個年輕的新納粹主義者，忽然在納粹大屠殺生還者所創辦的人權組織辦公室裡出現，為各種陣營帶來的驚愕又有趣的互動。約翰・厄普代克擅長捕捉特定的歷史時刻，例如，兔子系列小說中的安格斯特拉姆，經歷了二十世紀後半的各種社會變化；或者像是《夫婦們》和《一個月的星期天》，鉅細靡遺地分析了當下歷史的弱點。

更嚴肅探討類似題材的還有約翰・史坦貝克，他擅長捕捉二十世紀前半身體與精神的「無根狀態」，例如，《人鼠之間》、《伊甸園東》、《罐頭廠街》，還有最有名的《憤怒的葡萄》。他的作品常以「新聞紀實」的方式來捕捉歷史時刻，而事實上，《憤怒的葡萄》是從作者一連串的新聞文章轉變而來的，他書寫一群奧克拉荷馬州灰盆地區的居民，為了希望逃到加州去，結果卻是徒勞、無望的掙扎。這帶有自傳性嗎？沒有。是依據個人經驗嗎？那當然。他將很大一部分的「自我」灌注到書裡：他的深切觀察、奧克拉荷馬州居民的憤怒、對富裕階級的敵意、左派的政治信仰、強硬與溫柔、樂觀主義，以及類似絕望的東西。雖然小說裡的每一項行動到頭來都是白搭，但結尾卻透過羅撒茜這個角色給人希望，她的孩子胎死腹中，而她用乳汁來餵一個快要餓死的老人；以及宙德因被控謀殺而逃跑，留下信息給他的母親：永遠為那些被壓迫和踐踏的人戰鬥。

他的《伊甸園東》更為「私人」，他彷彿在對他年輕的兒子說話，雖然這並不是「他的」故事，也不是他的自傳。互相爭鬥的兒子、比擬聖經的故事、善惡之間的戰爭——這都是很純粹的史坦貝克風格。就像他的其他小說，這部小說之所以能成功，變得親暱且引人入勝，是因為他對地點的絕對忠實——薩琳納斯山谷和蒙特瑞，他在加州中部的居所，而這個居所也住在他的心裡。

幾乎每位作家都是如此。D・H・勞倫斯的小說和他一起從諾丁罕郡到倫敦、提洛爾、義大利、澳洲以及墨西哥。他筆下的主角經歷了許多他的自身經驗，他的太太曾經用一個粗陶餐盤把他打得失去意識，而這個事件也變成《戀愛中的女人》裡荷麥歐・羅戴斯用一塊青金石敲魯波特・貝爾金的頭那個情節。勞倫斯早期個人與戀愛上的磨難，構成了《兒子與情人》一書的主幹，而這本書也奠定了他在文壇的地位。喬伊斯在《青年藝術家的畫像》裡，相當依賴自己童年時期的經驗。海明威呢？鬥牛、釣魚、戰爭、個人混亂、強硬與溫柔，這些元素不安地混雜在一起。狄更斯呢？雖然方式各有不同，但他至少有一半的小說與債務人監獄有關——這是他十二歲的時候，他父親被關進去的地方，而他自己則在擦鞋廠工作，這兩件事是他用盡一生都無法克服的記憶。

卡夫卡曾經歷過他死後才出版的《審判》、《城堡》兩書中的情節嗎？沒有。然而根據他的個人經驗，他的確相當了解疏離、被拒絕，以及生存的荒謬性。那麼凱魯亞克，這所謂「垮掉的一代」的作者呢？他的作品看起來就像是直接從個人經驗抄寫而來的，我們知道他這個自我創造的神話——這捲長長的《旅途上》打字稿、淳樸且不假思索的敘事立場、未經過濾的報導等，都是經過深思熟慮的胡說八道。事實上，他達成的效果是大量努力的結果，或者說至少在他自己相信那個神話之前是如此。不論他如何達成，反正我們喜歡他的風格。你不能否認他的敘事是從個人經驗而來，他和尼爾・卡薩狄開車橫越美國，一邊酗酒一邊想從生命中需索更多東西，他用與朋友一起進行的冒險來呈現所有主題，有時甚至不更動這些角色，只是改變他們姓名的拼法。

好了，我舉了這麼多例子，相信你早就懂了。那麼，這對讀者來說有什麼意義？知道這些資訊有什麼用呢？寫作從「經驗」而來，這部分已經沒有什麼好爭論的，但是你知道嗎？閱讀也一樣。這兩種經驗很不一樣，還好你並不需要住在薩琳納斯山谷，或一九二〇年代的巴黎，甚至與作者閱讀同樣的古典史詩。**我們不需要任何特別的經驗來讓我們與小說連結，因為透過文本我們就能與作者相遇。不管敘事採用什麼來源，對讀者來說，最重要的事是這個東西是「原創的」，具有真實影響的具體性。**它稍縱即逝，然而我們卻覺得它觸手可及。

這裡我要介紹**「小說悖論法則」：小說生長於非常私人的、個人無法擺脫的事物中，然而作家卻必須將它們公諸於世，讓讀者能夠觸及它們。**他們必須將自傳、甚至是日記，放置在公共領域之中，他們必須讓我們對一件我們或許從來沒想過的事情非常在意，然後把它變得我們自己的想法。我們之前並不在意，甚至不曉得喬治・埃多吉案件的不公正，一直到朱利安・巴恩斯用《亞瑟與喬治》這本書讓我們知道這件事，而我們完全被它吸引，進而驚訝、憤怒，最終獲得滿足。這是小說諸多悖論中的其中之一，你可以跟著你的星星，但是你得把星星變成「我們的」；你可以使用舊的素材，但做出來的成品不可以是老掉牙的東西。

這裡還有個相關的事實：我們視虛構的敘事為真實，即便我們知道它完全是虛構的。如果我們發問的話，所有優秀的小說家都會告訴我們這些故事是虛構的。如果是馬克・吐溫，你壓根兒不用問，他早就告訴每個願意聽的人他是個「職業騙子」，然而，他也是職業級的「老實人」。他從所有的謊言、虛構故事、誇張的笑話裡找出重要的事——偏執、偽善、忠實、道德，但更重要的是，我們知道它們很重要，因為他的寫作讀起來是「對的」，甚至可以說是不可思議地誠實。小說是偽造的，同時也是誠實可信的，所以我們會說：「老兄，你可以對我們說謊，但你最好不要造假。」

18 平凡角色的致命吸引力

所有人都知道魔法是假的，那《哈利波特》為什麼能成功？

我從來沒當過南美洲的上校、維多利亞時期賣弄風情的女子、流浪的騎士、在竹筏上漂流的奴隸、十八世紀的棄兒、印第安人保留區居民、在越南打仗的士兵，或是在希臘男校授課的英文老師。如果我有這樣的機會，我可能會變成一個四處流浪、在竹筏上賣弄風情南美洲的女子，然而事情的發展卻不是如此。不過，從另一個角度來看，我確實曾經做過以上所有的事情——透過小說，重點是如果我想要，我還可以重新再體驗一次，這就是閱讀的美妙。

請各位想想以下三個年代：一九六六、一九六九、一九七〇。別忘了，在這些年代，「小說之死」似乎已成既定事實。死亡、死亡、死亡，沒有未來，人們繼續往前走，把這些只能依賴印刷的可憐蟲拋諸腦後。幾年前，一位朋友對我說，她對於一九六六年時每次經過校園很難不看到《魔法師》這本書的印象非常深刻，而三年後情景依舊，只是那本小說換成了《法國中尉的女人》——當年最暢銷的小說，這對符傲思來說，真的是黃金十年。接著，一九七〇年，一波超級大浪在岸邊翻滾，發出巨響，這暴漲的浪潮忽然間充斥著每個角落，讓小說變得更新，也為小說帶來奇蹟。

魔幻現實主義（Magic realism）以英文翻譯的形式出現了，在這個新的語言裡，它叫做《百年孤寂》。你無法避開這本書，我也不懂你怎麼會想要逃避它。這陣魔幻浪潮在一九六〇年代蓬勃發展，從卡洛斯・富安蒂斯的《空氣清新處》與《阿提米歐・克魯茲之死》開始，之後還有胡力歐・科塔札爾獨特的《跳房子》。來自巴西的豪爾赫・阿馬多已經耕耘多時，早在一九三〇年代就出版了魔幻小說，他的《蓋勃艾拉、丁香與肉桂》和《多娜弗羅爾和她的兩個丈夫》分別於一九六二年和一九六九年被翻譯成英文。然而有時候，我們需要「單一事件」來使某個浪潮或運動具體化，而這股浪潮就是因為馬奎斯那部傑出的小說《百年孤寂》，才得以具體成形。

以上三個年代和那三本小說，它們共同的「分母」是什麼呢？我確定它們有許多共通點，包括令人驚訝的事件、少見的精煉文筆、偉大的歷史洞見，不過對我而言，最突出之處在於「異國風情」。我們永遠不可能是尼可拉斯・厄非，在希臘的一座島上教小男孩英文，然後遇見一名擔任實況心理戲劇舞台監督的神祕男子；或是查爾斯・史密斯森，一位維多利亞時期的悠閒紳士，掙扎於現代的生存問題中；或是任何一個優秀的布恩地亞家族成員，住在哥倫比亞海濱小鎮馬康多，體現南美洲後殖民經驗的縮影。然而，當尼可拉斯感到困惑時，我們就透過閱讀和他在一起、與他一同困惑，同樣地，對於他不端正的行徑及對待女人的方式，我們也會感到畏縮。

電影和電視讓我們可以成為他人的替代品，體驗別人的生活，或者也可以說是窺淫式的體驗，當我們看見他人的生活在眼前上演時，就彷彿與他們一同生活。但是在小說裡，我們可以「變成」

那些角色，發自內心地認同那些與我們完全不同的人。更棒的是，當小說結束，當哈克離開，前往印第安人區域，當伊莉莎白終於和達西先生結婚，我們又可以回到日常生活中的自己。我們可能因為這個經驗經歷很大的改變，也可能完全沒變，或得到新的洞見。小說的誘惑力就在於它能把我們拉進一個不熟悉的時空，以及不可能的人生，讓我們變成截然不同的人，即便只有一下子。

為什麼小說中雀屏中選的幸運兒，都如此平凡？

我從未體驗過某一種人的生活：巫師男孩。不但如此，我還要冒險地主張，《哈利波特》幾百萬的粉絲和讀者中也無人經歷過。這代表什麼呢？這應該是史上最令人驚訝的出版奇蹟，然而地球上卻沒有任何一個人經歷過主角的人生，這告訴我們什麼？**有很多青少年讀物的故事主角，其實很像他們的讀者，不管是他們的組成或生命故事，都與他們的讀者的經驗有關。**

事實上，我們發現很多給中學生讀的小說，也以中學生角色作為號召，而他們所面臨的事件及問題，都是會發生在中學生身上的事情。這些小說之中，當然有許多是優質而受歡迎的，比如凱西．科賈在《佛陀男孩》裡給我們一個很平凡的主角賈斯汀，他發現當一個非主流、書名中的佛陀男孩搬進這個社區之後，他就讀的高中裡發生了盲從和器量狹小的事件。

這個設定我們並不陌生：湯姆・索爾是一個住在平凡小鎮中的平凡男孩，他最狂野的冒險，其實只是和他原本的生活有點不同，並未超過他所熟悉的領域。我們知道，閱讀此書第一版的多數讀者，並不住在密蘇里州的漢尼柏或鄰近區域，但是他們很容易就可以想像自己是住在那裡的人。作家們可以在這個原型上做些變化，譬如把故事的時空挪到不會太遠的過去，像是克里斯多福・保羅・柯提斯的紐伯瑞獎得獎作品《我叫巴德，不叫巴地》，以大蕭條時代為背景，或是《華生一家到伯明罕──一九六三》──這部小說的書名已經告訴成年人們書裡在講什麼。但大部分的讀者，尤其是科提斯的目標讀者，從來沒經歷過經濟大蕭條（而他們也不是孤兒），或公民權運動時的社會混亂、種族主義者的強烈反對，而三K黨炸毀一座位於伯明罕的教堂這個史實，也被放進情節裡。

《哈利波特》則屬於另一個類別，我將它稱之為「鏡子小說」。一個平凡至極的少年或少女，穿越鏡子、衣櫥或兔子窩，突然間，他們就到了一個未知的世界。這種設定也曾出現在給成人閱讀的小說裡，我們至少可以追溯到強納森・斯威夫特的《格列佛遊記》。路易斯・卡羅在《愛麗絲夢遊仙境》與《愛麗絲鏡中奇緣》裡，讓我們跟著愛麗絲進入一個無法理解的世界，在那裡，即使貓消失了，牠的笑容依然還在，而白兔、紅心皇后、瘋狂帽客們不停地舉行茶會。在《納尼亞傳奇》的第一部《獅子・女巫・魔衣櫥》裡，波文西家的小孩偶然穿過舊衣櫥，發現了一個魔法世界。在那裡，獅子可以當國王，而邪惡的白巫婆可以把整個世界結凍，讓地球一直停留在冬天。不論是愛麗絲，或波文西家的小孩，他們都是平凡至極的孩童，毫無特殊之處，他們出現在不屬於他們的世界，並且完全不懂那裡的規定、事件或邏輯。這聽起來是不是和「童年」很相似呢？

這就是哈利波特。沒錯，後來，他成為具有強大力量的巫師，但他對那些力量一無所知。不像其他霍格華茲的同學們，他對魔法毫無經驗，也對那個世界完全不了解。當他不經意地讓不好的事發生在自己的表哥身上，或是與毒蛇交談，他就和其他人一樣驚訝，而他無法為自己或他人提供合理的解釋。他唯一知道的是：在過去十一年的時光裡，他遭遇殘酷、寂寞、失敗、疏離以及他人的惡意對待。除了身為孤兒和被強迫睡在樓梯下的壁櫥裡，他的其他面向都十分正常。然而，他的這種「正常」，反而引來石內卜教授的不滿，石內卜抱怨他並不聰明、不用功、愛投機取巧、喜歡違規，簡單來說就是：讓一個平凡人擔任那個「被選中的男孩」是很不公平的。石內卜沒錯，世界是很不公平的，即使在魔法世界裡，這個法則仍然沒有改變。哈利波特很平凡，是他所遭遇的那個魔法世界不平凡，所以我們可以理解為何他會帶著極度的不信任、憤怒與困惑，而我認為最有趣的地方就在於他如何處理私人問題。我並不是說小說中那些魔法元素只是點綴，它們當然也很重要，如果少了它們，讀者可能不會挑這本書來讀。不過，哈利遭遇的真正問題——你也知道，除了差點翹辮子、靈魂被吸走之外，其實就是一般的學校問題：死對頭、霸凌行為，以及該怎麼對待異性、友誼、羨慕、寂寞、課業和考試。假如你去學校上課，而你卻沒有以上問題，那你大概沒把心思放在學校裡。

這樣的混合體——一個極為正常的人被放在極特殊的狀況裡，打從「讀者」這種生物出現以來，就一直能吸引他們的興趣。在《奧德賽》中，奧德修斯是特洛伊戰爭裡最不起眼的希臘英雄，他沒什麼特殊技能，只有聰明的頭腦、想活下去的決心，以及一點點幸運。況且，這是一個在「回家途中」發生的冒險故事，他經歷了卡呂普索之島、色西女巫、獨眼巨人，甚至還到地獄一遊，這些才是特殊之處。而這也讓我聯想到哈利波特的成功之鑰——幸運、意志力、敏捷的反應，以及知道何時該奮力一擊的直覺，這些特質在特殊狀況下似乎相當有效。

哈比人也一樣，想想佛羅多．巴金斯這個角色。這裡有一本書，準確來說是三本，裡頭有不少英雄人物，然而卻沒有一個是主角，為什麼不是灰鬍子甘道夫這個睿智的巫師？為什麼不是矮人吉姆力，或是精靈列苟拉斯？或是亞拉崗這個過去與未來的國王？他為什麼不是那個被選中的角色呢？他看起來合適極了！而且他還談了戀愛，和佛羅多完全不一樣。如果是在更早以前的時代，這會是個史詩故事，而亞拉崗肯定是裡頭的英雄。阿基里斯有屬於自己的史詩，奧德修斯、埃涅阿斯也都有，為何獨缺亞拉崗？然而，也正因為這不是史詩故事，這是小說，**而小說不是有關「英雄」的故事，它是關於「我們」的。**

小說這個文類出現的時間，與歐洲中產階級崛起的時間相仿，他們經營小生意、有點積蓄，既非農民，也不是達官貴人。抒情詩和史詩崛起於有精英階級的時代，一個相信貴族與生俱來就該領導，而我們這些普通人遠遠比不上他們的時代；不意外地，這兩種文類無論是在主題或處理上，都偏向貴族階級。然而，小說並不關注他們，小說關心的是「我們」，而佛羅多就是我們，雖然他有著毛茸茸的雙腳。他，一個小小的人，卻被捲入巨大力量間的戰爭；他不是英雄，喜歡窩在家裡的火爐邊，遠勝於充滿危險的廣大世界。他甚至不是志願者，從根本上來說，他是被徵召的，不是由兵役委員會選出來，而是因為種種緣故，戒指被交到他手上，逼得他不得不面對。然而如果沒有他，書裡面的英雄人物就無法施展他們不凡的才能，邪惡力量也無法被破壞，魔戒也不能被摧毀。佛羅多在書中一而再、再而三地重申這個任務遠遠超過他能力所及，然而他還是堅持完成這個任務，即便是在身心幾乎無法負荷的狀態下。我好奇的是：有多少士兵也覺得自己正身處於這樣的狀況下？又有多少英國的百姓，覺得自己在反對納粹的戰爭裡，完成了有用的任務，幫助英國取得支配世界的優勢呢？不管我們的國籍為何，我們都能認同那種與邪惡勢力對抗的意志，在這個被推到極限的小小人類身上，我們看見了自己可能的樣子。

你為小說著迷，即使你不認同書中角色

我們應該注意這個事實：讀者能不能認同小說中的主角，並不是一件必要的事。在我認識的人裡面，不管他們有多愛那本小說，他們都不會想變成韓伯特或維克特・弗蘭肯斯坦，又或者是希斯克里夫。你曾經想變成希斯克里夫嗎？應該不會吧！他們的人生不是我們夢想中的人生，但我們卻可以一面在他們的世界狂歡，一面又謾罵這些角色。

想想韓伯特好了，作者納博科夫所用的敘事技巧十分大膽，因為他要求我們認同一個打破禁忌的角色。性侵孩童是違反自然規則的嚴重罪行，而他卻毫無顧忌地犯罪，我們不可能對他施予同

情。然而，小說卻要求我們繼續讀下去，那些文字遊戲和聰明才智提供一定的幫助，讓韓伯特既可惡又迷人、聰明，大膽地給我們繼續讀下去的理由。另外一個吸引我們的元素則是令人驚愕的魅力：他的意圖真是如此？他真的做了嗎？難道他連那個也要嘗試？他是否完全失去尺寸的概念？答案永遠都是：沒錯，是的，他真的做了。很顯然地，文本提供了許多樂趣，而樂趣並不完全隱藏在主角的個性裡。納博科夫筆下的角色，通常不會讓我們覺得溫暖，他們很有趣卻不令人喜愛，我們想要觀察他們，而非變成他們，或是對他們的行為感同身受。

這其中有很大一部分是現代小說的特質，雖然不全然為現代所獨有。十九世紀大部分的小說，首先需要的就是讀者情感上的回應，我們或許不會想成為苔絲，因為她一生遭遇諸多不幸，但我們會想和她站在一起，隨著她的人生起伏，和她一起受苦、一同感受。而哈代把我們放進「情感磨坊」裡——失望、警覺、興高采烈、憐憫、希望、憐憫、恐懼、洩氣、憤怒、憐憫、憐憫、憐憫，這就是湯瑪斯・哈代。他給我們很高的「人類悲慘商數」（HMQ—Human Misery Quotient），比其他維多利亞小說家加起來還多。

他的作家同伴們在激起讀者回應這方面和他差不多，當然部分原因來自於維多利亞時期的連載小說形式，所以他們得尋求讀者情感上的投資，假如讀者接下來兩年都持續閱讀雜誌上的連載，他們就必須和小說裡的角色「鎖在一起」。十九、二十世紀小說想要激起讀者反應的等級，可以用以下這個表格來說明：

十九世紀	二十世紀
1. 情感反應（Emotional response）	1. 美學回應（Aesthetic response）
2. 智識回應（Intellectual response）	2. 智識回應（Intellectual response）
3. 美學回應（Aesthetic response）	3. 情感反應（Emotional response）

當然也有許多不按牌理出牌的例子，不過大部分的狀況都適用於這個表格。一直到十九世紀晚期以前，小說家不認為他們的作品是藝術，古典的文學藝術包含抒情詩、敘事詩與戲劇，而小說則多少有較高的商業成分。這樣說並不會不公平，當印刷工廠跑腿的小弟站在你家門口，不耐煩地等待最新一章小說的墨水風乾，你很難覺得自己像米開朗基羅吧？直到一八八四年，亨利・詹姆斯在《小說的藝術》裡寫道：「小說也是一種嚴肅的藝術形式。」情況才有所轉變。我們很難拿一個被認定是二流藝術的東西，去要求讀者做出美學上的回應。美學考量是近現代的產物，之後的吳爾芙與海明威的小說藝術更是如此。況且，相對於納博科夫、符傲思或伊塔羅・卡爾維諾小說裡的文字遊戲，維多利亞時期的小說，對讀者的智識要求並不高。總之，維多利亞式的帽子懸掛在以「情感」為名的鉤子上，它們的目標是讓我們愛上（或是恨惡）書中的角色。

在狄更斯或薩克萊的小說中，角色間不太有細微的差別，我們不是充滿熱情地為誰鼓掌，就是對誰發出噓聲。讀者對這些角色的回應彷彿對待家人（或仇人），在連載形式下，角色絕對處於

「中心位置」。想想影集《朱門恩怨》裡的J・R・尤恩和巴比・尤恩吧！為什麼蘇珊・露奇能夠演同個角色演三百年呢？因為觀眾發自內心地回應她的角色。在維多利亞時代，讀者會寫信給作家，發表對作品的意見，而作家也會重視他們的想法。讀者告訴薩克萊他們不想要《浮華世界》那個甜美又有點無聊的女孩亞美莉亞，他們想看到《彭德尼斯》裡的蘿拉和瓦倫頓結婚。於是小說家就根據書迷們的反應修改作品。有時他們甚至會猜測讀者的反應來寫作，就像鮑維林頓給狄更斯的那個有名建議：「《遠大前程》不要用那個較有邏輯的、不快樂的結尾。」讓我們再次回想《朱門恩怨》，為什麼他們奇蹟似地讓巴比・尤恩復活呢？因為劇迷們不接受他死。

「小說」是一座真的有癩蛤蟆的虛構花園，而你正走在其中

以上所有的例子裡，最重要的現實是——讀者希望能參與他們喜愛的小說。呃，只是「希望」嗎？應該說是「需要」。十九世紀讀者對於角色和故事的認真程度，實在是天真得令人感動。同時我們也知道，在我們這個時代，連續劇的演員有時候會收到愛慕或仇恨的信，而肥皂劇明星常因為他們所飾演的角色被愛慕或怨恨地對待，而不是因為他們自己本身的形象或人格。

這種「參與」的需求是何時出現的？我相信這種需求來自於讀者想被帶到一個完全不同之處的嚮往，而這就是小說試著在做的事，即便它帶我們去的地方和我們所處的世界看起來很像。一個住

在多爾塞特或威爾特郡的讀者，也許可以認出哈代的威賽克斯郡地景以及明顯的建築物，但是苔絲或茱德居住與掙扎的地方卻一點也不像任何現代或歷史中的地點。喬伊斯的都柏林有著真實的地名，而且我們可以用地圖對照他的任何故事或小說。參加過學術會議的人都會知道，這些小說裡的地名，只是和現實的地名很接近，足以讓讀者在認出地名時有一陣的顫慄感，但又不能太接近，才不會破壞它的娛樂效果。美國詩人瑪麗安・摩爾認為詩就像「一座真的有癩蛤蟆的虛構花園」，如果將這句話運用在小說裡，癩蛤蟆就是小說中的角色，那些我們可以作出反應、連結、接受或拒絕，認同或被他折磨的人物。

有時候，這些人物和他們所在的環境讓我們覺得很熟悉，就像艾瑞絲・梅鐸的小說，她最成功的地方是以一個相當簡單的公式，重複敘述二十七遍：從特權階級裡找出幾個平凡的角色（學術界、電視台經理、出版商、演員），把他們放在平凡的狀況下（夏季渡假小屋、退休後的別墅、郊區的連棟房屋），然後介紹一個奇怪的事件（老友或陌生人忽然出現、意外的死亡、目擊犯罪），看看接下來會發生什麼事，而我們的確對之後的發展充滿好奇。從《網之下》到《傑克遜的困境》，讀者愛死了她的小說，他們願意忍受角色提出有時相當空泛的哲學觀察，只是想知道後來會發生什麼事。我們對她的世界並不陌生，而且她有很多讀者就來自於她所描繪的階級，住在所謂「梅鐸土地」上，或是海外類似的地方。那為什麼讀者喜歡她的作品呢？因為她讓我們相信她筆下的角色，而且想知道他們接下來會發生什麼事。

我們需要愛上他們或是變成他們嗎？不需要——這正是小說的美妙之處。**小說會遵從「我們與**

他們法則」：讀者有權決定他們想要認同角色到何種程度。我們可以試著穿戴那些我們並不想永遠擁有的經驗和身份幾個小時，或是冷眼旁觀，只是客觀地觀看他人生活。我們不需要變成希斯克里夫、奧雷良諾上校或苔絲，但是如果我們想要，我們也可以這麼做。每位老師都知道，課堂上的學生一定會分成兩派，一派是完全認同阿提克斯・芬奇或簡愛，一派則絲毫不想和他們扯上關係。小說同時往這兩個方向發展，而閱讀也是如此。

假如你稍微改變一下梅鐸的公式，安插一個詭異的事件，你就會變成菲・威爾頓。她的背景和梅鐸相去不遠，但是發生在她筆下人物的事件卻十分特殊。一個女人早上醒來，發現她那不忠貞的丈夫把她變成複製人，而且還持續這樣做，那就是《複製喬安娜・梅》一書的設定。在另一本《人的心和生活》裡，一個經歷父母難堪離婚的孩子，在她父親或母親的命令之下被綁架，但事情的發展越來越奇怪，她乘坐的飛機在空中爆炸，而坐在飛機尾端的她，輕輕漂浮降落在地球上，讓她開始一段怪異、有如童話般的旅行，而這趟旅行使她憂喜參半。

威爾頓的小說以一種令人驚喜的方式，挖苦當代社會一些值得注意的面向，她多半描繪擁有財富的人，而非那些頭腦聰明、行事顧慮周詳的人。她最有名的小說人物是《女魔鬼的生命與愛情》中的茹絲，一個被誤解的女人，在復仇的過程中，她的黑暗面表露無遺。就我所知，目前沒有人真的變成女惡魔或被複製，而且飛機尾端平滑降落地面的可能性也是低得令人沮喪，但這並不妨礙我們認同威爾頓筆下的角色，或是完全沉浸於她們的冒險或不幸裡，也許那就是閱讀帶給我們最神奇的事——我們能同時著迷於熟悉與陌生的事物之中。

19

小說，不只是小說

小說家以故事當誘餌，引你進入「大思想」中

《科學怪人》，一部有點好笑的電影，主角穿著像是起重機一樣的鞋子，脖子上還有根螺栓，對吧？很顯然地，牠是一隻怪物。但瑪麗・雪萊的原著小說其實是在表達浪漫主義哲學，以及討論科學的限制。假如她活在一個有核能、基因改造食物、幹細胞研究等，在過去被視為「科學怪人」範疇的社會中，她應該也會寫下關於這類議題的作品。然而，她的運氣很好，生在一個醫學院正開始解剖屍體，而企業家正歡欣鼓舞地挖出樣品給醫生使用的時代。

這是一個很受歡迎的迷思——所有的文學教授都是不得志的小說家。然而我們更該問的是：所有小說家都是不得志的哲學家嗎？我有很多學生認為，《亞歷山卓四部曲》只是一部和奇怪的「性癖好」有關的小說，但作者勞倫斯・杜雷爾卻認為他寫的是「相對論小說」，書中的概念不只來自愛因斯坦，更包括海森堡，所以就算裡頭涉及奇怪的性癖好也無傷大雅。還有，別忘了尼采和亨利・伯格森，他們幾乎在每部現代主義小說中都曾經出現過。

或許我用錯形容詞了，那些將哲學寫入作品中的小說家，其實也沒那麼抑鬱不得志。索爾・貝婁、約翰・符傲思、艾瑞絲・梅鐸的小說，或許是存在主義的入門書，也或許批評存在主義，但是這些小說都遠比哲學家沙特的著作平易近人得多，而且更有娛樂性，讀起來也有趣多了。在《法國中尉的女人》裡，當主角面臨困難的抉擇時，作者讓他的敘事者下了如此的評論：

> 他沒有存在主義的詞彙可以使用；但他此刻的感受，很顯然是對自由感到焦慮——也就是說，察覺自己是自由的，以及體悟自己擁有自由這件事，是一種恐怖的狀況。

這是符傲思小說裡典型的句子，也是他所有小說的概念。符傲思在他「維多利亞式小說」裡玩得很開心，用當代的規則和焦慮，去平衡維多利亞時期的規則與焦慮，他發現維多利亞時期的人們並不比我們奇特或偽善，他們的困境與我們的困境相仿，至少在符傲思寫作的一九六七年是如此。他們對於達爾文理論威脅宗教的必然性感到焦慮，對符傲思來說，這已經預示了沙特、卡繆所提出的關於生存的焦慮——他們的「虔誠」成為我們的「真實性」，他們的「地獄」則是我們的「虛無感」。主角查爾斯所面臨的問題——責任、信譽、尊嚴、人生目標與誠實，都與現代人的掙扎相互呼應，即使外在世界早已全然改變。

當然，符傲思並未猜到它們會相互呼應，早在三年前他就在《魔法師》這本小說中測試過這個概念了，還獲得了空前的成功。表面上，這兩本書看起來差距甚大，但骨子裡問的卻是同一個問題：我該如何度過我的人生？它有意義嗎？我對自己誠實嗎？人生的意義由誰決定？《魔法師》中尼可拉斯・厄爾非的困境，與《法國中尉的女人》中查爾斯所面臨的非常類似，只是時空不同，那些龐大、存在主義式的字彙，像是「焦慮」、「荒謬」、「虛無」與「真實性」，從很多方面看來，其實都是老問題了。誰賦予人類的生命意義？如果人類經歷了與上帝的分離，那麼意義何在？我們能夠確定的東西是什麼？我們又該如何與不確定感共存？我們如何不讓死亡否定人生的價值？這兩個符傲思式的主角唯一的差異是：尼可拉斯不像查爾斯，他明白這些哲學詞彙，而且藏在它們後面，然而他卻無法避免面對這些問題，因此他發現必須經由精心寫就的小說（在小說裡稱為「上帝模擬遊戲」）來面對這些問題。他在這裡公開宣示自己與讀者平行的位置，因為讀者也得藉由虛構的文本來思考倫理的問題。**我們可以坐下來讀小說，但是必要時，我們得從小說中「站起來」，在個人品行與道德行為的疑問裡掙扎。**

這就是了解小說中心思想的重要關鍵。一部好的小說，必須要先有成功的故事與敘事方式。誰是這種「思想小說」的主要人物呢？也許你有眾多候選人，不過我會把票投給喬治・歐威爾，他那兩部偉大的小說《一九八四》與《動物農莊》都屬於「大思想小說」（Big Idea Novels）。前者是未來主義式的告誡故事，後者則是伊索從未想過的農莊寓言。兩者的要點都是關於國家入侵個人自主的狀況——走樣的革命、逐漸偏向極權主義後逐漸瓦解的原則、對於敵人的恐懼，以及把所有人民都變成仇敵等。他的看法沒有錯，二十世紀有太多例子，而歐威爾當時還不曉得後來會出現中國文化大革命、紅色高棉，或是盧安達與波士尼亞大屠殺。

然而光靠思想，無法造就好小說。好小說的構成要件為何？歐威爾的這兩部小說，都遠遠超過「好」的範疇——情節、人物、語言、敘事，簡而言之就是「故事」。康德擁有了不起的精彩概念，但那不能使他成為優秀的小說家；相反地，強納森・斯威夫特有著相當不錯的想法，他把這些想法放進《格列佛遊記》中引人入勝的故事裡，讓讀者們興味盎然地讀下去。在這裡，我要提出

「小說的思想法則」：如果小說本身很爛，無論背後的哲學思想多麼偉大，都是徒勞。

常常語不驚人死不休的大師山繆・戈德溫，曾經這樣形容那些傳達明確訊息的電影：「你有訊息要傳達嗎？打給西聯電報吧！」這句話雖然比不上「口頭承諾是不值得寫下來的」這句諺語，不過意思已經很接近了。如果你想寫一本關於思想的小說，你必須先寫出一部小說，而且還得是有模有樣的小說。任何教創意寫作的老師都會告訴你，學生們寫出的爛小說有兩個基本風格：滿紙情節、殺個精光、大爆炸，或是非常認真地傳達訊息，讓故事變得無聊至極。第一種風格被創意寫作大師史蒂芬・米諾特稱為「嘲仿福克納」，在兩千五百個字裡發生三宗謀殺案，自殺、穀倉著火、強暴以及飛車追逐；另外一種則完全相反，同樣的篇幅裡什麼也沒發生，只有兩個孤僻的青少年在進行哲學對話，討論彼此的無聊感。

禁得起時間考驗的小說，通常言之有物，先用敘事擄獲我們，接著再丟出思想。但這只是一般原則，當然也有例外，例如本仁・約翰的《天路歷程》，這本書從一六七八年起就一直跟著我們，它的強項完全不在於創造令人驚嘆的敘事，它嚴肅、虔誠，甚至不厭其煩地諄諄告誡。然而在大多數情況下，小說必須是小說，它們必須能吸引讀者，而不是依賴宗教或意識型態帶來的夥伴感覺。

所以，一九六九年《法國中尉的女人》登上美國暢銷小說榜首，證明了符傲思高超的敘事本領，而非他的思想，雖然他的思想也很有趣、很深刻。至於其他能持續引起共鳴的小說也都是如此。

小說也可以是思想的載具，為社會議題、女性權利發聲

戰後，大西洋兩側出現了一些認為思想在虛構故事中極為重要的作家，其中像是納博科夫或亞蘭・霍格里耶，甚至認為思想應該是「美學的」或「形式上的」，比起小說的主題內容，與小說的形貌更有關聯。事實上，在《朝向新小說》一書裡，霍格里耶就提倡把「主題」這個已經退流行的元素從新小說中刪去，連同那些小說不再需要的角色與情節，一併打入冷宮。其他作家像是伊塔羅・卡爾維諾、約翰・巴斯、克勞德・西蒙、B・S・強生、艾德娜・歐布萊恩，也在一部接一部的小說裡，從各種角度批判形式所帶來的問題。符傲思認為敘事上的改變，就是整個宗教體系的改變，我們也可以把這個說法延伸到文學形式。許多第二次大戰戰後作家被迫面對這些有關人類生存與行為的問題、個人及社會應該扮演的角色，以及上帝存在與否等議題。

必須在小說中置入思想的這股巨大壓力，大多數來自於「新興團體」的作家——少數族群、女性及過去殖民地的居民，他們長期缺乏發言權，所以他們現在有很多話要說。以女性小說家為例，

當我還在學的時候，每個世代大概只有一位女性作家。十九世紀的美國有艾蜜莉・狄更生；那英國呢？好吧！有兩個——喬治・艾略特與艾蜜莉・勃朗特；現代英國則有吳爾芙。這是當時的情況，至於現在呢？兩件事情發生了。一是那些女性主義學者與批評家的先驅，例如，邦妮・史考特、珊德拉・吉爾伯特、蘇珊・古巴爾、伊蓮・修沃特，改變了文學研究的景貌，於是現代主義不只是男性作家與女性主義象徵者吳爾芙、迪尤娜・巴恩斯的天下，也應該屬於薇拉・凱瑟、艾迪絲・華頓、奈拉・拉森、桃樂絲・理查森、H・杜立德、米拉・羅伊、薇塔・賽克維爾、左拉・尼奧・赫特森，也就是那些一直在那裡，卻從未受到關注的作家們。另一件事則是女性聲音的崛起。

讀到這裡，你應該知道我對艾德娜・歐布萊恩的推崇了！因為小說中的一些元素，使她的作品在愛爾蘭一部又一部地被禁止。歐布萊恩拒寫、也拒絕當一個「好的」愛爾蘭女性，她在《鄉村女孩》三部曲中處理了許多禁忌話題，像是描寫愛爾蘭女性性觀念開放，愛爾蘭男性則是退縮、情感發育不良，或有暴力傾向。這樣的描寫已經夠糟糕了，但小說中對於凱特與巴巴性行為的描寫，才是被禁的主因。然而，不論一九六〇年代審查當局的想法為何，歐布萊恩小說中的「性」並不是因為淫亂而生，其中蘊含著很基本的想法——直到女性被賦予完整的人性，包括身體與性慾，她們才真正開始擁有身為人類該有的權利。男性作家在小說中常讓愛爾蘭女性呈現修女、母親、凱瑟琳女伯爵，以及作為愛爾蘭祖國象徵的窮老太婆等，這些不同比例元素的混合物，但她們不是真實的人物，只是象徵罷了！歐布萊恩認為這些「象徵物」活得非常辛苦，她不同意喬伊斯在小說《尤利西斯》中刻劃的莫莉・布魯姆，雖然與葉慈筆下的女性人物比起來，莫莉已經比較像個真實人物了，至少在性方面肯定是如此。在短篇小說《夜》裡，歐布萊提供了女性夜晚沉思的另一個版本，她的女主角瑪莉・胡立根是和莫莉一樣有魅力、精力充沛、充滿性慾且好咒罵的女性，但是她更加有血有肉，是個活生生的人物，而非只是一個藝術上的概念——這就是歐布萊恩想要傳達的思想。

其實歐布萊恩並不孤單，在同個時期中，多麗絲・萊辛、瑪格麗特・德拉波、瑪格麗特・愛特伍、慕瑞爾・史帕爾克、艾瑞卡・瓊，以及其他更年輕的作家如芭芭拉・金索夫，也在持續書寫那些曾經被稱為「女性議題」的題材，不過她們寫的其實都是人類共通的題材。有尊嚴且自由地活著、表達自我的權利、被同胞平等的對待、自覺及犯錯的自由——這些都是很基本的人權。當然最重要的是，她們是小說家而非散文家，也不是好論戰的人，所以她們的小說必須是成功的小說，而這些作品也確實相當出色。

萊辛把這些想法和議題——關於社會正義、女性權益、男性做的壞事、清醒與瘋狂，收納進小說《金色筆記》以及長篇系列小說《暴力下的孩子》裡。《金色筆記》大概是二十世紀最偉大的文學成就之一，它直接而複雜，同時包含個人與政治的、情感與歷史的層面。這部小說最有趣的特色之一是「結構」，它包含四本不同顏色的筆記本，連同一本金色筆記，記錄一個作家的不同面向。這樣的結構傳達了筆記本所代表的一連串劃分，最終也摧毀了最初為了劃分所做的努力，繼而主張生存的「統一性」。這本小說圍繞在虛構的小說家角色安娜・沃夫身上，反映了小說自身的創作過程，以及作家生命中的種種事件如何匯流在一起，形成對作品的壓力或影響。

愛特伍與金索夫在傳達重要訊息的同時，也成功獲得大眾喜愛，她們的作品顯露出女性議題只不過是構成小說廣泛議題中的一條線而已。愛特伍在《盲眼刺客》中安排了好幾個敘事骨架——小說中的小說以及虛構中的真實，雖然這本書也探索女性身份與個人歷史的議題。其實從小說《浮現》開始，愛特伍就是小說界主要的女性主義聲音，但她的其他作品都不及《盲眼刺客》兼具纖細與尖銳。她討論真實、虛假、罪惡、救贖、作者身份、不可知、小說與認同等議題，手法十分有趣，尤其和伊恩・麥克尤恩筆下那承載過多思想的《贖罪》相比，更能突顯《盲眼刺客》的不凡。

至於金索夫的《毒木聖經》，就某個層面來說，「關懷美國與歐洲在非洲殖民結束後所犯下的錯誤」這個主題顯而易見，然而這些關懷又與呈現女性在殖民男性權力下受到的迫害相互結合。殖民者同時展現帝國主義與家族層面上的瘋狂是毋庸置疑的，但即使那些迫害所帶來的永久性傷痕是可以預期的，卻仍然令人震驚。從她的第一部小說《豆樹青青》開始，金索夫就將個人與政治牢牢結合，而且展露她的道德觀——世界與個人的責任是無法區分的。就像小說中的泰勒在找尋自己出路的同時，也必須正確對待那個忽然擠進她羽翼下的當地孩童；《毒木聖經》的普萊斯姐妹也一樣，在努力開拓個人生命的同時，也必須開拓出自己與世界，尤其是和非洲世界的關係。

這些巨大且令人感到不適的觀念，在那些「少數族群」及「後殖民」小說中無可避免地不斷蔓延。試想，一部由非裔作家所寫的小說，怎能不對奴隸制度與種族迫害作出道德評斷？一部非洲或印第安小說，如何能不述說被壓迫的經驗，以及壓迫者撤退後隨之而來的混亂？奇努阿・阿契貝曾經寫過一篇散文，批評康拉德的《黑暗之心》，那同時也是一篇稠密、充滿思想的文章，不過他最好的答辯，還是他的小說《瓦解》，因為散文陳述了他的思想，而小說則進一步體現它們。

古典文學是關於貴族的，而小說則屬於全人類

我認為歷史是個無法逃避的事實，雖然史蒂芬・代達羅斯曾說：「我試著從歷史這個夢魘中醒來。」但這句話只顯露出他的不成熟。風格全然不同的作家，例如，魯西迪、R・K・納拉揚、奇藍・德賽、卡爾・菲利普斯、童妮・摩里森、艾莉絲・沃克、露易絲・厄德里克、愛德華・P・瓊斯，他們卻有著共通之處——讓小說充滿自己的想法，以此回應歷史所留下的痕跡。瓊斯的小說《已知的世界》中那些身為非裔，卻擁有許多奴隸的主人們讓讀者驚詫不已，不管他們來自什麼種族，但是這樣的材料反諷地讓作者比傳統的「奴隸小說」能更自由地探討有關種族、特權、階級、對與錯等議題。菲利普斯的小說《劍橋》在敘事聲音上作了驚人的實驗，它把兩個不同的聲音放在一塊，一邊是十九世紀時被送到西印度群島看管父親蔗糖種植事業的英國女性，一邊是被釋放，但最終仍被奴役並與書名同名的奴隸。

我們從這些小說中觀察到的最重要、而且讓小說成功負載思想的要點是：把大範圍的經驗縮減到個人層次的能力。團體並不會過日子，過日子的是個人。魯西迪的《午夜之子》並不是關於「印度獨立」的故事，而是關於薩利姆這個活生生的人，他出生的家庭、他在一個崛起中的國家裡的個人經驗，透過這個角色，更大的集體經驗才能被表現出來。**而這就是小說形式的天賦特質，它是一個記錄個人生存狀況的完美媒介；相反地，也是一個近乎完美的、捕捉團體生存狀況的媒介。**

小說把焦點放在一般人身上——這本身就是一個很大的概念，也是史上第一部小說所承載的概

念。早期的文學形式都具有「菁英傾向」，不論悲劇或史詩，都是關於統治階級的文類，雖然它們的理由大不相同。相反地，喜劇角色就較少出現貴族階級，假如我的祖先能出現在莎士比亞的著作裡，他可能是挖墳墓的人，或是滑稽的僕人，這個不斷擴充的階級在舞台上出現的時間，只能以秒計算。即便是抒情詩，也是為那些能夠閱讀的「有閒階級」所寫的——雖然詩中常出現牧羊人，但卻不是為牧羊人所寫的。假如你的姓氏指出你的職業或你居住的地方，例如，米勒（Miller，磨坊之意）、庫柏（Cooper，桶匠）、史密斯（Smith，鐵匠）、法瑞爾（Farrier，蹄鐵匠）、佛瑞斯特（Forester，森林中居民）或佛爾斯特（Forster）或佛斯特（Foster），你就被舊文學排除在外。然後，小說這個新的形式出現了，以崛起中的「中產階級」為目標讀者，它的內容包羅萬象，有足夠的空間容納需要工作才能維持生計的人。小說的興起並非偶然，它與中產階級興起的時間吻合，也與自由、民主等概念崛起的時間差不多。這是一個肯定平凡人的文類，但是它並不是關於整個「階級」，而是關於每一個「個人」。事實上，小說是西方文明歷史中，第一個肯定個體在整個大體制中有其重要性的文類，這是多麼偉大的概念啊！

你懷疑嗎？試著想想這些人物的共同點：湯姆・瓊斯、克萊麗莎、哈克・芬、蓋茲比、喬治・巴比特、阿奇、布莉琪・瓊斯、艾瑪、西拉斯・拉凡姆、唐吉訶德。答案是：所有的小說都以他們為名！他們都把名字借給了他們主演的小說當書名。上次發生這種狀況是什麼時候呢？伊底帕斯？哈姆雷特？李爾王？假如你想要在舞台上有個頭銜，你必須先有皇室血統；然而，小說需要的是紅色的血，而非藍色的皇室血統①。這不只是文學上的大變革，更是思想史上的鉅變。在本章中，我似乎在暗示那些以傳達思想為主的小說是二十世紀的專利，但事實上並非如此。思想早在一開始，就已經賦予小說重要的精神內涵。當然，湯瑪斯・哈代對於世間的深刻懷疑、杜思妥也夫斯基對於神與人、罪與罰的研究無疑是哲學性的；亨利・費爾丁關於湯姆・瓊斯如何找到自我定位的滑稽敘事，也一樣具有哲學意涵；戴西奧・哈密特一系列圍繞在偵探史派德身邊的故事也是如此。

對小說家來說，這裡只存在著一個大思想——人類存在的意義是什麼？它一直存在，也一直需要我們的關注。我們如何主導人生，讓它發揮最大效果？**對大部分的讀者而言，讀小說是我們最靠近哲學的時候，而或許這樣的距離也就夠了。小說中隱含的思想，不論大小，都不該因為它「只是小說」而被低估；這是小說沒錯，但它「不只是小說」**。

---

①歐洲傳說貴族的血統是藍色的，所以在英語中「blue blood」亦表示「貴族血統」。

20

誰弄壞了我的小說？

小說敘事沒有通則，「失控的作品」也可能是舉世佳作

還記得過去的小說是從第一頁到最後一頁「按照順序」前進的嗎？那時的敘事似乎提供了無縫的連續性，而故事也把所有的點都連接了起來，不會讓你的心懸在那裡無所適從，除了結尾刻意安排的懸疑之外。你覺得你老了嗎？我的建議是：趕快習慣吧！狄更斯已經離我們很遠了。

當然，你還是可以找到那些讀起來「像小說」的小說，非常的線性、每件事情都說明得很清楚的那種。事實上，還是有很多小說仍然以這種形式寫成，只是我們周遭實在有太多前後顛倒、像照鏡子般左右相反的小說，所以幾乎無法注意它們的存在。

你曾經挑到一本「小說」，結果發現它是由短篇故事組成的嗎？發生了什麼事呢？那些短篇小說就只是個別故事，還不是章節呢！我們似乎被一個懶惰的「小說家」欺騙了！他只是隨意地把一些有點關聯又不是全然相關、各自為政的短篇敘事撿拾起來而已，根本沒有認真把小說寫好！其實，這個趨勢已經有好一陣子了，短時間內看來也不會有任何改變。

我最欣賞的「合成小說」（composite novels）作家是露易絲‧厄德里克。從小說《愛藥》開始，她已經寫了一連串好笑又令人心碎的小說，來描述美國中西部北邊吉布哇印地安保護區的生活情形。露易絲‧厄德里克小說裡的各個故事，以及小說出版的順序往往破壞事件發生的先後次序。舉例來說，《愛藥》在這個系列中應該是倒數第二的時序，但它卻是第一本出版的小說。書裡的敘事從小說的「現在」開始，也就是一九八〇年代，角色摩里希‧喀許包的死亡推動著情節發展，然後又跳到一九三四年，當故事中的老人都還年輕，關係正在形成中的時候。無論敘事者是內克特、瑪莉、璐璐‧拉瑪汀，還是他們的姪孫利普沙，小說在時序上時常前後跳躍，觀點與敘事聲音也都搖擺不定，也有些故事一開始以第三人稱講述，但中途又發生轉換。很清楚地，在她的小說中，傳統戲劇的三一律——「時間」、「地點」、「行動」全都支離破碎了。

「為什麼要用這種方式講故事？」為什麼不呢？我不是在說反話，任何一種敘事結構原則，都不具神奇或神聖之處，當然也包括了敘事的前後發生順序。我們或許對這個方式特別不習慣，但它也只是一種「慣例」，慣例的存在就是要讓人忽略，但永遠不該被忽略的其實是「敘事邏輯」。這裡我要提出**「敘事統一性法則」：對一本特定的書來說，最有意義的安排方式就是最好的方式，小說敘事沒有共通的法則存在，唯一具備的統一性，就是作者置入其中而讀者在小說中發現的東西。**

為什麼這個形式對《愛藥》這本小說而言是對的呢？關於這點，你得自己去問厄德里克，但我很確定她不會告訴你，因為大多數的作者都希望讀者自己找出答案。我提供我的看法，雖然不一定正確，但我是這樣想的：首先，這是一部「團體小說」，也就是說，故事和結局對「個體」以及

「團體」同等重要。這本小說關乎集體知識，也關乎集體的愚昧。在真實人類社會裡，某些人擁有某些資訊，另外一些人則擁有另外的資訊，但沒有人能擁有所有的資訊；如果把所有人和資訊合在一起，會呈現什麼面貌？你以為資訊是不斷疊加的東西，所以集體知識就是所有個人知識的綜合體嗎？或許某方面來說是正確的，但別忘了那裡也存在著「集體愚昧」，所有個人的無知或刻意隱藏起來的資訊，也同樣放在這個集體的資料庫裡。這本小說以及這個系列的絕大部份，全都依賴人們的所知與無知。一個第三人稱敘事者，尤其是接近全知觀點的聲音，會知道得太多也透露得太多。再者，最重要的角色——過世的郡與惡名昭彰的印第安激進主義者蓋瑞，卻從來沒有機會說自己的故事，為什麼呢？因為故事裡最重要的是別的角色對他們的想法，為了觀察這兩個角色的生命故事如何被他人以不同的方式使用，我們必須聽聽其他人怎麼說，但不是從郡與蓋瑞的嘴裡。

厄德里克這個手法或許是從福克納那裡學來的，福克納知道如果他不讓《聲音與憤怒》的凱蒂・康普森有機會講述自己的故事，而讓其他人像是班吉、昆丁和傑森這三兄弟去詮釋對她的看法，她會成為更重要、更有趣的角色。厄德里克看來從福克納身上學到了不少東西，但她確實避免了福克納有時過度緊張的「語言抽筋」。言歸正傳，從小說中觀察到的效果推斷，厄德里克這麼做有上述這些原因，不過或許還有一個明顯的理由。謝默斯・希尼曾經說過他沒寫過長詩，是因為他生來就不適合寫那種史詩或長篇的敘事韻文。我相信，這不是他的缺陷，如果一個詩人像他一樣那麼擅長寫抒情詩，他的箭袋裡也就不需要其他的箭了。或許對來說厄德里克也是如此，她也許最適合寫短篇敘事，最擅長把這些短篇串成一個有關聯（卻不見得有接續性）的整體。

第20章 誰弄壞了我的小說？

如果真的是這樣，這個看法也可以延伸至與厄德里克同期的不少作家身上。提姆・歐布萊恩最擅長把許多故事拼湊成一部部的小說，最有名的就是那兩部有關越南的小說《尋找卡奇艾托》與《士兵的重負》。他曾經提過書寫較短篇幅、自成一體的小說有幾個好處，例如，故事有開頭、中間、與結尾，較能滿足讀者情感上的需求。這種短篇組合成長篇的模式在另一個歐布萊恩——艾德娜・歐布萊恩驚人的作品《在森林裡》也看得到。主角是個嚴重精神失常、犯下好幾筆謀殺案的年輕人，出於正確與健全的理由，我們寧可不要進入他的腦子裡，也因此敘事的擔子就移到其他人身上，來向我們說明他的舉止以及創造出這個人物的小鎮的種種行為。

你對合成小說可能有各種看法，但它們絕對不是千篇一律的，你不可能認為：「噢，這是配套元件組合起來的。」因為每個故事都需要為自己辯護，用它自己的方式去創造整體感，所以每一本都是獨特的，就算它們出自同一個作家。用這個模式寫小說的作家當中，我最喜歡的是英國作家朱利安・巴恩斯，他最有名的作品《福樓拜的鸚鵡》是關於一位博士布雷斯韋特的故事，他的生命故事很奇異地與《包法利夫人》那悲慘的丈夫查爾斯命運相仿，這本小說充斥著布雷斯韋特的短文、回憶的片段、痛恨的事情、詼諧的事件、諧擬法庭最終審問等等。全書只有一篇傳統的敘事章節，標題為「純敘事」，這是一篇令人心碎的章節，透過這個章節讀者就能明白為什麼敘事者必須如此迂迴地處理他的議題，必須用福樓拜的作品作為中介，尤其是他的經典作品《包法利夫人》與短篇〈質樸的心〉。小說把整體性的基礎理由，建立在布雷斯韋特的心理需求與智識的防禦之上。

巴恩斯的下一部小說《十又二分之一卷的人類歷史》就不像上一本那麼強調人物，而且拒絕任何歸類。那到底算是小說、一系列的散文、短篇故事集，還是其他的東西呢？我傾向聽從作者的意見，他說那是小說，那麼就是小說。而他接下來的著作又回到以人物為主的形態，像是《亞瑟與喬治》。在小說中，巴恩斯刻意避免柯南・道爾《福爾摩斯》系列中常用的傳統敘事形態，故事的緊迫性——從事件的開始，到指控、審判、定罪、上訴，到最後的無罪開釋——使得小說不得不以線性的方式前進，朝偵探小說的路線發展。巴恩斯知道如何利用偵探小說的形式，卻不讓自己陷入其中，因為他曾用另一個假名丹・卡凡納夫寫過偵探小說。這種期望與實際成果間的張力，增加了敘事的戲劇性。我們知道這個故事如果是「福爾摩斯版」會是什麼樣貌，但它無意仿效《福爾摩斯》，它的意涵更豐富、更能傳達複雜性與細微之處，卻仍然擁有出色偵探小說的那種急迫性。

所以你現在知道我喜歡有點瘋狂的小說了。這類作家我最欣賞的是愛爾蘭詩人凱朗・卡森。他不是詩人嗎？沒錯，但他同時還有很多不同身份——音樂家、回憶錄寫手、散文家、寓言作家，以及小說家。在詩的方面他完全正常，抒情詩在他筆下就是抒情詩該有的樣子，但是散文敘事呢？幾乎無法歸類，時常不只是「幾乎」而已。《星星工廠》或許算是回憶錄，但它卻是獨樹一格的回憶錄，結合作者在北愛爾蘭動亂之前及動亂時候的成長經歷、工業歷史、地方傳說、字源學，以及沉思他父親抽的煙在黑暗中發出亮光所形成的符號系統。當他書寫完全虛構的材料，像是《設法得到安珀》，他編織文本的方式同樣複雜，把經由重述而變得粗鄙的《變形記》、特別灰暗並以誘拐和危險為主題的愛爾蘭童話故事，以及荷蘭黃金時代畫家的畫作與狂野故事結合在一起，這本書完全超越了文本的歸類。卡森為它下了副標題——「很長的故事」，我們完全無法否認，它有著書該有的篇幅、虛構性，而且或多或少被題材、主題和形式統合起來。它算是小說嗎？聽起來有一點像。它具有小說該有的整體性嗎？這就取決於讀者的喜好了！

小說即是創新，你無法用「規則」定義它

讓我們回到定義上的問題：何謂小說？當我們稱某個作品為小說時，我們的意思是什麼？如果我們每個人的期待都不同，我們能達成共識嗎？具有前後一貫的主題重要嗎？題材與主題要統合到怎樣的程度才夠？在這些惱人的問題裡，最讓人傷腦筋的絕對是那個最基本的問題——小說是什麼？這是每一個教文學的老師最害怕討論的問題，而且它總是從否定面，也就是「小說不是什麼」談起。《愛藥》（或《小城畸人》、《福樓拜的鸚鵡》、《去吧，摩西》，你隨便挑一本）不太像一本小說，對吧？這個討論從一個麻煩的起頭開始，因為一定有人持反對意見，提出疑問的人傾向認為小說就是小說，而你在矇騙他們。再者，這個問題充滿了假設的前提和答案：「我知道小說長什麼樣，我們大家都知道小說裡該有什麼、該做什麼，而這本小說完全不是這麼一回事，如果你能夠推翻這看法，你試試看呀！反正我覺得不可能。」沒錯，老師通常無法推翻，因為提出問題的人腦袋裡已有了不容推翻的答案，所以討論中的那本書永遠不會是本小說。然而，有趣的事情來了，

並非所有學生都同意這種看法，不止學生，就連教授也是，不過還好一個教室裡面通常不會有好幾個教授。關鍵就在於那個問題只預設了一個可能的答案——這就是「小說」，不接受任何代替品。然而，小說（the Novel）其實就是代替品，讓我們用下面的表格來討論這個問題。

假定的「原始小說」（Ur-novel）	我們所知並喜愛的小說
小說作品（或多或少是個虛構故事）	✓
像書一樣長的篇幅	✓
有好幾個角色	大部份是如此
關注一個主要的角色	大概吧
一條故事線	我們出問題了！
一個單一觀點，或至少是一種主要觀點（允許多個第一人稱敘事者存在）	你在說什麼傻話？
一個具連續性、多半是順著時序發展的敘事	你讀過很多書？
情節、文類及主題具整體性	有一點整體性就不錯了

任何一個教二十世紀小說的老師都會告訴你，兩者中間的差距不是那麼明確，但是在讀者的心裡卻不是如此。上欄的「原始小說」的確存在，只是有著數不清的替身。比如說，所有喬治・艾略特、威廉・狄恩・豪威爾斯的作品，或約翰・高爾斯華綏、阿諾・班奈特、史蒂芬・金、阿嘉莎・克莉絲蒂、東尼・席勒曼、J・K・羅琳。是的，哈利波特雖然是個極特殊的小男孩，但是他存在於最傳統的小說架構裡。

學生時期讀的小說通常都順著時序發展，而且具有高度的一體性，章節有著高低起伏及許多懸疑，例如在狄更斯的任何一本小說裡，你馬上就能分辨誰是好人，誰是壞人。對於閱讀資歷尚淺的孩子們來說，這當然不無道理，他們喜歡推理或懸疑小說，因為他們得靠小說世界裡展現的因果關係來理解小說。這個譜系至少可以追溯到十九世紀，事實上，哈利波特是我所知最「維多利亞」的小說，隨著這一系列小說不停延伸下去，與維多利亞時期相稱的篇幅更加印證了我的看法。

說了這麼多，**我想強調的是：關鍵在於表現形式而不是長度。我們以為永遠不變的小說真實——小說一直以來都是如此，所以它們看起來應該是這樣——其實只是被歷史與經濟制約的形態。**就像我在開頭的小說歷史介紹中指出的，十九世紀，尤其是英國，在經濟與出版歷史上造就了一個獨特的時刻，他們正在進行一種小說實驗——連載小說。我們所認為維多利亞時代的偉大小說，從《米德爾馬契》、《浮華世界》、《遠大前程》，一路到《德伯家的苔絲》，第一次見光都是在周刊或月刊雜誌上，或是每月出刊的獨立連載。從結果上來看，它們未必是相同的，但它們卻擁有一些顯著的共同點：篇幅都很長、線性發展，劇情跟隨單一的男主角或女主角，然後在次要情節裡提及較不重要的配角；它們滿足讀者情感需求的方法就是把所有敘事線頭在最後都收束整齊；它們傾向採用第一人稱或全知觀點，這兩種觀點在三卷本小說裡可說是如魚得水。維多利亞時代的小說對當代讀者而言或許有點緩慢，但平均來說，它們都是很好的小說。

以上這些共同的特點，在那些動輒花上好幾年連載、每個月出版二至三章的小說而言極為適用。然而別忘了，它們是小說的新成員，廉價紙張與便宜的書本製作造就了它們；反倒是我們以為的那種「新概念」小說，有著令人印象深刻的家世淵源。隨便舉兩個例子：福克納和海明威，或者甚至是喬叟和薄伽丘。我知道，最後那兩個根本不是小說家，但是你知道我的意思。不連貫敘事已經存在好一陣子了，而且不只是《坎特伯里故事》和《十日談》而已，例如，古老的愛爾蘭史詩會混雜散文和韻文，而且在敘事上有明顯的跳躍傾向。我們甚至可以回到更早之前的荷馬，《伊里亞德》的敘事相當直接，從阿基里斯在一陣憤怒下拒絕參戰開始到赫克特的葬禮結束，這種安排有它的道理，因為那是一連串的因果關聯，其中某個決定引發某種反應，而這個反應又引起接下來的行動。《奧德賽》的敘事就比較拐彎抹角，特勒瑪科斯出發尋找他的父親，去拜訪了涅斯特爾這個特洛伊戰爭的希臘英雄之一，以及其他人以獲得父親奧德修斯的下落，此時奧德修斯被要求離開與自己同居七年的女神卡呂普索，好不容易到達費阿科斯的法庭，並敘述這十年來發生的事件、他的掙扎與冒險。這個敘事方式也有其道理，比起阿基里斯的憤怒，奧德修斯的旅程充滿了意外的漂流以及鬆散的連結，或許這可說是「天生我材必有用」的敘事版本，你必須知道哪個材料適合什麼樣的任務，因為敘事者說故事的方式是根據材料而來，不管這個故事是荷馬還是奧罕寫的。

就我所能發現的材料之中，人類一直以來就同時擁有連續的以及不連續的敘事，小說這個文類也不例外。今天我們仍可以找到很多讀來像是迷路的維多利亞小說，它們就像被時光機猛然丟下，墜落在西元兩千年；但有更多小說根本無法區分哪裡是頭、哪裡是尾。事情怎麼會忽然變成這樣呢？呃，你可能沒有注意到，其實一直以來都是這樣。讓我們回到勞倫斯・史坦恩的《崔斯垂姆・項迪傳》吧！在早期這本小說只能用古老的眼光來看待，它可以是船難罹難者的日記、箱子裡發現的一疊疊信件、犯罪者的自白，或傳統從A到Z的線性敘事。然而線性敘只是眾多敘事選擇之一，但對十九世紀而言卻變成「唯一」的選擇。假如你剛好生在生產工具發生劇烈改變、不再有任何經濟誘因的時代，你會怎麼做呢？沒錯，除了像高爾斯華綏和阿諾・班奈特這種認為傳統小說代表「獲利之美」的作家之外，現代主義小說家通常都不怎麼喜歡線性敘事的小說。

如果你想講一個特別的故事，就別照規矩來！

那些現代主義小說家對小說無所不用其極，想想約翰・多斯・帕索斯的《曼哈頓津渡》，美國三部曲的其中之一。它雖然像馬賽克磁磚，由許多片段鑲嵌而成，但主旨不在呈現由次要個體組成的無價值故事，而是關乎整體的大敘事（一開始是紐約市，之後是整個美國），相較之下，也映照出我們這些「次要個體」過的日子是多麼沒價值。多斯・帕索斯注視著美國——到處都有的疾駛的火車、打字機噹啷作響的聲音、非法營運的酒吧林立、左翼份子蠢蠢欲動而政府鎮壓他們——然後說：「嗯，那裡有個故事值得我來說說。」沒錯，那是個值得一說的故事，但他面臨到技術性的問題：要如何講一群這麼混亂的人們，以及他們背後如此龐大的背景故事？唯一可以確定的是他不想講得像豪威爾斯或馬克・吐溫那樣，如果可能，像畢卡索來講故事的話最好。他從各個不同層面呈現他的主題——當代美國，同時也用了通常不會出現在小說上的手法。當然小說裡還是有條主要的故事線圍繞著主角們，但其中還有名為「錄像鏡頭」的部分，是美國各地某些時刻或景象的快照、一連串的「新聞畫面」，以及「微型傳記」。大部份是他所仰慕的文化英雄或壞蛋的傳記，比如藍道夫・伯恩、愛瑪・古德曼、路德・博爾本克以及大比利・海伍德。

不只如此，讓整個局面更複雜的是，許多片段不完全是用我們熟悉的散文體寫成的。新聞影片就不用說了，它們自成一套系統，與英文散文傳統沒有多大關聯，而他用來寫微型傳記的方式雖然各不相同，但多半採用點彩派畫家與印象派的手法。而博爾本克和威廉・詹寧斯・布萊恩的部分，則是用長的韻文詩行寫成，這讓人聯想到卡爾・桑德伯格的詩或威廉・卡洛斯的史詩《帕特森》。事實上，從平民主義的論調、樂觀主義與理想破滅兩者不穩定的結合、各種文類的揉合、對真實人生中的素材照單全收，與不受拘束的形式等角度來看，美國三部曲或許最近似於《帕特森》多過於任何文學作品。

這種傾向幾乎在所有現代主義作品中都清晰可見，福克納、吳爾芙就不用說了，桃樂絲・理查森由十二部小說構成的鉅作《朝聖之旅》、喬伊斯、舍伍德・安德森，或亨利・葛林的作品都是如此。當然，那種用傳統線性敘事寫成的小說從未真正離開我們，我們很難想像E・M・佛斯特寫得如同多斯・帕索斯或吳爾芙，或是相反地，D・H・勞倫斯或費茲傑羅，去模仿喬伊斯或福克納。

此外，有趣的是，現代主義時期同時也是偵探小說家的時代——多羅西・L・賽耶斯、喬瑟芬・泰、瑪格瑞・艾林罕、阿嘉莎・克里斯蒂、戴希爾・漢默特、雷蒙・錢德勒、羅斯・麥當諾——如果沒有線性敘事，他們不可能把作品寫得如此出色。不過一般而言，現代主義作家轉了個大彎，遠離了維多利亞小說的傳統。

然而，這還只是開端而已，這個概念在一九五〇年代之後到達巔峰，法國的新小說意圖顛覆傳統小說的所有面向，由亞蘭・霍格里耶帶頭，接著又有義大利的伊塔羅・卡爾維諾繼續探索這個形式。名單還包括英裔美國人，例如，約翰・巴斯、羅伯特・庫佛、約翰・符傲思、厄德里克、好幾個不同名的歐布萊恩、蘇珊・米諾特、奧黛麗・尼芬格等等。

最後的那位奧黛麗・尼芬格著有《時空旅人之妻》，一本原理獨特的時空不連續小說。就像書名說的，只有主角亨利・狄譚伯能夠穿越時空旅行，即便他身不由己，時序錯位發生在他身上就像我們忽然偏頭痛一樣，而他永遠的妻子克萊兒・艾布夏爾，則活在正常的時間裡，所以可想而知，他們會遭遇諸多困難。第一次他們相見的時候，亨利二十四歲、克萊兒五歲，之後再見面時，他三十六歲、克萊兒十二歲。在正常的場合下，這樣不斷變動的年齡差距完全無法想像，雖然作者在他們每次相遇的時候會清楚說明現在的日期，以及男女主角各是什麼年紀（這很有幫助，因為亨利的年紀跳動完全沒有規則），但困擾亨利與克萊兒的不連續時間也同樣讓讀者感到錯置與困惑。這個不規則敘事所採用的策略令人眼花撩亂，而且因為情節的安排，它的故事強度不斷上升，當我們越靠近結局，故事所冒的風險就越高。如果用一般線性、順時序發展的敘事來講這樣一個特別的故事，很可能會破壞小說的中心概念，減弱小說那令人頭昏眼花的樂趣。

為什麼在二次大戰之後，這種「非線性敘事」的小說會不斷加速成長呢？這或許和創意寫作系所的興起有關，它們看重短篇故事，因為那是在一個學期內可以掌控、重複練習的文類；也有可能是其他的環境因素，例如電影與電視過度利用線性敘事，已經變不出新花樣；又或許是作家們也和我們一樣，有了新的玩具就愛不釋手。形式被破解後的小說，有更多等待被挖掘的可能性，就像尼芬格為我們展示的，有許多新的敘事方式以及新故事等待被書寫。如果一個文類被稱為「嶄新」（novel），那麼老調重彈就不會發生在它身上。

21

沒有結局的結局

什麼是「好的結局」?是完美收場、餘韻未了,或者根本有兩個結局?

有時候我希望自己生在十九世紀,當然,那個年代有很多不能打破的社會限制,還有那筆直、僵硬的衣領圈住你的脖子;但另一方面,我也能夠使用以孔雀石或象牙裝飾頂部的超酷手杖。除了這些之外,還有一個好處——我可以充分享受維多利亞時期小說的結局。然而,我生於二十世紀中期,我發現自己比較喜歡結局有點混亂的小說。

本世紀最偉大的小說以「是的」二字結尾,但讀者不太確定作者到底同意了什麼事。二十世紀充滿了不確定性與模稜兩可,當厄普代克在《兔子,快跑》的結尾,讓野兔安格斯特拉姆不停地跑著,他是朝何處跑去,還是想遠離什麼呢?當納博科夫讓普寧在這部同名小說的結尾,開車駛離小鎮,他究竟要去哪裡呢?在《押沙龍,押沙龍》的結尾,福克納讓昆丁回答自己是否怨恨南方這個問題,他在心裡吶喊著:「我沒有。我沒有!我不恨它!我不恨它!」這個結局究竟解決了什麼?什麼也沒有。而我們又從這裡獲得什麼資訊呢?從結尾標點符號強度的上升,從句號到不斷重複的驚歎號，某樣事物讓昆丁陷入瘋狂，但我們不能確定那是什麼，就連小說自己也不知道。

我愛死這種結局了！我的年代經歷過《等待果陀》和《誰怕吳爾芙》，以及史丹利．寇比力克和勞勃．阿特曼的電影、羅蘭．巴特和亞蘭．霍格里耶的小說理論；屬於我這年代的小說是《魔法師》、《漂浮的歌劇院》、《午夜之子》和《寵兒》，維多利亞時期的讀者肯定不能理解這些小說。我活在相對論與量子理論發明之後，索姆河戰役、日本原子彈爆炸、奧許維茲集中營、中國兩萬五千里長征與紅色高棉事件之後。而那些維多利亞時代的朋友呢？他們喜愛秩序以及完整的事物，對他們而言，小說必須要有個結局，事件獲得解決，整齊乾淨、均勻平穩。

試著想想下面這個情境。你正在讀一本小說，可能已經讀了好幾個月，你右手邊的書頁厚厚一疊，而左手邊的已經所剩無幾，接下來發生的事情如下：曾經遭遇困難的男主角已經走出陰霾，然而他發現，童年時期害他受苦的人不但健在，而且還變本加厲；兩個出現過又離開許久的配角結婚了，這個婚早該在四百頁之前就結了，而他們其中一個已經過世；兩個壞蛋的其中一個，因為詐欺英格蘭銀行而被捕入獄，他宣稱牢獄生活已經讓他洗心革面，並且推薦所有想改過自新的人都應該去住住監獄。等一等，還沒完呢！另外一個惡棍也因為一次失敗的搶劫案入獄；幾個好人繼續好好活著，雖然他們也不是特別心地善良，但他們獲得了婚姻這個報酬；好幾個角色過世了，雖然原因各不相同，但是男主角從每個人那裡學得寶貴的一課；折磨他的妻子也過世了，從她身上他學到不再相信愛情，至少學會不再相信那些愚蠢的浪漫幻想；一個心地善良卻永遠入不敷出的人，莫名其妙成為法官。總之，我們的男主角付出了代價後，終於懂得什麼是愛，發現真愛一直都在他身邊，只是他太魯莽又太膚淺，所以未曾注意到，而這個真愛也有點莫名其妙地完全不介意男主角之前對她惡劣的態度，然後他們迅雷不及掩耳地結婚了——這就是狄更新筆下的《塊肉餘生記》，而故事的男主角正是大衛・柯波菲爾。

你以為我在開玩笑嗎？好，那我把他們的名字加進來。朵拉，就是不斷折磨著大衛的妻子，她過世了。在一場船難中，史提爾佛斯與漢姆也雙雙去世，漢姆是因為想要救人而喪失生命，而史提爾佛斯應該是溺水而死，但可能是因為他極端的淺薄與殘酷而不得不死。尤利亞・希普被判終生監禁，但他其實很高興，因為利提摩也在那裡。而克里科先生——大衛童年時期糟糕透頂的學校男教師——最後也得到報應，必須自我監禁，因為他是管理監獄的地方行政官員，他感受不到其中的反諷，但這幾乎算得上是卡夫卡式的禁錮了。大衛因為感受到與艾格妮絲的真愛，克服對愛情不切實際的幻想，在極迅速的追求之後兩人結婚。大衛也漸漸明白佩高提先生、漢姆、沛奇小姐、斯壯醫生、安妮、佩高提小姐等人物是好人。透過小艾蜜莉・佩高提、古密基太太、以及他自己的命運，這部小說向我們揭露改過向善不只是可能的，還能獲得回報。善有善報、惡有惡報，正義獲得伸張，這個世界果然還是有公理存在。

套句約翰・馬克安諾[1]的不朽名言：「你別鬧了！」我親愛的同學們，雖然你們也許不這樣想，但是大衛・柯波菲爾真的在開玩笑，而群眾——他娛樂了好大一群人——也瘋狂了。那我呢？我沒那麼瘋狂。我們都同意狄更斯是個偉大作家，他創造出怪誕的角色、不太可能發生的劇情、滑稽戲、崇高理想，以及完整的敘事方法，各個都相當傑出，除了結局以外。他的結局太整齊了！不論角色的戲份吃重與否，都有一個結局，但我們都知道那裡一定還有懸而未決的問題。每一部小說裡其實都有，即使事情看起來已經收拾整齊，還是有許多未能纏繞在一起的鬆散線頭。

不要誤解我，我很喜歡狄更斯，假如沒有哈代的話，他會是我最喜歡的維多利亞時期作家，但是有誰能拒絕那麼多的悲劇和陰暗呢？讀《德伯家的苔絲》是我曾有過極端「美妙地痛苦閱讀經驗」，又或是「痛楚地美麗閱讀經驗」。不管「美妙」與「痛苦」何者為形容詞、何者為副詞，每一個可能的組合與引申意涵都是我的意思。《無名的裘德》就只是悲慘而已，但《德伯家的苔絲》是你無法阻止的火車事故，你根本沒法把眼睛從這部小說移開，無法相信眼前的這場屠殺竟是如此美麗。然而即便是這樣，這部小說的結局仍然過度整潔，哈代也把他的小說收拾得乾乾淨淨，還打上蝴蝶結，雖然蝴蝶結上滴著血，但它們仍然很整潔。

這兩位作家主要的差距有以下幾點：首先，哈代的小說遠不如狄更斯的受歡迎，而且配角較不重要，他們很早就在故事中消失了；此外，哈代小說的結尾裡，每個人都死了，好啦！當然不可能是每個人，但是壞人和主角都死了，這或許也是作為悲劇作家的哈代，與最終仍算是喜劇小說家的狄更斯最主要的差別。兩位作家都讓他們筆下人物與內心的惡魔摔角，唯有相信自己能夠戰勝的人才可以存活下來。提到哈代之前，我想說的是，我並不是故意只抓出狄更斯來討論，如果從全面的角度來看，維多利亞時期小說的結尾，其實都是很類似的，整齊又乾淨，它們都完成了這個令我瘋狂的字——結束（closure），完完全全的結案，不留一點餘地。

我不認為這是狄更斯的錯，這完完全全是神的錯，說得更正確一點，這是維多利亞時期的人為他們自己塑造出的上帝的問題。祂無法容忍沒道理的事，祂一定得懲罰壞人、獎賞好人，對於各種要求都十分嚴格，比如要求寡婦必須身著黑衣帶喪五十年。祂在萬物之上，務求所有事物的公平與正義，雖然祂要求得不少，但不論好人或壞人，都從這位上帝得到他們應有的回報。

狄更斯顯然沒有注意到，這個慈愛且高於萬物的神祇，卻讓所有工人階級陷入最底層的貧窮這其中的反諷，但我們姑且不論這個。《塊肉餘生記》是他早期作品，那時他還相信這個上帝，當他年輕美麗的小姨子過世，而自己的婚姻也化為烏有時，他開始產生一些神學上的疑問。他著手殺害筆下那些「年輕、漂亮又善良」的女性角色，速度可媲美連環謀殺案。艾格妮絲不曉得她能活到小說結束是件多麼幸運的事，接下來幾本小說的女主角可就沒有這麼好運了。然而，結尾似乎還是沒有多大的改變，它們還是像捆得整整齊齊的包裹一般，從書裡滾了出來。

為了忠於讀者，作者必須讓「王子、公主從此過著幸福快樂的日子」

我對維多利亞時期小說的結尾有很多意見，有些是文學性的，有些則完全是私人理由。首先，人生不是那麼一回事！除了哈代的作品之外，維多利亞時期的小說往往結束在所有問題彷彿都獲得解決時，就算主角還有好幾十年的人生路要走。這就好比一英里的賽馬才跑了八分之一就宣告結束，事實上，那應該是全場觀眾起立，聚精會神注意接下來會發生什麼事的時刻。然而，一個關於人生的故事，竟然在八分之一英里的標竿處就宣告塵埃落定，甚至不到賽程的一半。太多小說不只在人生的中途才開始，竟然也在中途草草結束，甚至還有一個完美的「快樂大結局」，這不免讓人覺得虛假。這個傾向在成長小說裡尤其明顯，故事只關注主角的童年及青年時期，通常在主角二十四歲左右就結束了。它們往往令人生氣，就像《塊肉餘生記》或《遠大前程》一樣，主角才二十幾歲，小說就給我們捆了個漂漂亮亮的結尾。我的老天爺啊！大多數人在二十來歲時，都還沒搞清楚自己想幹嘛，未來甚至還有好多事等著我們搞砸呢！事實上，真實世界裡只會有一個結局，而且也不是整齊乾淨的結局。死亡總是伴隨著無法解決的零星事情，例如，遺產稅、遺囑的認證、親戚間爭產、對於死者在世時的各種解讀等等。

不過，我的抱怨主要是美學上的，我認為過份強調整齊會毀了一本小說。雖然過程曲折，我們一路以來還是讀得津津有味，好像什麼事都有可能發生，然而讀到倒數前幾個章節，「小說工程師部隊」突然出現，硬是疏浚出一條通道。這種敘事策略雖然能幫助你盡快抵達終點，但卻不能讓旅途更加有趣，只是濫用希臘「解圍之神機制」而已。在希臘戲劇裡面，當作家不小心讓劇情膠著到無法收拾的局面時，他會藉由類似起重機的舞台機關，讓某位神祇空降在舞台上，分配報酬或懲罰，把纏繞的事件解開，直到作家滿意為止。這種方式的問題是：它是不勞而獲的。既不是情節，也不是人物帶領我們來到這個結局；換句話說，這就是「作弊」。你可以不同意我的看法，但是自亞里斯多德以來，批評家和理論家都非難這個機制，認為它不僅不正當，更降低了作品的價值。如果將這個手法運用在小說裡，問題就更加複雜了！因為越是把敘事線頭收拾得整齊漂亮，就越能明顯地看出敘事的「人為性」。這種人為性在維多利亞小說裡顯得特別不和諧，它們總是努力隱藏敘事中的人為性，但卻在最後幾章中大張旗鼓地展示，所以看起來特別笨拙。假如它們像後設小說一樣，不停敲打讀者的頭，提醒讀者留意它們的虛構性，我們也就不會那麼驚訝了，但偏偏它們是那種不會破壞表層體面的作品，所以才會在結尾處，偷偷塞進一個收摺得方方正正的結局。

雖然我已經提過很多次，但這裡值得再重複一次：所有的小說都是虛構的產物，它們都不是真的。看起來真實的表面，其實都只是假象，它們是由作家精心安排所構成的，作家有權決定採用多少貌似真實的幻象，無論是在眼前的這本書裡，或是他們整個創作的取向。因此，現實主義並非敘事必要的條件，只是一種文學的建構方式而已；然而維多利亞時代這些接受現實主義限制的作家，卻忽然在創作進入尾聲時拒絕這些限制，為什麼？因為商業因素。在十九世紀，小說是門大生意，這種商業競爭就某方面來說，因為沒有電影、電視、網路、廣播或電腦遊戲等其他娛樂，所以相當單純，但從另一個角度看來，競爭也就因此更加劇烈。寫作技巧優秀又廣受歡迎的小說家，少說也有好幾十個，想從中脫穎而出，你必須取悅讀者，就算沒讓他們開懷大笑，至少也要讓他們覺得心滿意足。小說家必須提供每個問題的答案，包括那些讀者沒有疑問的地方，每個包裹都要仔細地綑好，把鬆掉的線頭重新綁緊，徹底清查每個角落。這些措施對他們來說非常重要，因為結局是讀者最後讀到的東西，也是他們最可能銘記在心的部分。然後，就像我之前提過的，讀者已經跟著這部小說生活了很久，長則兩年，而誰又忍心剝奪這個讓他們開心的最後機會呢？

小說的創作有點像下棋，一開始的佈局決定了小說的走向，接著，你會從清單中挑選可用的策略，然而在最後的尾聲，除了施行必要手段之外，你還得展示自己是怎樣的人。你得由棋面上剩餘的棋子來決定下一步，當然，你能使用的手段一定會受到當前棋面的限制，但主要的決定權還是在你。傳奇棋手鮑比・菲舍爾自有一套把敵棋徹底擊垮的方式，而蓋瑞、卡斯帕羅夫則採用另一種方法，安納托里・卡波夫又是另外一種，這些方法都很棒，只是它們都不相同。同樣地，小說也是如此。狄更斯不可能寫出開放式的結局，部份原因與他的個性有關，部分則與他對讀者的看法，以及他和讀者間的關係有關。

「小說之門關閉法則」：小說結局的封閉程度，與小說家想要取悅讀者的程度相關。十九世紀的小說家，相當渴望取悅他們的讀者，遠勝於後期那些文學性濃厚的小說家。如果在二十世紀，你想尋找像狄更斯或薩克萊這種藝術家與讀者間的「忠誠度」，你必須從大眾文化裡尋求，像是浪漫愛情小說家芭芭拉・卡特蘭，或是電視談話節目，想想脫口秀主持人歐普拉，再減去她每天與大眾的「視覺接觸」，你就可以得到那種忠誠度的大致面貌。

無論作家如何收筆，小說的結局都得由你決定

我有沒有說過，這與時代息息相關？時代不同，對作家或讀者就有完全不同的態度。你也許不

曾聽過，但這是你應該要知道的祕密：文學是一種流行工業。我們這種「文人」通常不願意承認這個令人不開心的事實，但事實確實如此。作家的好運隨著時間來了又走，渥茲華斯之後的一百年，約翰・唐和其他十七世紀的哲學詩人沒有獲得注意，直到現代主義的T・S・艾略特懂得欣賞作品中的反諷和深刻思考，才把可憐的老唐從文學史的垃圾堆中解救出來。以下是某位作家逝世後，他獲得名聲與注目的情況：首先，會有一陣同情與感興趣的聲音，接著大概會有好幾十年的忽視，因為我們已經離那個年代或他擅長的事物很遠了。勞倫斯・杜雷爾？誰還需要那個呀？艾瑞絲・梅鐸？多古怪啊！安東尼・伯吉斯？太矯飾了！然後時代的巨輪轉過一輪，這些作家的名氣又再度上升。吳爾芙的名聲又浮到水面上，甚至高出水面；亨利・葛林死後的二十年，他的名氣幾度上升，有幾部作品被重印，也有幾篇關於他的研究被出版，但又再度被忽視，我滿心期待他下次的復活。

有時候，這種輪迴還不只一次。我剛開始從事學術研究時，D・H・勞倫斯和喬伊斯是現代主義英文小說的兩大巨頭，吳爾芙甚至還排在他們後面。這應該是勞倫斯在一九三〇年逝世後，被世人遺忘後又失而復得的名聲，所以到了一九六〇和一九七〇年代，他又變得非常火熱，中篇小說《狐》與《少女與吉普賽人》、長篇小說《戀愛中的女人》在一九六七年至一九七〇年間，幾乎每年一部地被搬上大銀幕。然而，這時也有其他趨勢興起，勞倫斯就沒辦法在解構主義與女性主義的浪潮下存活，對當時的品味來說，他似乎太過草率了，一個把瑞蒙・卡佛冷酷的「極簡主義」視為趨勢的時代，是不可能欣賞勞倫斯文體裡的散漫氣息的。雖然勞倫斯認為自己塑造了強壯的女性形象，但帶有「勞倫斯風格」的女性主義與後來西蒙・波娃提倡的女性主義完全不同；事實上，凱特・米勒是早期幾個批評勞倫斯筆下性別政治的女性主義者之一。最後，我們也不能低估肯・羅素在《戀愛中的女人》那誇張的電影改編，對勞倫斯名聲所造成的影響，這部六〇年代尾端出現的電影，再加上一九六〇年勞倫斯因為《查泰萊夫人的情人》陷入淫穢罪官司的事件，十年內就終結了燦爛一時的「勞倫斯時代」。

這公平嗎？當然不！無論文學家的崛起或隕落都一樣，但誰說文學運氣是公平的？如果你持續關注某位作家的創作，時間一久，你就會發現流行轉向對他們作品的影響。不過我離題了，我們討論的主題應該是歷史的巨輪以及上個世紀的「現代」。

大概是一九一〇年，小說的結局開始變得支離破碎。「現代性」，或者更精確地說，「現代主義」決定它們不需要必然性也可以存活下去。當然，捍衛舊慣例的作家依然存在，像是阿諾・班奈特、約翰・高爾斯華綏，以及類型小說作家拉斐爾・薩巴提尼、戴希爾・漢默特等人仍或多或少遵循傳統慣例創作，但是大多數的作家已經開始找尋新的方式了。

想想接下來的例子：E・M・佛斯特在二十世紀的第一個十年，就以相當傳統的小說《窗外有藍天》而大受歡迎。這是一部浪漫喜劇，而結局也如同我們預期的，兩個匹配的年輕男女最後有情人終成眷屬，在初識的地點蜜月旅行。如果我們快轉十六年，到他寫《印度之旅》時，風格就完全不同了！這個故事探索各種問題，包括跨文化產生的誤解，以及殖民主義的邪惡。故事的最後，艾吉茲醫生與費爾丁各自代表印度與英格蘭，爭論著兩國是否有平等的可能，以及他們的友誼能否維持。他們的對話雖然交換了充滿熱情的意見，卻不能持續下去；他們騎乘的馬匹以及周遭的地景，共謀反對有最後結局的可能性。類似的場景，也出現在勞倫斯的《戀愛中的女人》裡。小說中，兩對夫婦經歷了劇變與彼此身體上的傷害，在結尾處貝爾金與烏蘇拉也在爭辯，而那場爭辯最後的句子是：「我不相信。」評論家與讀者常常傾向於把貝爾金慷慨激昂的演說當作小說的結尾，但那份榮耀是屬於烏蘇拉的，我們很清楚地看到——這並不是過去那種「結局明確」的小說結尾。

那麼，其他人是又如何？「這樣想不也很美嗎？」（Isn't it pretty to think so?）在所有鬥牛、性愛、鬥毆、愛情與鄙夷之後，《旭日又升》結束在這個反諷的問句上。布萊特・艾希莉夫人對傑克・巴恩斯這個她可能愛著，卻無法有肉體關係的男人說：「噢！傑克……，我們原本可以擁有如此美妙的時光。」對此，傑克回答：「是的，」然後接續上面這句有名的問句。他是什麼意思呢？他同意這個想法？他希望他們至少能嘗試？還是認為說的容易，反正理論永遠無法被驗證？或是她的發言根本無法打動他？或是他傷心欲絕，因為他們沒有機會得到答案？你隨便挑一個解釋吧！這種充滿曖昧性的表述，強迫讀者對自己的靈魂一番搜索才能得出結論，就是典型的海明威。假如狄更斯希望讓讀者能夠安逸舒適，那麼海明威就是想讓讀者回去好好地工作。

從這裡開始，情況只會越演越烈，我們開始讀到有「兩個結局」的小說，像是符傲思的《法國中尉的女人》；讀到讓主角懸吊在那裡，完全是字面上的意思的小說，像是童妮・摩里森的《所羅門之歌》；以及結束在未完結的事情上的小說，甚至結束在一個還沒寫完的句子上，像喬伊斯的《芬尼根守靈夜》，結束在「一條河孤獨的最後受到喜愛的漫長的這」這個不是你天天都能碰到的結局，又似乎與小說的開頭——「長河沉寂地流著，流過夏娃和亞當的教堂，從彎彎的河岸流過，經過大弧形的海灣……」——形成一個完整的句子。你再也找不到比這個更「沒有結局的結局」了，二十世紀後半充滿了各式各樣的例子，我們不需要一一引出來證明這點。

至於較大眾化的類型小說，一般而言仍維持比較確定的結局，畢竟誰希望一部偵探小說，到最後竟然不知道兇手是誰？從阿嘉莎開始，到蘇・葛拉芙頓，這個從冒煙的手槍開始的類型小說，必然以正義得到伸張作結，不管過程是平和還是暴力。他有沒有抓到她？誰贏得那場槍戰？壞人的計劃是否被成功阻撓？答案都是很明確的，不會曖昧不清。艾爾莫爾・李奧納德、東尼・席勒曼、史蒂芬・金、梅意芙・賓奇、羅勃・B・派克都會給你很明確的結局。

那麼文學性較強的那群作家呢？他們就不是這麼一回事了。尤其在貝克特、海森堡、解構主義之後，我們很難再擁有維多利亞時代擁抱必然性的那種熱情。甚至有時候，文本會自己把自己「解構」，例如楊・馬泰爾的《少年Pi的奇幻漂流》，給了我們關於一個男孩、老虎、救生筏的可怕故事，但最後又給我們一個完全可信、並且推翻之前敘事的另一個版本。作者馬泰爾狡詐地避免告訴我們哪一個故事比較可信。有些讀者會覺得這個敘事策略令他們沮喪不已，有些人則覺得驚喜非凡。其實，作者提供的解釋與讀者自行想像的差不多，也就是如何對完全沒有理性的生存故事，提出合理的解釋；他們會想：「噢！不會的，那種事不會發生的，一定是X」於是作者很貼心地提供X給我們。早在馬泰爾之前，亨利・詹姆斯在《碧盧冤孽》就已經呈現了自我解構的美妙：

> 我抓到他了，是的，我緊緊抓著他——帶著如此強大的情感；但是一分鐘之後，我開

始感覺到我真正握住的是什麼。在這安靜的白晝裡，只有我們倆，而他小小的心臟，失去依靠，停止了跳動。

小邁爾斯真的是因為彼德・昆恩特的鬼魂而死的嗎？還是因為驅魔？或是女家庭教師那令人窒息的愛慕？還是她壓抑的憤怒或精神病？詹姆斯沒有給我們答案，不過他很清楚地暗示，這不只是個鬼故事。然而，書的標題又是什麼意思？字面上的意思是「轉螺絲釘」，在正式進入女教師的敘事之前，敘事者為什麼要強調「再一次轉螺絲釘」？結局究竟發生了什麼事，讀者被迫自己作決定，而且讀者還得搞清楚這個事件傳達了什麼關於整部小說的訊息。總之，這是一部充滿心機（canny）的寫作，它是關於當熟悉忽然轉為陌生（uncanny）所產生的心理狀態。

然而，即便是最「狄更斯式」的結局，我們也得按照自己的意願去接受或拒絕它，一直以來都是如此。我從未相信「皮普與艾絲特拉最後會在一起」這種結局，當我得知他曾經寫過一個更早、更優秀的結尾時，我就釋懷了。因為有些結局你就是沒辦法重寫。苔絲已經死去，不可能有別種可能，裘德也是，蓋茲比也是。即使如此，我們也不見得對官方版本照單全收。我多年來的教學經驗，讓我意識到閱讀是很主動的一件事，對於結尾更是如此。常常有學生表達不喜歡作家結束小說的方式，事實上，很多學生在多年以後告訴我，他們是如此徹底地拒絕某些小說的結尾，甚至把自己想出的替代結尾錯認為真實結尾。讀者是多麼地投入閱讀啊！為什麼不呢？**小說的開頭告訴我們要往哪裡去，小說結尾則告訴我們去了哪裡，在這段旅程裡，我們當然可以「有話要說」。**

我其實不該告訴你，不過我通常習慣先讀小說的結局。感覺很像作弊，是吧？當然不是劈頭就讀結局，我通常是在覺得自己已經掌握了小說的設定之後，就直接跳到結局。因為我對作者安排的驚喜興趣缺缺，反而對作者如何到達終點感興趣得多。結局是我們投入閱讀應得的報酬，也是滿足我們心理需求的總結，同時也暗示了：「如果不是這樣，又會如何呢？」因為最糟糕的結局，就是小說真的完完全全地結束了。你想看看有著適當結尾的十九世紀小說嗎？在這裡我可以提供一個：

但我估計我必須趕在其他人之前發現那片疆域，因為莎莉姑姑想要領養我，還想要教化我，而我無法忍受——我早已經歷過那些了。

哈克在那片疆域上會找到什麼呢？他的新生活會是什麼面貌？在這個新領域中，他的問題與冒險不但沒有結束，還只是開端而已。對他來說，有幾扇門已經關上——湯姆的滑稽舉動、莎莉姑姑、有禮貌的舉止、充滿邪惡與謊言的世界；但其他的窗戶也正在打開。他即將前往西部那些尚未出現在地圖上、不知道會出現什麼的地區，誰能怪他呢？反正再怎麼糟，也不會比文明世界更糟。

---

①John McEnroe，美國前網球運動員，在網壇因態度惡劣惡名昭彰，他的名言是「你別鬧了！」

22 擺脫不掉的歷史傷痕

所有小說都受歷史的影響，即便小說家並不自覺

我通常不會輕易把這個訣竅傳授給任何人，但看在你跟著我一路讀到這裡，我就給你一點建議吧！想得諾貝爾獎嗎？我說的當然是諾貝爾文學獎，不是經濟學、和平獎、物理學或其他項目。假如你想獲此殊榮，這就是你必須要做的事——好好讀歷史。你覺得我在開玩笑嗎？只要看看下面這兩列清單，就知道我說的對不對了。

A欄	B欄
‧約翰‧厄普代克	‧童妮‧摩里森
‧F‧史考特‧費茲傑羅	‧奧罕‧帕慕克
‧W‧H‧奧登	‧威廉‧巴特勒‧葉慈

A欄	B欄
艾瑞絲・梅鐸	娜丁・葛蒂瑪
安東尼・伯吉斯	V・S・奈波爾
傑弗瑞・希爾	謝默斯・希尼
詹姆斯・喬伊斯	約翰・史坦貝克
約翰・符傲思	納吉布・馬哈福茲
維吉尼亞・吳爾芙	G・賈西亞・馬奎斯
E・M・佛斯特	歐尼斯特・海明威
弗拉基米爾・納博科夫	賽珍珠
菲利浦・羅斯	威廉・福克納

這兩組作家怎麼樣？都還不賴吧！他們是根據什麼標準來分類的呢？天分？技巧？形式？都不是。「概括性」這種概念很微妙，不過整體而言，我們可以說B欄作家的作品比較偏向歷史與社會

議題。A欄的作家沒有一人拿過諾貝爾文學獎，B欄的每位作家都是諾貝爾文學獎得主，這是巧合嗎？我認為不是。想想英國的書人獎（Booker Prize）作家好了，幾年前，評審們決定從書人獎創立二十五年來的獲獎人中，再挑選出一位作家，這個「終極書人小說」到底哪一部呢？答案揭曉——薩爾曼・魯西迪的《午夜之子》。你真的該讀讀這本書，故事是關於一群誕生在一九四七年八月十五日午夜時分的小孩，這同時也是印度獨立的時刻；你覺得這本書的歷史性如何？

在文學批評的領域裡，大概沒有任何一種文類會像「歷史小說」那樣被人鄙視，好吧！可能還有「羅曼史小說」，尤其是關於歷史的羅曼史小說。然而在此同時，我們必須分辨歷史類型小說以及真正關於歷史的小說。歷史小說一直以來都未曾從舞台中消失，就是那些嚴肅地回溯過去，或是就近距離觀察歷史的驅動力彼此激戰的書。

托爾斯泰的當代小說如《安娜・卡列尼娜》表現雖然不俗，但他的「偉大小說」，也就是讓托爾斯泰之所以是「托爾斯泰」的著作，毫無疑問地還是《戰爭與和平》。他以將近一千四百頁的篇幅，敘述俄國與拿破崙之間的戰爭，小說題材與篇幅同樣廣袤，並且獨樹一格，我們無法找到另一本與它類似的小說。《戰爭與和平》中充斥著各種角色與故事線，還有不時在敘事中忽然蹦出來、看似與主題毫不相干的散文，當時的評論家不太能認同它是一本小說，因為這部作品已經完全超越了他們所知道的小說範疇。

小說永遠離不開歷史，就像歷史永遠不會離開我們

我們這個年代所謂的「後殖民」、「多元文化」或「新興小說」裡，都有「歷史」在其中蔓生或亂竄，這並不令人驚訝。如果你的民族、島嶼或國家的歷史，已經被外來勢力統治了好幾百年，當這股勢力忽然消失，或是改變與你國家之間的關係時，你的作品很難不被這個改變影響，對吧？

讓我們來看看美國的例子吧！風格迥異的美國原住民作家，例如，萊斯莉・瑪蒙・席爾柯、詹姆斯・韋爾奇、N・史考特・莫馬迪、傑羅・維森諾、露易絲・厄德里克都有一個共通點——他們所說的故事都是直接由他們的民族部落或區域歷史而來。席爾柯在《儀式》這部小說中，講述了第二次大戰的退伍士兵塔猷回到印第安人保留區的故事，塔猷所經歷的事以及這個部落在他出生前經歷過的事，都與整個敘事形貌密切相關。他所患的創傷後壓力症候群、跨族群身份與傳統生活方式的齟齬，以及他需要成為完整而身心健全的人等細節，推動整部小說情節的發展。由此可知，部落、國家以及個人的歷史，共同規範了席爾柯訴說的這個故事。

同樣地，我們也可以說厄德里克的「克許帕—納納布許傳說」出自齊佩瓦的歷史，以及土地管理局強加在這些人身上的土地分配政策，而所有小說中的憤慨、對立、種種失敗與偶爾的成功，幾乎都是由這個源頭產生的。韋爾奇、莫馬迪，甚至是維森諾那怪誕且令人驚異的《熊心：繼承人年代記》，都用了許多的篇幅來解釋小說如何與「適應」、「同化」、「隔離」等議題產生關聯，並探討那些長期受壓迫的美國人如何在不安的認同感下掙扎。這些小說可能很好笑，或者令人心碎

——通常兩者兼具，但不論如何，「虛構敘事」與「歷史驅動力」都是作家們無法避免的。

我們可以從任何種族或族群的作品中看見類似的狀況，但最明顯的還是非裔美國人的作品，或許這是因為他們的歷史十分駭人。他們不只是被當作商品消費而已，還包括暴虐殘忍的奴役與墾荒生活，甚至在解放奴隸後的一百年中，他們仍然受到各種大規模的壓迫，以及從那段歷史延續至今的影響。這些令人悲痛的歷史痕跡，都讓非裔美國人的小說擁有難以比擬的巨大力量。李察・賴特的小說《土生子》，只能從特定的生活經驗中產生，而且是沒有人想經歷的可怕經驗，但這部小說卻將我們都牽連進那個悲劇裡。左拉・尼奧・赫特森、雷夫・艾力森與詹姆斯・鮑德溫都捕捉了奴隸制度終止後七、八十年內黑人生活的樣貌，讓那段經驗令人熟悉，同時卻也令人陌生。

描述黑人如何在奴隸制度下掙扎的小說，有時是帶點滑稽感的，比如查理斯・強森的《中程航道》；有時則是悲慘或奇特的，像卡爾・菲利普斯的《劍橋》；愛德華・P・瓊斯的《已知的世界》則是關於那些非裔血統卻擁有奴隸的主人們。有的時候，小說也會包含以上所有事情，這也就是為什麼童妮・摩里森會是當代最偉大的小說家之一，就算是她的失敗之作也依然引人入勝。她最優秀的作品如《所羅門之歌》、《寵兒》或《樂園》，都讓歷史在小說中活靈活現，更讓歷史以角色們無法完全理解或欣賞的方式，賦予角色生命，她的文字實在美得令人屏息。然而令人難過的是，那段歷史永遠不會遠離我們，而且會在接下來的一千年裡，繼續成為小說家的創作素材；而且，世界上所有的小說都無法抹滅這段歷史，或是為奴隸制度與種族歧視的滔天大罪辯護。

後殖民作品關注的議題各不相同，無論是來自印度、非洲、拉丁美洲、中東、不列顛群島還是加勒比海，不同國家與文化所面臨的問題，都有相當大的差異。然而歷史在小說中，總是占據重要角色，而且往往是以相當明顯的方式占據一席之地。例如，北愛爾蘭問題。肆虐的國族主義最後使愛爾蘭共和國二十六個國家獨立，從一九一六年的復活節起義、第一次大戰後的王室警吏團戰爭與英國士兵對立，一直到愛爾蘭內戰，這段歷史就被寫進連姆・歐弗拉赫提的《告密者》和威廉・崔佛的《幸運愚者》裡。當愛爾蘭王室警吏團被派往愛爾蘭時，當時的首相大衛・勞合・喬治曾說：「敵人已經掐住我們的喉嚨了！」然而這件事情的發展卻完全不照劇本走，之後發生的北愛爾蘭問題，更在好幾本小說中出現，例如，羅勃・麥克連・威爾森的《尤瑞卡街》、艾德娜・歐布萊恩的《燦爛隔離之屋》，艾德娜甚至用勞合・喬治這句話，作為小說開頭的題詞。世界上關於北愛爾蘭問題的小說、詩作、戲劇及回憶錄多得數不清，而且接下來一定還會出現更多，因為這樣的一段歷史，怎麼可能不影響當地居民與旁觀者的作品呢？

一個國家的形成從來都不是件容易的事，而建立國家認同感甚至比建立國家更為艱鉅，而且可能得花上好幾十年。試試看接下來的這個實驗：你去讀讀開發中國家出產的小說，記得不要只讀一本，如果可以讀很多本更好。R・K・納拉揚任何一本關於馬古迪鎮的書或《畫廣告牌的人》、姬蘭・德賽的《繼承失落的人》、《午夜之子》或任何魯西迪的書，以及露絲・普拉爾・賈布瓦拉的《熱與塵》，你也可以自由更換這張書單上的項目，例如德賽的母親安妮塔的著作。雖然作家和書名不是那麼重要，只不過好的作家可以提供我們更棒的閱讀經驗。

好，現在來實驗一下：你不要把自己當作外地旅客造訪從未去過的地方，試著把自己當作他們其中的一份子那樣地閱讀他們。這是我覺得你會發現的東西：除去那些表面上的細節，這些小說家進行的計劃，其實和詹姆斯・費尼摩爾・庫柏、納撒尼爾・霍桑、赫曼・梅爾維爾與馬克・吐溫的計劃是相同的。他們都試著想要了解，並且說明之前從未存在過的事——一種複雜的身份認同。它是從這個新建立的國家中，殖民統治下的同一地點和同一群人裡，以及從遠古歷史中產生的認同感，這是從未有人經歷過的事。他們費盡心思去改編這個已經被建立的文學形式，使它與他們所處時地的現實與感覺結構相符。姬蘭・德賽當然不是馬克・吐溫，而她的改編必然與吐溫的相距甚遠，但你還是知道，她很明顯地不是珍・奧斯汀或艾瑞絲・梅鐸那一掛的人。噢！你一定得讀讀她那本詼諧的小說《芭樂園的喧鬧》，光聽書名就很值得一讀。

同樣的實驗也適用於奈及利亞小說，例如，奇努阿・阿契貝、班・歐克里以及沃爾・索因卡的小說，或是納吉布・馬哈福茲與其他埃及小說，以及任何其他民族、地區的小說。多年來，我一直是拉丁美洲小說迷，像馬奎斯、卡洛斯・富安蒂斯、馬利歐・巴爾加斯・尤薩、伊莎貝・阿言德、侯黑・亞馬多，我也讀過歐斯曼・林斯，而那花了我不少力氣。我喜愛他們作品的部分原因是它們可以帶領我遠離我所熟悉的世界，遠離郊區和大豆田；然而，讓我備感震撼的是它們「美洲」而非「拉丁」的那個部分，比如那些角色追尋的事物，對於我這種閱讀哈克・芬、湯姆・索爾、納提・邦波和依什彌爾長大的人來說，一點也不陌生。

當我開始讀其他國家的小說，我發現我不需要去找尋「美國」的成分，因為它是關於內心旅程與外在追尋的「全人類共通活動」，也是關於如何從當地的歷史、文化中發現並創造新事物。我相

信你也會找到類似的東西，也就是如何透過小說來「發現自我」與「創造認同感」的過程。它們與歷史的連結或許不像霍桑的《紅字》那麼直截了當，有時讀來還比較像《七角樓》，但是主要的關注與歷史掙扎依然存在。這個實驗很有趣，只是別忘了多留意這些「類似」的小說有哪些迥異且美妙的地方。

每本小說都透過文字，和所處時代的歷史搏鬥著

記得前面的那個表格，以及我用什麼標準來區分那兩欄的作家嗎？現在，我要問第二個問題：這些作家到底是怎麼個相似法呢？他們都很有名？那當然！都很有才華？那還用說！你覺不覺得他們的作品裡充滿歷史氣息？喬伊斯雖然讓史蒂芬・代達羅斯說出：「我試著從歷史這個夢魘中醒來。」但這並不表示作者自己就已經從歷史中醒來、已經掙脫歷史的影響，或是他真的想這麼做。別忘了，史蒂芬相當愚昧，但喬伊斯並不蠢；而且喬伊斯是愛爾蘭天主教徒裡，最早有機會上大學的世代之一。都柏林大學是約翰・亨利・卡迪諾・紐曼在一八五四年創立的，當時，由於這群人被排除在愛爾蘭清教徒三一學院之外，使得這所大學的創立變得非常重要。喬伊斯來自一個忠誠的國族主義家庭，他們看待湯瑪斯・史都華・帕尼爾就像是看待摩西一般，仰賴他帶領他們擺脫被少數族群統治的二等公民的悲涼命運。喬伊斯也經歷過一九一六年的復活節起義、愛爾蘭內戰以及愛爾

蘭自由邦的建立；他也經歷過第一次世界大戰，最後在蘇黎世過世。這聽起來像是個會與歷史切割的作家嗎？他的作品中充滿了對歷史的記憶、意見、偏見與信仰，有愛爾蘭獨特的視角，但卻不因此而受制於它。我們的世界若沒有《青年藝術家的自畫像》裡那糟糕的耶誕晚餐，以及《尤利西斯》中斷裂的歷史課程，將會變得更加貧乏。

喬伊斯的文學繼承人羅迪・道爾在他的「巴里鎮三部曲」裡，不但創造了一群精彩的滑稽角色，還呈現了一個既悲慘又好笑的情景。《追夢人》是三部曲中的第一部，它很明顯地與靈魂樂相關，但絕對不只如此。他虛構的貝里鎮居民是為了一段獨特的歷史而存在，這段歷史創造出一個街坊，裡面住著運氣不佳的工人階級，並讓一個有勇氣又十分天真的年輕人吉米・拉比特，在原始音樂形式已經消逝的情況下，仍然得以在都柏林成立一個靈魂樂團。吉米完完全全是歷史的產物，與亨利・史邁特這個在道爾所著的《大明星亨利》及《噢，來點音樂》裡的年輕革命家如出一轍。

這種情形同樣也發生在兒童小說裡，至少是發生在那些優秀的兒童小說中。《哈利波特》系列小說已經被太多人過度詮釋，以致我對於接下來要做的事感到有些抱歉，但我實在忍不住要說。最近，我看到一篇文章，作者認為《哈利波特》可以用來做政治的「羅爾沙赫測驗」，因為受到性格或環境的影響，人們閱讀小說時往往只會看見自己想看的東西。文章中討論了記憶的把戲，例如，美國人會把阿茲卡班監獄，與關達那摩監獄或伊拉克阿布哈里布拘留作聯想——做得好！但是羅琳在這些真實世界中的監獄出現的好幾年前，就已經發明了關押巫師的地方了，她不太可能可以預知還沒發生的事吧？然而，她鐵定知道納粹、法西斯、共產主義的獨裁者，以及那些集權政府；她也一定看過新納粹主義份子，以及拒絕相信大屠殺發生過的人。佛地魔（Voldermort，有逃離死亡的意思）的使命以及自我厭惡感、個人魅力與殘酷，以及他對永恆權力的極度渴望，聽起來就像是「千年帝國」，讓人不禁聯想到希特勒。然而，這就表示佛地魔是希特勒，而這本書就是關於納粹的崛起嗎？當然不是。羅琳思想縝密，絕不會採用這種粗陋的連結，而且這也會讓她失去讀者的喜愛。但就像羅琳一樣，如果你出生於第二次大戰結束後二十年左右，你所知道的邪惡、關於統治全世界的幻想、種族仇恨與暴力等等，一定是從納粹而來。而且書中還出現了這個事件：在系列小說第六部《哈利波特：混血王子的背叛》結尾中，那個在高塔發生的戰爭不只是「神似」不列顛戰役而已，尤其是那種為了保衛家園，只好背水一戰的信念，根本就是不列顛戰役的翻版嘛！當然，觀察二十世紀的後半，我們也有機會了解何謂「殘酷」，然而大部分的歷史事件與「第三帝國」（納粹德國）相比，仍然是小巫見大巫。羅琳自己可能意識到，也或許沒意識到這種關聯性，然而我猜她根本連想都不用想，因為任何一個在她那個年代出生的小孩，一定對一九三三到一九四五這段歷史非常了解，那種知識是完全無法避免的，它侵入了所有人的意識之中，當然也影響了那個年代的作家們筆下的小說。

我之所以知道，是因為羅琳的年代就是我的年代，雖然我和她差了好幾歲。然而在受歷史影響這個層面上，J・K・羅琳並沒有什麼特殊之處，因為所有的作家都是如此，不論他們來自什麼時代或地區。這裡我提出**「當下與歷史法則」：每本小說都是一種「暴力行為」，和小說所處時代的歷史與社會驅動力搏鬥**。有時是小說獲勝，有時則是歷史站在勝利的一方。好啦！或許不是這樣，總之，**小說與歷史並非和諧共存，在小說中，歷史有時顯而易見，有時則會隱藏起來，但無論是那一種，小說家都必須在他所屬的歷史時刻中，開拓出作品的空間**。除非我們可以找出逃離我們時代的方法，要不然我們的思維模式絕對無法脫離我們的世代；你可以拒絕它、擁抱它或棄之如敝屣，但你就是無法躲避它。

沒有人不在他或她所屬的時空之下，而決定時空的主要因素就是歷史。若不是美國戰後社會，我們完全無法想像厄普代克筆下的「野兔」安格斯特拉姆這個角色；而他的《東村女巫》則必須追溯到更早的「塞勒姆審巫案」，書中角色看起來或許不像女巫們，但是如果沒有她們，這些角色就不可能存在。丹尼爾・狄福的《魯賓遜漂流記》或是強納森・斯威夫特的《格列佛遊記》，都向我們透露英格蘭對於殖民主義、種族主義、地理探索、帝國主義，以及我們現在稱為「差異性」的東西抱持什麼態度，這些遠比十本教科書或歷史書告訴我們的還要多！這些固然不是小說的重點，而且連作者們也未必有所自覺，然而這就是最真實的狀況，歷史趁其不備，一口咬上作者的臀部。

安東尼・伯吉斯讓筆下的四個年輕惡棍，艾力克斯和他的黨羽，痛打一個可能是作家的老人，並且在自己家裡殘忍地虐待作家和他的妻子，他們強暴他的妻子並且痛打她，最後害她死去。這個情節或許就來自於作者伯吉斯第一任妻子遭受四名美國軍人痛打，還可能被強暴的真實事件。《俗世之力》裡以毛姆為藍本的年老作家，也被街上的暴徒毒打一頓，而作者伯吉斯在晚年時，就曾經在羅馬街頭被年輕流氓襲擊。我想說的結論是——你永遠不知道歷史正對你進行什麼樣的計劃。

關於歷史，就像政治、社會學和心理學一樣，它與小說的關係就在於讀者必須把自己投入作品之中。當《戀愛中的女人》裡的烏蘇拉，不以為然地形容一隻知更鳥有一點勞合・喬治的氣息，這到底重不重要呢？如果你認為很重要，它就是重要的。作者勞倫斯因為他和平主義的信念，以及有位德國籍太太，使得他對於掌權人士特別嚴厲，他厭惡勞合・喬治這個在第一次大戰期間擔任首相的政治人物。除此之外，小說對於海峽另一邊發生的大破壞幾乎渾然不覺，主角去義大利山區旅行時，也沒遇到任何困難。然而，當時的事件、階級戰爭與工業資本主義的確影響了這本書，至於影響的層面大小和程度深淺，則必須由讀者決定，而這項決定也會改變我們看待這本小說的方式。

這裡討論的情況可說是全球性的，任何一本小說都或多或少透露出它所處的「歷史時刻」。一本書可以設定在八百年前的過去，或是好幾世紀後的未來，甚至飛離地球到最遙遠的銀河。無論小說裡的「現在」是什麼時候，它仍是這個「當下」的產物。而「現在」永遠是「過去」的產物，無論如何，歷史的觸角無所不在。所以，千萬別說我沒為你做任何事，也別忘了在你的諾貝爾獲獎演說裡提到我。

23 擁有你的小說

你大可對狄更斯的作品有意見，因為那本小說早已屬於你

每本小說的第一句話都在表達同樣的一件事：「讀我吧！」當然，語調可能有些變化，從「請便，別客氣！」到「準備好了嗎？」或是「逃不掉的，你這小癟三！」但主要訊息都是一樣的。所有小說都有著同樣的需求以及同樣的弱點——如果沒有讀者它們什麼也不是。不是每本小說都想要全部人成為它的讀者，但每本小說都想要被某些讀者，也就是那些「對的讀者」所閱讀。至於訊息的第二部分——「這就是閱讀我的方式。」則需要花久一點的時間才能傳達給讀者，但只要你有點耐心，這個訊息一定會出現。

小說持續不斷地在做這兩件事，它們要求「被閱讀」，並告知我們「該怎麼讀」。一本六萬、八萬，甚至將近二十萬字的小說一定需要我們投入大量的時間，為了使作者與讀者間的契約能夠確實履行，作者必須三不五時確認讀者仍持續地翻頁。「嘿！你看到了嗎？」、「她真是個討厭鬼，對吧？」、「注意囉！」、「你知道接下來會發生什麼事嗎？」、「你要不要買個手錶啊？」好

啦！我不記得有哪部小說真的說過以上這些話，不過也差不多了，它們一再地表達：「你有多容易上當呢？」、「這次我要怎麼逃避責罰呢？」從小說的開頭一直到結尾，到處都充滿著作者為吸引讀者繼續閱讀所用的小技巧，而我們討價還價的方式，就是繼續閱讀或是把書扔到一旁，這是我們的選擇，而這個選擇是很重要的。

為什麼呢？因為每本小說都需要「被閱讀」，如果沒有讀者，它們的存在一點意義也沒有，除非落腳在我們的手上或膝上，要不然它們就只是一疊上面佈滿黑點的紙。**小說意義的產生，來自於兩個心靈、兩種想像的「共謀」。在文學課上，我們常說得好像作者是萬能的，然而他需要讀者的想像力才能鞏固自己的地位，如果你決定收回你的想像力，那麼「意義」根本不會產生。**每個人得到的蓋茲比都是差不多的，因為那是費茲傑羅的創造物，然而，你的蓋茲比和我的一定很不同。黛西是被寵壞、被虐待、瀕臨瘋狂邊緣、擅於控制他人、忠實，或是愛說謊的人呢？以上元素以什麼比例構成黛西？蓋茲比是壞蛋、裝模作樣的人、孤獨的夢想家，還是一個搞不清楚狀況的人？黛西的丈夫湯姆又如何？尼克呢？我們永遠不可能對文本有著相同的意見。

我最近剛好有機會造訪高中，和高中生們聊聊文學。我們花了一小時討論凱瑟琳・曼斯菲爾德、莎士比亞，以及排山倒海的珍・奧斯汀電影、小說續集、前傳等等，最後大家談起狄更斯。他們的老師告訴我，他們曾經讀過《遠大前程》，所以我故意這樣問：「那麼你們覺得如何？」這群聰明、積極的學生猜想我期待某種答案，大部份人回答「不錯」，有幾個則說「非常好」，大多數人都對這部小說抱持著正面看法，除了一個學生之外。這個難以取悅的學生說他覺得這本書沒那麼好，無法深深感動他，我馬上就喜歡上這個學生，因為表達相反意見是需要勇氣的，你在課堂上宣布你並不欣賞一部被奉為經典的小說，這不是每個人都能做到的。首先，超過一世紀累積起來的讀者意見都與你相左，而且這部小說在作者在世時受到廣泛的喜愛。很明顯地，這孩子試著在文學潮流中逆流而上，這並沒有錯，因為不管商業手法要我們怎麼想，我們不可能總是喜愛同樣的書、同樣的電影或歌曲，而且就算對於相同的書、電影或歌曲，我們彼此的想法也一定不同。

當我開車回家，途中經過一片新種的玉米田及工地，這個學生的回答讓我開始回想自己接觸《遠大前程》的經驗。我過去對它的想法如何？而現在的我呢？因為這中間隔了將近四十年，所以我可能無法完全回想起第一次讀它的感覺，不過我很清楚地記得兩件事：從開頭我就一直帶著困惑，關於皮普遇見逃犯梅格威區的情形，還有為什麼皮普和姊姊、姊夫住在一起；以及看到結局時的憤怒。關於第一點，我後來知道這是狄更斯慣用的開頭手法，而且那陰鬱氣氛和濃霧跟《荒涼山莊》裡的大法官庭完全沒得比。而第二點就是另一個故事了，對我來說它毀了整本小說，我不是在開玩笑，是完完全全摧毀了它。這個結局十分唐突，令人覺得事有蹊蹺，它虛假、不誠實、毫無根據，而且很愚蠢。究竟是什麼使我如此憤恨難平？就是這個：

> 我握著她的手，然後一起走出這廢墟；我今早離開鐵匠鋪時，晨霧早已散去，而現在夜霧正要升起，在遍地寧靜的月光裡，我看不見會讓我與她再度分離的陰影。

即使把一八六一年小說首次出版，到一九六九年我第一次讀這本小說這中間人類情感結構的改變納入考量，這個結局對我來說還是錯的。難道皮普沒有從他痛苦的經驗中學到一點教訓嗎？不管艾絲特拉是否因為自己的經驗而有所改變，難道皮普看不出來和她在一起自己永遠不可能得到快樂嗎？難道他一點自尊心都沒有嗎？如果你沒讀過這本小說，要旨如下：

因為一個醜老太婆哈維珊小姐的安排，小男孩皮普成為艾絲特拉的玩伴及同伴，但是哈維珊小姐只把這個小女孩當作她報復男性的工具，因為她年輕時遇過落跑新郎。（因此她終日穿著泛黃的結婚禮服，住在婚禮筵席的殘骸裡。）皮普對此一無所知，於是他成為艾絲特拉練習如何殘酷對待男性的受害者，她的技巧日益精進。他們長大後再次相遇，她讓他以為自己喜歡他，但是卻嫁給了別人，而他是個大傻瓜竟以為她真的愛他，然而事實恰恰相反。最後在兩邊都經歷了不少悲慘的事情之後，他們巧合地在燒毀後的哈維珊宅邸相遇（在狄更斯所有的安排裡，這大概是最牽強的一個），他們的確匆忙地對彼此表達歉意，但是這場溝通並沒有重要到可以鋪陳出最後那個充滿愛心符號、小提琴奏起的結局。

過去的我被這結局嚇呆了，我想部分原因可能來自於青少年時期的我拙於處理被女生拒絕的事，我那時候沒有女朋友，而且已經很長一陣子了。另外一個原因是，我埋頭苦讀了幾百頁，結果這個「簡單不過」的結局完全抹煞了我之前的努力。或許我的閱讀一直以來都是如此，是男性荷爾蒙、生命歷史、不安全感、男性自尊、美學判斷、直覺這些東西的混合體，但不論如何，這就是我當時的感受。不過，當時的我還有一個毫無根據的感覺：狄更斯自己也不相信這個結局會發生。這是我的想法、信念或者說是確信，但我沒有任何資源來輔助這個看法。

多年以後，湯姆（我的小名）又讀了一次這本小說，這一次是在大學課堂上，他並非自願回到那個「犯罪現場」。同樣的小說，只是不同的版本，而美妙的事情發生了！這個版本有著標準的文本以及原來的結局，但對湯姆來說，卻比較接近《旭日又升》裡傑克・巴恩斯所說的：「這樣想不也很美嗎？」而且這更改結局的睿智意見，來自一個沒那麼優秀的小說家愛德華・鮑維林頓，用意在去除那個令人掃興的結局並取悅顧客。「啊哈！」湯姆說：「我就知道是這樣，那個結局真的太牽強了。」所以現在這本小說，對他來說只是染上了一些污漬，並不會無可救藥地枯萎下去。

幾年後，湯姆又讀了一次，這一次他看到之前沒注意到的東西：「我看不見會讓我與她再度分離的陰影」（I could see no shadow of a further parting from her.），而不是「再也不會有分離」（There would be no further parting.）。兩種表達方式完全不同，這或許就是湯姆第一次閱讀時感受到但沒有仔細注意的細節——一種「不參與條款」，狄更斯丟個小賄賂給讀者，但同時也意識到這是個賄賂。皮普看不到再度分離的陰影，所以呢？他何時看得到還沒發生在他身上的事了？他何曾注意過徵兆和跡象？親愛的讀者，如果你想要，你當然可以相信這個結局，但我會留下一條懷疑的線索，等待懷疑之神來拆下這個虛假的裝飾。

但是狄更斯有那個意思嗎？他不是寫下了這樣的句子嗎？管他的！他的影響力已經消逝，這本書已經不再是他的小說了，它屬於我們，是他的也是你的，更重要的是，是你的也是我的。當他把這本書交給我們的時候就不再完全屬於他了。那作者的意圖怎麼辦呢？關於這問題我完全與哈克站在同一邊：「我對死去的人沒興趣。」一旦作者把最後版本交給出版商，他就失去作用了，他對作品的影響力就結束了。**只要作品一經出版，作者就立即變成「過去式」了，占據文本「現在」的乃是讀者。**小說家提供小說的原料——事實、事件、結構、人物、對話、敘事、描繪、開頭、中間和結尾，從「很久很久以前」到「從此過著……的日子」這中間所有的資訊。當然如果沒有這些東西，讀者也不可能存在，但讀者帶進了他們的詮釋、分析、同情、敵意、喝彩與噓聲。因此，我們可以說：作家創造小說，而讀者賦予它們生命。

去「擁有」你閱讀的小說，別讓它只是你所有經驗的一小部分

這是你永遠應該保持的態度——也就是「閱讀法則」：去擁有你閱讀的小說。我並不是叫你去買一本，我的意思是在「心理」及「智識」上占領那些作品，把它們變成你的。你並不是一個受到驚嚇、需要撫慰的學生，而是正在與他人進行對話的成年人。你或許從沒見過與你對話的人，或許他已經死去，不再不具物質性的存在，但是那仍是一場對話，一場心靈與想像力的撞擊，你的心靈和想像力與作者的同等重要。

在這場交易裡，最有趣的是讀者如何同時擁抱及拒絕那個「所有權」。多年來我研究隨著二十世紀漂流前進，從一開始的喬伊斯、葉慈和勞倫斯，一直到後現代主義。如果你不介意我再提一次

後設小說家的話，我想再次強調：他們堅持現實只是一種「暫定的狀態」，所以意義對他們來說也是暫時的。這個概念在《法國中尉的女人》中特別清楚，在符傲思其他作品裡也看得到，尤其是《魔法師》。我在課堂上教這本小說時，最常聽到的問題就是：「究竟發生了什麼事？」其次是：「那真的發生了嗎？」尼可拉斯是那場由康奇斯策劃的心理戲劇的「受益人」嗎？他該如何解讀這個角色扮演的遊戲？我們又該如何詮釋他的解讀？諸如此類的問題。想也知道，不是所有學生都能欣然接受符傲思在敘事中提供的不確定性，然而大多數的學生確實樂在其中。讀者一次又一次地，從符傲思以及其他同時代的作家那裡，得到自行建構意義的機會。

這種情形在後設小說家中非常常見，舉凡約翰・巴斯、羅伯特・庫佛、安潔拉・卡特、朱利安・巴恩斯、薩爾曼・魯西迪、伊塔羅・卡爾維諾……，就連那些較為傳統、較少採用自我指涉手法的作品也都是如此。雖然艾瑞絲・梅鐸自認為她透過小說，教導讀者許多關於道德與哲學的議題，但是她的作品還是有很多令人困惑的地方。沒錯，有些事確實發生了，但這些事究竟有何意義？對我們透露了什麼？我想這又是另外一個故事了。《獨角獸》裡真的有隻獨角獸嗎？課堂上學生常問這個問題。是誰？為什麼？我們該怎麼看待漢娜・昆恩—史密斯、傑羅・史考陶，或主角瑪麗安・泰勒？那些哥德式的外部裝飾有什麼作用？那是在模仿哥德式、晚期的哥德，還是反哥德呢？我認為學生們對這些問題，彼此之間並沒有共識。

《黑王子》這部作品也是如此，在這部小說裡，除了布萊德利・皮爾森的第一人稱主要敘事外，梅鐸還加上了好幾篇來自其他角色的附錄：他的前妻、前妻的哥哥、瑞秋・巴芬這個陷害他謀殺的女人、以及他之前的愛人茱莉安。梅鐸甚至還提供了由「虛構編輯」羅西亞斯所寫的「前言」和「附錄」，這個人物與阿波羅的別名相同，顯示出他和德爾菲神諭的關聯。皮提亞，也就是傳達神諭的女祭司，因為神諭的曖昧、不準確而惡名昭彰，而羅西亞斯這個名字，就指出了阿波羅處理預言時晦澀難解的傾向。梅鐸選了一個幾乎沒有可信度與完整性的名字，她的小說一路到《綠衣騎士》，都充滿了無法客觀細究的陳述與反陳述、神祕的決定、真實與虛假的勸告者、神諭，以及大大小小的不確定性，唯有讀者將想像力投入其中，事情的全貌才得以浮現。每個角色的行動背後，都有好幾個可能的動機以及支持該動機的線索，我們可以從中挑選重要的字，根據我們對事件的理解，去判斷哪個解釋較為可信，並選擇認同某個角色。

當然，作者對讀者提出要求時，偶爾也會產生和預期情況完全相反的結果，例如，對鄙視曖昧性的讀者提供充滿曖昧性的文本，就可能產生問題。試著想想下面這個情形：如果有一本小說，內容與一個主要宗教的創立者毫無關係，一些讀者（那些死板地相信文本是某種聖典，而且完全不懂諧仿概念、缺乏幽默感的讀者）卻如此深信不疑的話，會發生什麼事？作者可能得躲起來，或是直接被判死刑。伊斯蘭教什葉派領袖阿亞圖拉和他的顧問們是不是誤讀了《魔鬼詩篇》？沒錯。那作者薩爾曼‧魯西迪是否也是共謀者？很有可能。問題不在這本書的主題，問題在於他所設定的讀者。這本小說用了幾個和穆罕默德真實人生類似的情境，例如妓女們和穆罕默德的太太同名。這個設定的用意不是指出她的太太是妓女，而是強調一個利用宗教進行商業或下流勾當的世界有多麼地墮落和偽善。魯西迪所設定的讀者會讀到這層含義，但他沒有料到神學家也是這本書的讀者。

我當然希望這只是個案，但很不幸地，我們可以找到不少相同的例子。埃及諾貝爾文學獎得主納吉布・馬哈福茲在他最喜歡的咖啡店裡，遭激進份子刺殺未遂；最近的諾貝爾文學獎得主奧罕・帕慕克被政府威脅監禁，因為他侮辱了「土耳其性」；近來更有不少作家被狂熱份子騷擾或暗殺。因為這些人想對文本提出異議，然而作家的意圖並非如此，他們唯一能做的就是寫下他們所認為的事，然後抱著最好的期待。

從伊斯蘭教領袖發出的指令與各種騷動不安的事件來看，這似乎是這個時代特有的問題，然而回頭檢視文學歷史，我們會看到，一直以來作家都期望讀者在閱讀中帶進一部分的自己。希斯克里夫是怎麼的人？他在追求什麼？他的欲望從何而來？他的限制有那些？凱薩琳的狀況又如何？我們該相信奈利・迪恩嗎？你的根據是什麼？那麼維克多・弗蘭肯斯坦呢？他的動機是什麼？他創造出的怪物呢？對於這些問題我們有共識嗎？不太可能！就連那些控制性強的作家，例如，珍・奧斯汀或狄更斯，他們仍為讀者留下許多詮釋的空間。狄更斯通常給我們機會去同情那些比較陰暗的角色：比爾・賽克斯或許不容於社會，但法金這個角色又如何？我們根據什麼資訊來判斷他的惡行？讓我們來看看珍・奧斯汀的戀愛小說好了！她的情節好像都以結婚為最後目標，看似只有一種結局，但卻存在著不少細微差異。我們覺得達西是個有趣的人嗎？雖然我們好像被要求這樣覺得；我們該多嚴厲地看待艾瑪・伍德豪斯因為衝動犯下的大錯？那個第三人稱、不受拘束的間接觀點，讓我們和艾瑪自已的聲音比較靠近，但又讓我們與她保持適當距離，以至於我們無法完全地認同她。

我想這些例子已經很足夠了，不用我再搬出亨利・詹姆斯了吧！

好的小說不會停在書頁，它們會悄悄鑽進讀者心裡

你發現問題了嗎？其實那些都不是問題，或者說至少不是我們一般所認為的問題。小說永遠是曖昧不明的，就算作者的原意並非如此，因為要關閉所有的可能性是不可能的，除非你一開始就打算創造非人類的角色。

散文可以成功限制它的意義，小說則無法比照辦理，為什麼？我們可以將部分責任歸咎到「語言」上，因為它是具有多樣意義的豐富礦脈，就像公眾人物往往會發現他們很難說出完全沒有破綻、正確且直接的發言而沒有令人尷尬的弦外之音。如果語言裡頭有「自我反義字」（self-antonym），例如「to dust」這個動詞可以同時有「除去小顆粒」（例如：去除傢俱上的灰塵），以及「撒下」（例如：撒下糖粉）這兩種完全相反的意思，你又怎能期待事情總能清清楚楚地表達呢？這還不是特例，英語裡有好幾百個這樣的詞語，它不停地在改變，從其他語言獲得資源、發明很多俚語，然後把動詞當名詞用，把名詞也當動詞用。它大概是所有語言中最具可塑性，也最有彈性的語言了，但同時也不精確到令人發狂的程度。

小說家當然也無法控制語言。大部份的時候，他們支持語言的這種特質，把它的曖昧性轉為對他們有利的工具。至於另外的原因則是小說的本質就是如此，它描述行動卻不解釋行動，因為試著把自己表達清楚的文本，將會缺乏戲劇性和立即性。此外，我們也會認為那是作家對小說事業缺乏信念，因為如果你必須對讀者作解釋，表示你一開始的敘事就是失敗的。但我認為真正的原因是

——人類基本上就是曖昧的。我們說出的話往往和心裡想的不同，要為自己辯解時又笨口拙舌。而有時我們的行為也與自己的信念相左，或是做出連自己都無法理解的行為，企圖隱藏真實的自我。因此，小說如果想忠實呈現人類生存的樣貌，那麼角色就無可避免地必須具有這種曖昧的本質。

你認為只有我這麼想嗎？關於這點，艾瑞卡・華格納是這樣說的：「好的小說不會停在書的最後幾頁，它們離開作家並進入讀者的心裡，因此讀者會提出問題、做出要求或覺得不滿，就像他們對有血有肉、居住在書頁之外的真實世界中的人們一樣。」華格納是小說家，也是倫敦泰晤士報的文學編輯，所以我們應該能同意她對閱讀以及寫作略知一二。當然她說的沒錯，好的小說會超越承載它的文本，但我想要稍稍調整一下這個動態：好的讀者將「自我」注入小說中，所以能將文本無限延伸。我們的閱讀其實是一種對話——我們對敘事細細審問、提出問題與要求，探求文本更多的可能性。是的，有時我們也會發現自己對小說的內容並不滿意。

小說具有極端的互動性，好的閱讀——這裡我指的不是教授或專業人士的生硬法則，而是小說家所企求的、也是他們所應得的那種閱讀——會主動與敘事對話、帶入細微的差異、產生同情或拒絕同情，以及探尋其中的意義。我們在「作者的地盤」與他相遇，但同時那也是「我們的地盤」。在讀者與作者協商的同時，意義和重要性就此誕生，這樣的結果並不是因為我們對小說做了最大限度的利用，而是我們從自己身上得到了最大限度的收獲。優秀的小說會改變我們，但不是因為它們給予我們什麼特別的東西；它改變我們，是因為我們給予它東西。

Finale

一場無止境的旅程

踏進小說世界，你只會越陷越深，別怪我沒事先警告你！

那裡就只有一個故事，一直以來都是如此，從今以後也都是。而且一個故事就夠了，就是這麼簡單！**人類對自己及對他人述說的所有故事，都是那個單一且巨大的敘事整體中的一小部分，也就是——「關於人類的故事」**。

打從人類擁有溝通能力、在營火邊圍坐成一圈談論當天打獵的成果時，故事就開始了，而他們做的下一件事，就是從口頭報導轉向編造神話。史上第一個故事應該八九不離十就像這個樣子：「雷夫被乳齒象踩死了。」我猜過沒多久，他們就開始想了解這個雷夫被乳齒象踩死的世界，這個碎石匠上一秒還在，下一秒卻不見了的世界。了解死亡環伺左右，不但使人心變得敏銳，更激發出人類對這個世界的巨大疑問，而在思考死亡的同時，也必定促使他們去思考世界的起源：我們怎麼來到這裡？在我們出現之前，這個世界是什麼模樣？有沒有一個更大的力量凌駕於我們之上？祂們長相、舉止如何？祂們如何看待我們？死亡是怎麼一回事？雷夫去了哪裡？諸如此類的問題。

為什麼能如此確定呢？因為我活得夠久，得以發現那種想要講述人生的驅動力，其實就是我們腦中硬體的一部分。我不是人類學家，或許我的資訊並不全面，但我所知道的社會全都創造出了神話，它們都與有關神性的敘事牢牢地結合在一起。一旦你有了這兩種元素——報導和神話，你就擁有人類溝通所需要的全部要素了。

小說——關於虛構事物的故事——誕生得比較晚，我們的第一個小說是從描述人類與神互動的故事中產生的。這也是已故的偉大批評家諾斯洛普・弗萊所提出的「神話置換」（the Displacement of Myth）。純粹的神話被翻譯成人類也在其中的故事，也就是那些描述人類可以直接與神接觸的神聖文本或英雄傳說。你的母親是女神嗎？她最近有給你一個由神的鐵匠鋪所鍛造出來的盔甲嗎？你曾聽過聲音從暴風或燃燒的灌木中傳來嗎？這裡我並不是否認這些故事的真實性，或是為它們背書，我只是想指出在早期的人類敘事中常包含神聖的世界。史詩和神聖文本立足在「報導」和「編造神話」這兩個要素上，告訴人們發生了什麼事，並解釋那些事件的意義。

同樣地，小說也是如此。但仔細想來，敘事裡難道還有其他元素嗎？小說中的事件可以是拿破崙戰爭，也可以是搭手扶梯到夾層樓，但那些都只是細節，最基礎的功能並未改變，不管作家是托爾斯泰，還是尼可拉斯・貝克。至於重要性，也就是神話的層次，可以是在最細微的細節中展現神性，或是直接斷言神並不存在，一切只有空虛。然而，這些不同的選擇對我們現在討論的問題並不重要，**重要的是——不論細節為何，它們全都是那個唯一故事（One Story）的重述，也因此它們彼此都是相互連接的。**

它們全都連在一起，這很重要嗎？非常重要。首先，我們可以從不同的作品中找出連接點，追溯文本間的「互文性」，就像我之前囑咐你要帶著耳朵閱讀那樣，如果你能用心傾聽，你就會聽到文本間彼此交談的微小聲音；相反地，如果你在文本之間豎起高牆，那麼你絕對找不到那一層又一層深刻的意義。

批判學派自一九六〇年以來，不斷強調「文本」多過於「作者」，對我而言這有著致命性的缺陷，不過他們的部分理論並不無道理，因為無論如何，「寫作」永遠都是比「作者」更為龐大的事物。**作家試著去理解他們閱讀過的文本，某方面來說也包括那些影響他們的作家所閱讀過的文本。**如果你的寫作受喬伊斯影響，你會知道他讀過福樓拜、阿奎那、易卜生，還有荷馬等等，但那些作家究竟讀了誰？效法了誰？接受或拒絕了哪些人呢？去追溯所有作家完整的譜系是不可能的，因為那個網絡是由大量的線串構成，而那些線串又是由其它線串構成。此外，喬伊斯那些笑話又是從哪裡找來的呢？

一個可能的危險是：假如所有的故事都是這個單一原型敘事的一部分，那麼只要你讀過一個，你不就讀過全部的故事了嗎？然而，實際的運作方式卻恰恰相反。你可以讀一百本小說，經歷那些迷人或無趣的角色，注意所有的敘事技巧，但那裡永遠會有另一個、又一個、再一個小說家，正在做一件你之前從來沒看過的事。再者，這個網絡會引領你從這個作者，步入下一個作者，如果你是個好奇心旺盛的讀者，你很快地就會讀到那些你從來沒想過要讀他們作品的作家。

讀小說有點像在吃爆米花，你一旦開始了，就絕對停不下來。如果你記得曾經在學校讀過安布羅斯・比爾斯的短篇故事〈梟河橋上〉，然後你上網路書店搜索，結果發現墨西哥作家卡洛斯・富安蒂斯有個小故事《異鄉老人》，是以比爾斯為主角之一的故事，接著，你又發現他曾經說過：「所有西班牙文的小說都源自《唐吉訶德》。」然後他又提到其他的小說家，於是你的書單就這麼不停地擴充下去。

又或者是你一直在閱讀當代的「流浪漢小說」，一些《阿奇正傳》、一份凱魯亞克、很多的J・P・唐利維，和一點點的艾倫・西利托。最終你會發現，不是戰後的美國和英國發明了這些流浪漢主角，而這個知識會帶領你探訪很多不同的地方。或許格里美爾斯豪森的《辛普里契西姆斯的冒險》不是你的第一站，因為你對三十年戰爭不感興趣，不過壞蛋角色做出有趣、誇張的事是十八世紀的主要產物，所以你或許會試試丹尼爾・狄福的《情婦法蘭德絲》、亨利・費爾丁的《湯姆・瓊斯》、《約瑟夫・安德魯斯》，或是托比亞斯・史摩萊特的作品。然後這些作家又帶領你認識其他的作家。或許狄福引發了你的興趣，讓你去讀了《魯賓遜漂流記》，然後你發現兩個世紀之後，一個來自南非的作家柯慈也寫了一部名為《仇敵》的小說，重新想像一個我們自以為所知甚詳的故事。從那之後，誰知道還會有哪些精彩的小說正等著進入你的生命呢？

所以，讓我預先提醒你：這條路或許哪裡也去不了，也或許會延伸到四面八方，而且永無止盡。一本書會開啟更多的書，一個想法會引發更多想法。在這趟旅行裡，你可能永遠也到不了終點，但那是好消息，只是別怪我沒事先警告你。

謝辭

我很幸運身邊有許多優秀的人，在寫這本書的過程中給予我協助，而我也藉由「剝削」他們來表達我的感激之情。我深深感謝密西根大學弗林特分校，以及密西根州立大學的同事們，他們給予我很多建議與編輯上的協助。感謝佛瑞德・斯佛伯達、艾麗西亞・肯特、史提夫・伯恩斯坦、安吉麗・巴巴、珍・伯恩斯坦，以及李奧諾拉・史密斯，慷慨且不厭其煩地給予我各種協助，他們的回應與建議散布在這本書的各個角落。我特別要感謝珍・福爾曼教授敏銳的批判力、無私的協助，以及願意對我的寫作提出懷疑，她是最優秀、同時也是最嚴厲的編輯。此外，我還要謝謝黛安・謝勒和妮可・布萊恩的閱讀、提問以及咖啡。

如果沒有我的學生，這本書就不會存在——這麼說一點也不誇張。他們一直都在教育我，讓我覺得自己必須對他們的質疑與信賴負責；所以，就算他們要跟我收學費，也是合情合理的事。同樣地，我的前一本著作《教你讀懂文學的27堂課》的讀者們，也像我的學生一樣，尤其是許多讀者特別撥冗寫信給我，他們的評論、提問還有想法，都造就了這本書的內容。事實上，有不少讀者很早就催促我寫這本書，而這本書也可以算是對於他們的要求「遲來的回應」。

我也要感謝本書的編輯拉克許・薩特肴，還有出版社的職員，以及我的代理人費絲・哈姆林及她的助手寇特妮・米勒卡利漢。這本書從一個想法起始，到原稿的完成，最終成為你我手上的書，在這漫長的過程中，需要很多人持續的努力。本書成型過程中的每個階段，都受到完美的呵護。

最後，我將最深沉的感謝與愛，獻給我的家人。我的兒子羅勃和奈特極有耐心地聆聽我的想法，即使我們不得不取消原定的釣魚或打獵之旅，他們仍然熱心提供意見，我很感激他們。還有，我不知道這些年來，如果沒有我太太布蘭達的愛與支持，我如何能完成這件事。她對我無數缺點跟怪癖的包容，可以列為英勇事蹟；她對我書房「山崩區」的容忍度，一點也不輸聖徒們的行為。

最後必須說的是，如果這本書有任何缺點，當然與以上這些出色的人們無關，所有的闕漏錯誤都是我一個人的責任。

湯瑪斯・佛斯特

Paradise
《樂園》
Song of Solomon
《所羅門之歌》

〔V〕

Valerie Martin
韋拉蕊・馬丁
Mary Reilly
《瑪莉・萊利》

Virginia Woolf
維吉尼亞・吳爾芙
Mrs. Dalloway
《戴洛維夫人》
The Waves
《海浪》
To the Lighthouse
《燈塔行》

Vladimir Nabokov
弗拉基米爾・納博科夫
Lolita
《蘿莉塔》
Pale Fire
《幽冥的火》
Pnin
《普寧》

〔W〕

Willa Cather
薇拉・凱瑟
A Lost Lady
《迷途的女人》
Death Comes for the Archbishop
《大主教之死》

William Carlos Williams
威廉・卡洛斯・威廉斯
Paterson
《帕特森》

William Dean Howells
威廉・狄恩・豪威爾斯
The Rise of Silas Lapham
《西拉斯・拉凡姆的崛起》

William Faulkner
威廉・福克納
Absalom, Absalom!
《押沙龍，押沙龍！》
As I Lay Dying
《出殯現形記》
Go Down, Moses
《去吧，摩西》
Light in August
《八月之光》
Sound and the Fury
《聲音與憤怒》
The Hamlet
《哈姆雷特》
The Mansion
《宅邸》
The Town
《小鎮》

William Makepeace Thackeray
威廉・薩克萊
Pendennis
《彭德尼斯》
Vanity Fair
《浮華世界》

William Trevor
威廉・崔佛
Fools of Fortune
《幸運愚者》

〔Y〕

Yann Martel
楊・馬泰爾
Life of Pi
《少年Pi的奇幻漂流》

Eureka Street
《尤瑞卡街》

Robertson Davies

羅伯森・戴維斯

What's Bred in the Bone
《飲者狂歌》

Roddy Doyle

羅迪・道爾

A Star Called Henry
《大明星亨利》

Oh, Play That Thing
《噢，來點音樂》

The Commitments
《追夢人》

R. K. Narayan

R・K・納拉揚

The Painter of Signs
《畫廣告牌的人》

Ruth Prawer Jhabvala

露絲・普拉爾・賈布瓦拉

Heat and Dust
《熱與塵》

〔S〕

Salman Rushdie

薩爾曼・魯西迪

Midnight's Children
《午夜之子》

The Satanic Verses
《魔鬼詩篇》

Samuel Richardson

山繆・理查森

Clarissa
《克萊麗莎》

Pamela
《潘蜜拉》

Saul Bellow

索爾・貝婁

Henderson the Rain King
《雨王韓德森》

The Adventures of Augie March
《阿奇正傳》

Sherwood Anderson

舍伍德・安德森

Winesburg, Ohio
《小城畸人》

St. Augustine

聖奧古斯汀

Confessions
《懺悔錄》

〔T〕

T.C. Boyle

T・C・鮑爾

Drop City
《墜落之城》

Water Music
《水音樂》

Thomas Hardy

湯瑪斯・哈代

Jude the Obscure
《無名的裘德》

Tess of the D'Urbervilles
《德伯家的苔絲》

Tim O'Brien

提姆・歐布萊恩

Going After Cacciato
《尋找卡奇艾托》

The Things They Carried
《士兵的重負》

Tom Robbins

湯姆・羅賓斯

Half Asleep in Frog Pajamas
《穿著青蛙睡衣半夢半醒》

Tom Wolfe

湯姆・沃爾夫

The Bonfire of the Vanities
《虛妄的篝火》

Toni Morrison

童妮・摩里森

Beloved
《寵兒》

The Blind Assassin
《盲眼刺客》

Margaret Mitchell

瑪格麗特・米契爾

Gone with the Wind
《飄》

Mark Twain

馬克・吐溫

Adventures of Huckleberry Finn
《頑童歷險記》

Those Extraordinary Twins
《離奇雙胞胎》

Matthew Lewis

馬修・路易斯

The Monk
《修道士》

Miguel de Cervantes

賽凡提斯

Don Quixote
《唐吉訶德》

〔N〕

Nathaniel Hawthorne

納撒尼爾・霍桑

The House of the Seven Gables
《七角樓》

The Scarlet Letter
《紅字》

Nicholson Baker

尼可拉斯・貝克

The Mezzanine
《夾層樓》

Nikos Kazantzakis

尼可斯・卡山扎契斯

Zorba the Greek
《希臘左巴》

〔O〕

Orhan Pamuk

奧罕・帕慕克

Snow
《雪》

〔P〕

Paulo Coelho

保羅・科爾賀

The Alchemist
《牧羊少年奇幻之旅》

Peter Carey

彼得・凱瑞

True History of the Kelly Gang
《凱利幫真史》

P. G. Wodehouse

P・G・伍德豪斯

Jeeves and the Feudal Spirit
《基輔斯與封建精神》

〔R〕

Rex Stout

雷克斯・史陶特

Fer-de-Lance
《高爾夫球謀殺案》

Richard Wright

李察・賴特

Native Son
《土生子》

Robert B. Parker

羅勃・B・派克

A Catskill Eagle
《卡斯克爾之鷹》

Looking for Rachel Wallace
《尋找瑞秋》

Robert Musil

羅伯特・穆索

The Man Without Qualities
《無品之人》

Robert McLiam Wilson

羅勃・麥克連・威爾森

Julian Barnes

朱利安・巴恩斯

A History of the World in 10½ Chapters
《十又二分之一卷的人類歷史》

Arthur and George
《亞瑟與喬治》

Flaubert's Parrot
《福樓拜的鸚鵡》

Julio Cortázar

胡力歐・科塔札爾

Hopscotch
《跳房子》

〔K〕

Kathe Koja

凱西・科賈

Buddha Boy
《佛陀男孩》

Kazuo Ishiguro

石黑一雄

The Remains of the Day
《長日將盡》

Kiran Desai

姬蘭・德賽

Hullabaloo in the Guava Orchard
《芭樂園的喧鬧》

The Inheritance of Loss
《繼承失落的人》

〔L〕

Laurence Sterne

勞倫斯・史坦恩

Tristram Shandy
《崔斯垂姆・項迪傳》

Lawrence Durrell

勞倫斯・杜雷爾

Alexandria Quartet
《亞歷山卓四部曲》

Leo Tolstoy

列夫・托爾斯泰

Anna Karenina
《安娜・卡列尼娜》

War and Peace
《戰爭與和平》

Leslie Marmon Silko

萊斯莉・瑪蒙・席爾柯

Ceremony
《儀式》

Lewis Carroll

路易斯・卡羅

Alice in Wonderland
《愛麗絲夢遊仙境》

Through the Looking Glass
《愛麗絲鏡中奇緣》

L. Frank Baum

L・法蘭克・包姆

The Wizard of Oz
《綠野仙蹤》

Liam O'Flaherty

連姆・歐弗拉赫提

The Informer
《告密者》

Louise Erdrich

露易絲・厄德里克

Love Medicine
《愛藥》

〔M〕

Madame de La Fayette

拉斐特夫人

La Princesse de Clèves
《克萊芙王妃》

Marcel Proust

馬塞爾・普魯斯特

À la recherche du temps perdu
《追憶似水年華》

Margaret Atwood

瑪格麗特・愛特伍

Surfacing
《浮現》

John Bunyan

本仁・約翰

The Pilgrim's Progress from This World to That Which Is to Come
《天路歷程》

John Fowles

約翰・符傲思

The Collector
《採集者》

The French Lieutenant's Woman
《法國中尉的女人》

The Magus
《魔法師》

John Gardner

約翰・加登納

Grendel
《葛蘭多》

Freddy's Book
《弗萊迪之書》

Jason and Medeia
《傑生與米蒂亞》

Mickelsson's Ghosts
《米克頌的鬼魂們》

October Light
《十月之光》

The Sunlight Dialogues
《陽光對話》

The Wreckage of Agathon
《阿嘉頓的殘骸》

John Steinbeck

約翰・史坦貝克

Cannery Row
《罐頭廠街》

East of Eden
《伊甸園東》

Of Mice and Men
《人鼠之間》

The Grapes of Wrath
《憤怒的葡萄》

John Updike

約翰・厄普代克

A Month of Sundays
《一個月的星期天》

Couples
《夫婦們》

Rabbit, run
《兔子，快跑》

The Witches of Eastwick
《東村女巫》

Jon Clinch

強・克林區

Finn
《芬》

Jonathan Swift

強納森・斯威夫特

Gulliver's Travels
《格列佛遊記》

Jorge Amado

豪爾赫・阿馬多

Dona Flor and Her Two Husbands
《多娜弗羅爾和她的兩個丈夫》

Gabriela, Clove and Cinnamon
《蓋勃艾拉、丁香與肉桂》

Joseph Conrad

約瑟夫・康拉德

Heart of Darkness
《黑暗之心》

Lord Jim
《吉姆爺》

J. M. Coetzee

J・M・柯慈

Elizabeth Costello
《伊麗莎白・卡斯特洛》

Foe
《仇敵》

Life and Times of Michael K.
《麥可・K 的生命與時代》

Waiting for the Barbarians
《等待野蠻人》

J. R. R. Tolkien

J・R・R・托爾金

The Lord of the Rings
《魔戒》

Italo Calvino

伊塔羅・卡爾維諾

If on a Winter's Night a Traveler
《如果在冬夜，一個旅人》

Invisible Cities
《看不見的城市》

Iris Murdoch

艾瑞絲・梅鐸

Jackson's Dilemma
《傑克遜的困境》

The Black Prince
《黑王子》

The Green Knight
《綠衣騎士》

The Sea, the Sea
《大海，大海》

The Unicorn
《獨角獸》

Under the Net
《網之下》

The Sea, the Sea
《大海，大海》

〔J〕

Jack Kerouac

傑克・凱魯亞克

On the Road
《旅途上》

James Joyce

詹姆斯・喬伊斯

Finnegans Wake
《芬尼根守靈夜》

A Portrait of the Artist as a Young Man
《青年藝術家的畫像》

Ulysses
《尤利西斯》

Jane Smiley

珍・史麥莉

A Thousand Acres
《褪色天堂》

Ten Days in the Hills
《丘陵裡的十天》

Jane Austen

珍・奧斯汀

Pride and Prejudice
《傲慢與偏見》

J. D. Salinger

J・D・沙林傑

The Catcher in the Rye
《麥田捕手》

Jean Rhys

珍・芮絲

Wide Sargasso Sea
《夢迴藻海》

J. K. Rowling

J・K・羅琳

Harry Potter
《哈利波特》

Joanot Martorell

喬安諾特・馬托雷爾

Tirant lo Blanc
《騎士蒂朗》

John Banville

約翰・班維爾

The Book of Evidence
《證詞》

John Barth

約翰・巴斯

Chimera
《克邁拉》

Letters
《信》

The Floating Opera
《漂浮的歌劇院》

The Last Voyage of Somebody the Sailor
《水手大人末航記》

The Sot-Weed Factor
《煙草經紀人》

John Dos Passos

約翰・多斯・帕索斯

1919
《一九一九年》

Manhattan Transfer
《曼哈頓津渡》

The 42nd Parallel
《北緯42度》

The Big Money
《巨富》

The Egoist
《利己主義者》

George Orwell
喬治・歐威爾
1984
《一九八四》
Animal Farm
《動物農莊》

Gerald Vizenor
傑羅・維森諾
Bearheart: The Heirship Chronicles
《熊心：繼承人年代記》

Gertrude Stein
葛楚德・史坦
The Making of Americans
《製造美國人》
Three Lives
《三種人生》

Giovanni Boccaccio
喬萬尼・薄伽丘
Decameron
《十日談》

Gustave Flaubert
古斯塔夫・福樓拜
L'education sentimentale
《情感教育》
Madame Bovary
《包法利夫人》

〔H〕

Hans Jakob Christoffel von Grimmelshausen
格里美爾斯豪森
The Adventurous Simplicissimus
《辛普里契西姆斯的冒險》

Helen Fielding
海倫・費爾汀
Bridget Jones's Diary
《BJ 單身日記》

Henry Fielding
亨利・費爾丁
Joseph Andrews
《約瑟夫・安德魯斯》
Shamela
《莎蜜拉》
Tom Jones
《湯姆・瓊斯》

Henry James
亨利・詹姆斯
The Bostonians
《波士頓人》
The Portrait of a Lady
《仕女圖》
The Turn of the Screw
《碧廬冤孽》
The Wings of the Dove
《慾望之翼》

Herman Melville
赫曼・梅爾維爾
Moby Dick
《白鯨記》
Omoo: A Narrative of Adventures in the South Seas
《歐穆》
Typee: A Peep at Polynesian Life
《泰皮》

Hermann Hesse
赫曼・赫塞
Siddhartha
《流浪者之歌》

〔I〕

Ian McEwan
伊恩・麥克尤恩
Atonement
《贖罪》

Ihab Hassan
伊哈伯・哈桑
Radical Innocence
《極端無辜》

Edward Albee

愛德華・阿爾比

Who's Afraid of Virginia Woolf
《誰怕吳爾芙》

Edward P. Jones

愛德華・P・瓊斯

The Known World
《已知的世界》

E. L. Doctorow

E・L・達可托羅

Ragtime
《爵士年華》

E.M. Forster

E・M・佛斯特

A Passage to India
《印度之旅》

A room with a view
《窗外有藍天》

Howards End
《霍華頓莊園》

Emily Brontë

艾蜜莉・勃朗特

Wuthering Heights
《咆哮山莊》

Ernest Hemingway

歐尼斯特・海明威

The Sun Also Rises
《旭日又升》

A Farewell to Arms
《戰地春夢》

〔F〕

Fay Weldon

菲・威爾頓

The Cloning of Joanna May
《複製喬安娜・梅》

The Hearts and Lives of Men
《人的心和生活》

The Life and Loves of a She-Devil
《女魔鬼的生命與愛情》

Ford Madox Ford

福特・麥鐸斯・福特

The good soldier
《好軍人》

Francine Prose

弗蘭芯・普羅斯

A Changed Man
《洗心革面》

Franz Kafka

法蘭茲・卡夫卡

The Castle
《城堡》

The Metamorphosis
《變形記》

The Trial
《審判》

F. Scott Fitzgerald

F・史考特・費茲傑羅

Tender Is the Night
《夜未央》

The Great Gatsby
《大亨小傳》

〔G〕

Gabriel García Márquez

G・賈西亞・馬奎斯

One Hundred Years of Solitude
《百年孤寂》

Geoffrey Chaucer

吉爾弗里・喬叟

The Canterbury Tales
《坎特伯里故事》

George Eliot

喬治・艾略特

Adam Bede
《亞當・貝德》

Middlemarch
《米德爾馬契》

Romola
《羅慕拉》

The Mill on the Floss
《弗洛斯河上的磨坊》

George Meredith

喬治・梅瑞狄斯

The Old Curiosity Shop
《老古玩店》

Charles R. Johnson
查理斯・強森
Middle Passage
《中程航道》

Christopher Paul Curtis
克里斯多福・保羅・柯提斯
Bud, not Buddy
《我叫巴德，不叫巴地》
The Watsons Go to Birmingham－1963
《華生一家到伯明罕－一九六三》

Chinua Achebe
奇努阿・阿契貝
Things Fall Apart
《瓦解》

Ciaran Carson
凱朗・卡森
Fishing for Amber
《設法得到安珀》
The Star Factory
《星星工廠》

C. S. Lewis
C・S・路易斯
The Lion, the Witch and the Wardrobe
《納尼亞傳奇：獅子、女巫、魔衣櫥》

〔D〕

Daniel Defoe
丹尼爾・狄福
Moll Flanders
《情婦法蘭德絲》
Robinson Crusoe
《魯賓遜漂流記》

Dashiell Hammett
達許・漢密特
The Maltese Falcon
《馬爾他之鷹》

David Markson
大衛・馬克森
Wittgenstein's Mistress
《維根斯坦的情婦》

D. H. Lawrence
D・H・勞倫斯
Lady Chatterley's Lover
《查泰萊夫人的情人》
Sons and Lovers
《兒子與情人》
The Fox
《狐》
The Plumed Serpent
《羽蛇》
The Virgin and the Gypsy
《少女與吉普賽人》
Women in Love
《戀愛中的女人》

Doris Lessing
多麗絲・萊辛
Children of Violence
《暴力下的孩子》
The Golden Notebook
《金色筆記》

Dorothy Richardson
桃樂絲・理查森
Pilgrimage
《朝聖之旅》

〔E〕

Edna O'Brien
艾德娜・歐布萊恩
House of Splendid Isolation
《燦爛隔離之屋》
In the Forest
《在森林裡》
Night
《夜》
The Country Girls
《鄉村女孩》

Édouard Dujardin
埃度華・杜賈丹
Les Lauriers sont coupés
《被砍倒的月桂樹》

索引

愛悅讀 VOLUNTARYREADING 01 愛悅讀系列001

美國文學院最受歡迎的23堂小說課

How to Read Novels Like a Professor

作　　者	湯瑪斯・佛斯特（Thomas C. Foster）
譯　　者	潘美岑
出版發行	采實文化事業有限公司 100台北市中正區南昌路二段81號8樓 電話：02-2397-7908 傳真：02-2397-7997
電子信箱	acme@acmebook.com.tw
采實官網	http://www.acmestore.com.tw/
采實文化粉絲團	http://www.facebook.com/acmebook

總 編 輯	吳翠萍
副 主 編	王琦柔
執行編輯	姜又寧
業務經理	張純鐘
業務專員	賴思蘋
行政會計	馬美峯・江芝芸・陳姵如
美術設計	許晉維
內文排版	菩薩蠻數位文化有限公司
製版・印刷・裝訂	中茂・明和
法律顧問	第一國際法律事務所 余淑杏律師

I S B N	978-986-6228-919
定　　價	370元
初版一刷	2014年4月7日
劃撥帳號	50148859
劃撥戶名	采實文化事業有限公司

國家圖書館出版品預行編目資料

美國文學院最受歡迎的23堂小說課／湯瑪斯・佛斯特（Thomas C. Foster）原作；潘美岑譯. - - 初版. - - 臺北市：采實文化，民103.4
面；　公分. --（愛悅讀系列；01）
譯自：How to Read Novels Like A Professor

ISBN 978-986-6228-919（平裝）
1.小說　2.閱讀　3.文學評論

411.1　　102026904

廣	告	回	信
台北郵局登記證			
台北廣字第03720號			
免	貼	郵	票

采實文化 ACME PUBLISHING 采實文化事業有限公司

100台北市中正區南昌路二段81號8樓

采實文化讀者服務部　收

讀者服務專線：（02）2397-7908

HOW TO READ NOVELS LIKE A PROFESSOR

A JAUNTY EXPLORATION OF THE WORLD'S FAVORITE LITERARY FORM

美國文學院最受歡迎的 23 堂小說課

THOMAS C. FOSTER

湯瑪斯・佛斯特

潘美岑——譯

愛悅讀 01 **愛悅讀系列**專用回函

系列：愛悅讀系列001
書名：美國文學院最受歡迎的23堂小說課

讀者資料（本資料只供出版社內部建檔及寄送必要書訊使用）：

1. 姓名：
2. 性別：□男 □女
3. 出生年月日：民國 年 月 日（年齡： 歲）
4. 教育程度：□大學以上 □大學 □專科 □高中（職） □國中 □國小以下（含國小）
5. 聯絡地址：
6. 聯絡電話：
7. 電子郵件信箱：
8. 是否願意收到出版物相關資料：□願意 □不願意

購書資訊：

1. 您在哪裡購買本書？□金石堂（含金石堂網路書店） □誠品 □何嘉仁 □博客來 □墊腳石 □其他：____________________（請寫書店名稱）
2. 購買本書日期是？_____年_____月_____日
3. 您從哪裡得到這本書的相關訊息？□報章雜誌 □電視廣告 □書店 □網絡 □親友告知
4. 什麼原因讓你購買本書？□對主題感興趣 □書名吸引人 □封面吸引人 □其他：________
5. 看過書以後，您覺得本書的內容：□很好 □普通 □差強人意 □應再加強 □不夠充實
6. 對這本書的整體包裝設計，您覺得：□都很好 □封面吸引人，但內頁編排有待加強 □封面不夠吸引人，內頁編排很棒 □封面和內頁編排都有待加強 □封面和內頁編排都很差

寫下您對本書的建議與心得：

1. 您最喜歡本書的哪一個章節？原因是？

____

2. 讀完這本書，您是否對小說有更深一層的認識，迫不及待想閱讀某本經典小說？
   如果有，請告訴我們書名及原因。

____

3. 您最喜歡哪一本小說（類型不限）？請和我們分享您的感動。

____

若您願意分享閱讀小說的心得，或聽聽其他人如何談小說

請上 f「小說折磨你的祕密」粉絲團：

https://www.facebook.com/novelsecrets